W0338245

L'INCENDIE

Collection dirigée par Glenn Tavennec

JEAN-CHARLES CHAPUZET

LE CRI DE LA CIGOGNE

roman

L'INCENDIE
Robert Laffont

Visuel de couverture réalisé d'après
© Oneinchpunch / Shutterstock

© Éditions Robert Laffont, S.A.S., Paris, 2021
ISBN : 978-2-221-25443-1
Dépôt légal : août 2021
Éditions Robert Laffont – 92, avenue de France 75013 Paris

En réalité, ce qui est rare et exceptionnel,
c'est d'être vivant.

Fernando ARAMBURU

Je te le jure : nous n'avons pas pleuré.
C'était au-delà des larmes.

Michel DÉON

LA SORTIE

J'ai une sacrée envie de pisser. On roule. Je vais me retenir. Papa n'a pas l'air de vouloir s'arrêter, ça se voit, il gonfle les joues. Après tout, je peux bien tenir encore quelques kilomètres. On approche de la fin. C'est lui qui me l'a dit, j'entends encore papa dire. Promis. On approche de la fin.

Il est flou, ce paysage – jaune, orange, ocre en nuances – qui défile derrière la vitre et ces villages qui se ressemblent, aux églises étriquées, pointues, le ronflement du moteur – clairement –, cette pression dans le bas du ventre de la grande Éva, le petit Laci à côté, celui qui a secrètement défait sa ceinture de sécurité. Les parents, à l'avant, qui rient aux éclats. Les larmes de la maman qu'elle tamponne avec sa manche en reprenant sa respiration, les dents du papa dans le rétroviseur central, un paquet de dents.

Je me souviens de tout, tout est là, en place, dans ma tête, sur mon corps, les détails m'asphyxient. Comment faire autrement ? Éva, c'est moi.

Ce dimanche, il a d'abord fallu lever son cul. Mais qui décide de mon sort, au fond ? Et de quoi décide-t-on ? J'ai commencé par tirer la couette sur mon visage jusqu'aux oreilles. Un dimanche, je serais bien restée au lit, tapie dans des rêves adolescents indomptables interdits aux plus de dix-huit ans. S'évader, sortir, choisir sa tragédie, comme suspendue dans le vide où cette liberté te tire par les pieds. Et puis l'apparition du faisceau lumineux dans la chambre qui sonne une autre réalité, prévisible, quotidienne, abjecte. Comme souvent, j'ai envie de voir personne. Pire, comme toujours, croiser Laci, mon boulet, ma croix. Faute de taper sur mon frère, ma main vient claquer le réveil. L'alarme cesse pour un silence oppressant dans lequel je m'impatiente d'être une adulte.

Mes parents ont un déjeuner chez des amis et les enfants sont du wagon, puisqu'on me considère encore comme une enfant. Merde, douze ans, presque treize, et je m'habille en quinze.

Je viens d'avoir mes coquelicots. C'est en ces termes que mes parents en parlent, pour faire dans la poésie et éviter la gêne à mon père, pas vraiment à l'aise sur ces questions-là – sa petite fille, sa princesse. Je suis allée voir sur Internet, on dit aussi traverser la mer Rouge. À la maison, on comprend ce genre d'expression. Et puis je savais déjà tout mais maman m'a expliqué les étapes dans la vie d'une femme, le corps qui se forme ou se déforme, les douleurs dans la poitrine, le sexe, l'amour, jusqu'à ce qu'un jour, à mon tour, j'aie un petit Magyar[1]. Le Magyar, il faut l'imaginer comme un cavalier avec une armure ridicule qui enjambe les steppes, qui décide de poser ses fesses au bord du Danube et qui va résister pendant des siècles sur tous les fronts : les Germains à l'Ouest, les Russes – maman dit les communistes – à l'Est, les Ottomans au Sud. Grand-père András, le papa de papa, dit que le Magyar, il a les yeux partout, pas le choix. La Hongrie, il jure que c'est un mirador.

Et maman, là, dans la bagnole, avec l'élastique dans la bouche, lissant ses beaux cheveux : une vraie Magyare, jusqu'au bout des ongles. Papa lui, qui conduit, il est professeur d'histoire. On en a encore bouffé, hier, du Magyar et de l'histoire. Mes parents avaient jugé que Laci était trop petit pour faire la Maison de la Terreur[2] mais suffisamment intelligent pour comprendre le grand musée. Alors

1. Signifie littéralement Hongrois.
2. Musée sur le totalitarisme situé dans les anciens locaux de la milice nazie, puis de la police politique du parti communiste.

direction Buda, au Château, l'épicentre du pays. Tout le samedi. Un calvaire. Plutôt que de voir mes copains. Pour une fois que j'avais pas de compétition. Cerise sur le gâteau, c'était l'anniversaire de Krisztina, ma meilleure amie. Papa m'a lancé en souriant qu'il fallait que je comprenne que la vie est parfois injuste. Humour.

Ils ont été punis, c'est rien de le dire. Laci leur a fait la misère au musée. Papa a parlé dans le vide toute la journée, de « la Victoire de Buda sur les Turcs en 1686 » jusqu'à « l'Occupation des Allemands du 19 mars 1944 ». Il est comme ça, papa, et puis comme il a une bonne tête et une voix chaude, les gens se sont retournés pour l'écouter. Sauf un. Rien à foutre, le fiston, c'était à prévoir. La journée a atteint son sommet devant un grand portrait de Kossuth. Papa a commencé son cours, Lajos Kossuth, le journaliste, le révolutionnaire, 1848, l'Indépendance, la démocratie, l'exil…

— Kossuth ? C'est là qu'habite mon copain Lajos ! s'est exclamé Laci.

Le rire de mon père a résonné dans la grande pièce.

— Laci, il y a des rues, des avenues, des places Kossuth partout, c'est un héros.

Et puis maman a repris papa :

— Kossuth, un héros ? Ça se discute…

Maman est une Magyare nostalgique de l'Empire austro-hongrois, elle pense que la double monarchie, c'était la grande époque.

— Vaut mieux nourrir un gros rat que cent mille souris, balance-t-elle.

Du coup, Kossuth, ouais, bof. Pour papa, seule la démocratie importe, elle coûte toujours moins cher que les carrosses dorés et les palais.

— Kossuth avait un cœur grand comme ça, un cœur pur, a précisé papa en mimant ses paroles de ses grosses mains.

De mon côté, j'observais les toiles dans lesquelles j'ai ressenti de la souffrance, de la dureté, à tous les étages. C'était beau et triste. Mon père a toujours dit que les œuvres étaient le reflet de l'histoire d'un peuple. On avait dû morfler.

On a fini par demander à une personne de nous prendre en photo avec le téléphone portable de maman. Juste devant Kossuth. À gauche ma mère, la main sur l'épaule du nain, à droite mon père m'enlaçant de ses deux bras. Bizarrement, la personne nous a rendu le téléphone en riant. On s'est serrés pour regarder la photo, je n'ai vu que mes tresses afro et mes fossettes, j'étais belle, on la garde. Mes parents n'ont vu que le nain qui louchait en tirant la langue. En sortant, mes parents étaient d'accord sur deux choses : que la carte de la Hongrie en 1920, « amputée » des deux tiers de son territoire, était une honte, une tragédie nationale[1] et qu'il allait falloir sévir concernant Laci, avant qu'il ne soit trop tard.

Moi, j'ai compris l'histoire du rat et des cent mille souris en descendant les marches du musée. En surplomb du Danube et du tramway qui l'enjambe.

Maintenant c'est dimanche, et il y a de la route à faire pour aller chez les Machin. De chez nous, près de Pest, on a deux bonnes heures pour rejoindre la région de Tokaj. Au travers de sa tartine de pain trempée dans du café, je comprends que ma mère parle d'un périple, d'un aller-retour, le jeu, la chandelle. Elle exagère. Elle avait été contente d'accepter cette invitation mais après coup, le jour J, au réveil, hirsute, ça la fait chier, d'y aller.

La tête dans le frigo, j'y crois un instant, on croit beaucoup de choses quand on est enfant, j'imagine ma mère s'excusant platement, ça coûte un peu au téléphone et puis après ça soulage. Niet, on y va quand même.

— Ça va être sympa…

Ça, c'est mon père, avec du lait frais accroché à la lèvre supérieure. Sympa, comme lui, comme l'idée qu'il a du monde. C'est un grand naïf, papa, il ne sait pas dire non.

---

1. Au lendemain de la Première Guerre mondiale, le traité de Trianon acte les nouvelles frontières de la Hongrie vaincue. Plus de 3 millions de Hongrois se retrouvent hors du pays.

Une brume épaisse nous accueille sur l'autoroute. C'est comme entrer dans un nuage de coton pour finir sa nuit. Et puis le brouillard se lève. Je vois que maman est contente maintenant, alors qu'elle lisse ses cheveux. Je crois comprendre que Tokaj lui rappelle ses jeunes amours avec papa, un truc du genre. Le soleil vient chauffer les vitres, j'enlève mon pull. Les prévisions météo semblent fiables. Ils avaient annoncé un beau ciel bleu moucheté de quelques nuages et c'est le cas. Pour la température, il est prévu 22 °C en milieu de journée, au-delà des normales saisonnières. C'est en substance ce que nous explique mon père au volant, et ma mère, mon frère et moi n'avons pas de réel avis sur le sujet. Comme souvent, papa parle tout seul.

À peine sur l'autoroute, je lui demande de s'arrêter. Mon MP3 est dans mon sac et mon sac dans le coffre. Il souffle et il prend la prochaine aire de repos. J'entends le coffre claquer, il ouvre ma portière, me file le sac. Il remonte à sa place en prenant soin de condamner les portes au cas où Laci aurait la bonne idée de faire comme dans ses jeux vidéo : escalader la voiture en marche, se retrouver sur le toit et tirer sur tout ce qui bouge. Après, je n'entends plus rien que l'électro-punk allemand, Die Goldenen Zitronen. C'est mon grand cousin, Tamás, qui m'a fait connaître. Tamás, il a un nez pas possible et il s'y connaît en musique.

Je les vois se marrer. C'est que papa a un rire communicatif. Irrésistible. Même moi, un moment, je rigole sans savoir. László aussi, Laci[1] le garçon, le génie, le messie. Mes parents, mes grands-parents s'accordent tous sur ce point, pousse-toi Éva qu'on puisse filmer Laci. Laci, je l'aime seulement quand il joue aux échecs avec maman. Ça dure longtemps. Là aussi, forcément, c'est un génie. Pendant qu'ils jouent aux échecs, papa et moi on déplie la table de ping-pong dans le garage. Elle est rose écarlate. Avant ça, papa sort sa belle Opel Astra d'un vert douteux et ensuite on joue. C'est un pro alors je lui mets les menottes de Laci. Ça le handicape, il doit jouer à deux mains, revers, coups droits, la langue entre les dents. J'ai mes chances, deux points d'écart.

On commence à apercevoir au loin les contreforts du Zemplén. C'est à ce niveau du trajet que l'envie de pisser me prend, je laisse tomber un écouteur pour en faire part au chauffeur. Fin de non-recevoir, je remets l'écouteur. Je vois mon père parler, je suis sûre qu'il donne un cours sur la région. Il a baissé sa vitre pour la fumée. Pour nous épargner. Le pire, ce n'est pas l'odeur ou le froid, c'est le cancer. Maman dit qu'il va en mourir, de cette saloperie – c'est écrit sur

1. Diminutif de László.

le paquet. Et ça, je ne peux pas l'imaginer. Ça me fait flipper.

Je me retiens toujours de pisser quand soudain, à la sortie d'un virage, loin devant, au bout de la route, un homme. Dans ma diagonale, je vois mon père avancer son épais visage grimaçant vers le pare-brise comme s'il voyait mal (c'est peut-être le cas). Forcément, on s'approche de l'homme. Il apparaît plus distinctement, il a une drôle de tête. Il a le pouce tendu et tient un bout de carton sur lequel est écrit un nom de patelin : « Olaszhalom ». D'un regard à maman, mon père fait comprendre que oui, après tout il reste une place à l'arrière. Alors papa lève le pied droit, enfonce le gauche et saisit le levier de sa boîte de vitesses. Moi j'ai le cou tordu, je décale la tête de mon corps pour voir devant et je fais volontairement tomber un écouteur car il se passe quelque chose – je suis curieuse.

C'est la fin de matinée, d'après les rapports de police qu'on me mettra plus tard sous les yeux, ce 15 octobre 2006, il est entre 11 h 20 et 11 h 25 quand mon père met son clignotant : tic-tac, tic-tac.

LE DÉPART

Les pneus de la vieille break se mettent à hurler dans une légère embardée, mon corps est violemment retenu par la ceinture de sécurité. Sans elle, je traversais le pare-brise. J'aurais peut-être pas dû la mettre.

— Quel con, celui-là ! crache mon grand-père qui serre le volant à côté de moi.

Il le desserre et ses mains tachées de rousseur tremblent nettement.

— On a bien failli se le faire, ajoute-t-il en se tournant vers moi pour s'assurer que je n'ai rien.

Il regarde ensuite dans son rétroviseur central et s'assure de l'état de son épouse qui lâche, goguenarde :

— T'as encore des réflexes, mon amour…

Elle est goguenarde, grand-mère, en toutes circonstances. On enterre sa fille aujourd'hui, ma maman.

— Quel bâtard ! peste à nouveau mon grand-père. Une congère et c'était le décor !

La ceinture m'a légèrement brûlé l'épaule et le bas du cou. C'est rien. Le chien, sur le bas-côté, nous regarde d'un air apeuré. La queue entre les jambes, il s'éloigne en crabe sans nous lâcher des yeux. Mon grand-père, qui dégage une sensation de fragilité désarmante (on pense toujours qu'il va mourir ce soir), s'apprête à repartir.

— Attends, s'il te plaît, dis-je.

Une sueur froide me traverse le dos. J'ouvre la portière et je dégueule mon maigre déjeuner du premier jet, avec un peu de bile. J'entends mon grand-père descendre et faire le tour du véhicule. Je sens sa main sur mon dos. Entre deux remontées, je place :

— Y a pas de soucis, j'ai juste eu peur.

— Il y a un peu d'eau dans la voiture.

Ma grand-mère nous rejoint et me tend des mouchoirs jetables qu'elle sort de son sac à main. Et puis le silence, on remonte dans la voiture, je regarde mon visage dans le miroir du pare-soleil, le noir a un peu coulé, des pétéchies constellent mes cernes. Je rabats le truc, on approche du cimetière. Des voitures se garent où elles peuvent. Sur les terrains vagues et les toits, quelques plaques de neige résistent et renvoient une lumière éclatante. Des gens descendent, la mine sombre, ils portent de longs manteaux noirs et d'épaisses chapkas qui tranchent avec la blancheur du ciel. J'aperçois le nez de Tamás qui dépasse de sa capuche. Les pas sont mesurés. Il gèle à pierre fendre, s'impose au loin une lune rousse descendante sur l'Ukraine. On aurait pu faire le trajet depuis l'église en marchant mais le froid nous l'a interdit.

Le corbillard arrive au pas. Ma mère est dedans, allongée derrière, dans une boîte. Son calvaire est terminé. Laci est dans la voiture qui suit le corbillard. C'est la première fois que je le vois conduire. Il a pris en charge mon grand-père paternel. Pas du luxe. András – on l'appelle par son prénom –, il commence à perdre la carte. Je ne suis pas certaine qu'il ait compris qu'on enterre sa belle-fille. Il porte son blouson de cuir marron des grandes occasions, celui qu'il avait en 56. C'est ridicule mais personne ne veut le contrarier, à quoi bon. Il doit surtout avoir froid. Quand nos regards se sont croisés devant l'église, András s'est tapé sur le cœur, sur l'écusson de son fameux blouson qui l'étrique légèrement. Il a fait partie des étudiants leaders qui se sont soulevés contre le régime communiste. Il aime bien raconter comment il a décapité des statues, comment il a lancé des cocktails Molotov sous les chars soviétiques. András a perdu beaucoup d'amis dans la répression. Pour lui, ça n'aura été que la prison, quelques stages à la matraque pour se dégoter à la sortie un emploi dans une maison d'édition d'État. Il adore nous parler de son employeur qui avait refusé un jour de publier un manuscrit d'Imre Kertész. Au milieu des années 1960, András fut refourgué à une bibliothèque tout aussi muselée. Il a appris à se taire, mais il nous a dit avoir gardé dans le nez l'odeur de la poudre, « la poudre 56 ».

La manche droite de son blouson a des traces de brûlures. Ce blouson, on l'a déjà vu plein de fois avec, mais depuis quelque temps, un an, peut-être deux, il le met à tout bout de champ. Et il refait les Treize Jours de sa révolution. Ses souvenirs lointains sont remarquablement précis. Et pourtant, le pauvre András, il est incapable de se rappeler qu'il arrive tout juste de l'église.

On s'approche du trou. Des cordes traînent au sol. L'objet de curiosité est encore sur des trépieds. En regardant les dates gravées sur la plaque – (1967-2016) –, tout le monde fait le calcul et se dit la même chose. Chacun dépose des pétales multicolores. Au moment de descendre le cercueil dans l'immensité béante de la mort, mon grand-père maternel flanche dans un léger gémissement. Avec ma grand-mère, on le soutient. Papa est juste là. On remet le couvercle.

Malgré la discrétion de maman et sa vie sociale réduite au strict minimum depuis quelques années, de nombreuses couronnes de fleurs jonchent le sol.

La nouvelle s'est largement répandue. Impossible de manquer la plus imposante, fournie de rouge, de blanc et de vert, adressée par le Fidesz[1]. J'apprécie l'attention.

Laci est immense derrière moi. Il semble très serein, j'ai comme l'impression que c'est lui le grand frère. Sa barbe naissante dissimule une large mâchoire. Il ressemble tellement à papa, c'est un truc de fou. Tous les deux ont le même sourire qu'un ancien footballeur sud-américain dont j'ai bouffé le nom. Maman m'avait dit que Laci marchait très fort à la fac, maman m'avait dit qu'il était facile, très facile. Il a eu la mention maximale. Comme moi il y a plusieurs années. Mais Laci, pour maman, c'est toujours un peu mieux, c'est Mastermind. Un jour András m'avait confié qu'il n'y a pas d'enfants surdoués mais que des mamans d'enfants surdoués. Il avait raison.

Je le sens, juste derrière moi, Laci est droit comme un i. Il tient le bras d'András et une laisse dans son autre main. Je ne comprends pas pourquoi il s'est embarrassé du chien. On aura une discussion à ce sujet, plus tard, au bar, dont cette bribe :

— Éva, on ne va pas le mettre au chenil !

— T'aurais pu le laisser chez maman, le temps de…

---

1. Le Fidesz est un parti politique. Son président est Viktor Orbán.

— Il aurait défoncé le sofa, il a déjà bouffé la crèche.

— Et après ?

— On ne va pas le faire piquer, Éva.

La cérémonie touche à sa fin. En crachant de la fumée, le prêtre ajoute quelques mots sur les profondes convictions catholiques de maman. Il a raison. Sans rapport pertinent, András chantonne l'hymne national en claquant des dents. Tout le monde se signe. On a choisi une musique mais l'appareil ne marche pas. Laci dit que les piles sont grippées par ce froid de canard. Grand-mère balbutie dans son accent transdanubien à couper au couteau un joli texte sur la vie qui bascule, sur l'enfance de maman dans le village de Kimle, plus proche de Vienne que de la capitale, mais dont le cœur bat pour Budapest. Une vie à la campagne avec ses sœurs dans la nouvelle baraque en briques, « salle de bains et eau chaude ». La baignade et les parties de pêche dans la Leitha, une veine du Danube. Les trois fillettes nues dans le coffre de la Trabant break, les cheveux mouillés de joie. « Des garçons manqués » – insupportable expression –, deux points à l'arcade sourcilière de maman en souvenir.

Les parents de ma mère travaillaient à la ferme d'État Bábolna. La famille ne manquait de rien, il y avait du travail et des salaires, des hôpitaux, des écoles et des bibliothèques partout. Grand-mère évoque l'insouciance, la culture et la sécurité d'une belle époque, sous-entendu avant la brutale économie de marché, le chômage et la corruption. Sa fille était devenue une femme à ce moment-là.

Ça aurait dû être grand-père pour la lecture du texte, il s'en voulut longtemps.

Les amis de maman avaient raconté la suite, avant l'inhumation, à l'église. Ils s'étaient connus pour la plupart à la faculté d'agronomie de Mosonmagyaróvár à l'heure de l'ouverture des frontières, de la liberté, des possibles. Ils avaient parlé de sa révélation pour Zweig, des couleurs de Klimt, de l'été 1989 à Paris. Je découvrais une autre mère que la mienne, plus effrontée. C'est là que mon noir avait commencé à couler. On ne connaît pas ses parents. J'avais tout lâché, pleuré mes yeux. Dans la foulée, mes deux tantes étaient bouleversantes elles aussi. Par leurs traits physiques surtout, si proches de maman, et le poids de leur peine dans l'évocation des « inséparables ». Mais je n'avais plus de larmes dans le moteur.

Nos pieds brûlent dans le cimetière. Un moment, il faut bien s'en aller. Le froid facilite la tâche. Je le sens, certains iront glisser leurs corps tout mous dans l'eau chaude des thermes. Je remarque le beau plaqueminier dans un angle du cimetière.

On dirait des pêches plates de Chine. Un merle tape dedans. Je suis contente que Krisztina soit venue. On a repris contact depuis quelques mois grâce aux réseaux sociaux. Dans l'allée, on s'est pris les mains comme dans une danse irlandaise mais on n'a pas tourné.

Tout le monde fait semblant de ne pas voir András qui est allé pisser le long de la murette en parpaing. Il siffle, sans doute encore l'*Himnusz*, que *Dieu bénisse ce Magyar.* Il revient vers nous, des pastilles foncées égrènent son pantalon beige. Il va se poster à côté de Laci. Le chien colle sa truffe au niveau de ses couilles.

— Maman n'aurait jamais eu de chien avant…

— Avant, Éva, tout était différent.

— Normalement, on prend un petit chien.

— Pas là.

— T'as vu la couronne de fleurs ?

— On voyait qu'elle, c'est de la propagande à moindre frais…

— Arrête un peu, y avait pas que ce parti politique, d'ailleurs…

— Du populisme en barre…

— Tu ne te plains pas des bourses d'études et de tout le reste… les obsèques, par exemple, tout est réglé grâce aux dons, t'as pas crié au scandale.

— À choisir, je préférerais que toutes ces aides n'existent pas.

— Sauf qu'on ne refait pas l'histoire, Laci…

— Je ne me plains de rien, je subis, je vis, je vois, je mange, je chie Orbán, si ça peut te faire plaisir[1].

— On ne peut pas discuter avec toi, Laci… Orbán, il est toujours resté discret, jamais de déclaration pour récupérer notre drame.

On attend une vingtaine de personnes dans la maison de maman pour offrir un dîner. Pour se retrouver entre proches, digérer le dernier départ. Ce repas est sacré, comme ceux de la naissance et du mariage. La pogácsa, les tócsnis, un chou farci et un ragoût de viande signés Laci n'ont plus qu'à être réchauffés. Avec grand-mère, on a fait le sucré, on s'est appliquées à réussir nos túrós pite, nos kalàcs et le beigli. À la sortie du cimetière, les parents de ma mère ont pris András le temps que nous fassions quelques achats supplémentaires, mon frère et moi. Et si András revient sur 56, mes grands-parents feront la sourde oreille en se disant qu'un truc a pété là-haut, « le pauvre ».

On sort de l'épicerie les bras chargés. C'est là qu'en face de nous se trouve un bar. On se regarde.

— Tes cheveux ont repoussé, j'aimais bien aussi quand tu étais rasée, t'as un joli crâne, Éva, et ça faisait ressortir tes yeux.

---

1. Viktor Orbán a été le plus jeune Premier ministre (1998-2002). Il est revenu à ce poste en 2010.

— Moi, je me disais tout à l'heure au cimetière… ta barbe… ça te vieillit…

— Je dois le prendre comme un compliment ?

— Oui.

— Un compliment d'Éva, c'est ma tournée, tu veux quoi ?

— Une bière, j'ai très soif.

Rien ne semble avoir bougé d'un iota dans l'établissement qui fait surtout restaurant. D'épaisses tables recouvertes de nappes à carreaux traversent la sombre pièce. Des odeurs chaudes de fromage et de lardons nous parviennent depuis la cuisine. Avec des yeux qui roulent, un vieux monsieur s'assoit à côté de la porte d'entrée. Au-dessus de lui pend un cadre d'Horthy[1]. Je sais qu'il a abdiqué un 15 octobre et je comprends qu'il faut aller se servir au bar.

— Une autre bière ? demande Laci.

— Et si on se faisait une pálinka ?

— Abricot ?

— N'empêche, si la Hongrie existe à nouveau sur la scène européenne, c'est grâce à Orbán…

— C'est l'alcool, Éva, qui te donne envie de parler politique ?

— Tu n'es pas objectif, c'est tout.

1. Miklós Horthy (1868-1957) fut régent de Hongrie du 1er mars 1920 jusqu'au mois d'octobre 1944.

— Parce que toi tu l'es, peut-être...

— Il ouvre les yeux des technocrates à Bruxelles, mieux, il leur botte le cul...

— Moi, je préfère quand on parle de la Hongrie grâce à un prix Nobel de littérature.

— T'es un rêveur...

— On se fait un dernier shot, Éva, ou on se tire ?

— Poire ? Ça changerait de l'abricot...

— Va pour la poire.

Laci part aux chiottes, j'inspecte machinalement mon portable. Pas de message alors je feuillette le journal qui traîne sur la table. Mes yeux, soudain, s'agrandissent. Un encadré mentionne le décès de maman. Laci réapparaît, je plie l'affaire. Il s'excuse en me montrant son téléphone et sort dans le froid. Alors je rouvre et je lis. On rappelle la tragédie nationale d'Olaszhalom : « 10 ans déjà. » Il n'y a pas trop de conneries dans le papier. À part que maman ne s'est pas laissé mourir de chagrin. C'est beau mais c'est faux. Non, elle s'est battue. Elle s'est battue, merde !

— T'es blanche comme un linge, me dit Laci devant le bar.

— C'est la poire... Au fait, tu conduis drôlement bien...

— Drôlement, je ne sais pas... Quand je suis seul, j'évite surtout les routes bordées de platanes.

Je feins d'ignorer cette phrase.

— Je me demandais, tu vas à la fac en bagnole ?

— Non.

Laci détache le chien. Je le regarde marcher vers la voiture. Les deux corps fument. Je suis un peu saoule et prête, en enfilant mes gants, à affronter les grandes tantes, le chou farci et tout le reste.

Je monte dans la voiture. Laci me regarde :

— Tu sais… depuis l'accident…

Je le coupe aussitôt.

— T'appelles ça un accident ? Parfois t'as rien dans le crâne, Laci. Comment tu peux parler comme ça, sans haine… Si t'as pas de haine, t'as pas de cœur.

— T'es bourrée pour sortir des formules aussi connes ? Chacun ressent les choses différemment… Et la haine n'a jamais fait revenir personne.

LE DÉFILÉ

J'aime ce léger grésillement qui acte une nouvelle peau. L'odeur de l'encre s'infiltre dans mes narines tandis que le néon chauffe mon épaule. Avec ses mains gantées, l'homme est moite, appliqué. C'est une attention indélébile. Dans son laboratoire tapissé de motifs, il a mon corps entre ses doigts.

— Tu me dis si ça te brûle. Le traçage est toujours le plus délicat...

— Un peu mais c'est supportable, la crème anesthésiante fait son effet... Ce sera toujours moins douloureux que mon premier.

— Il est où ?

— Fais une pause trente secondes, dis-je – puisqu'il me tutoie.

Je dénoue la serviette qui me couvre les seins, je n'ai pas de soutien-gorge – pas grand-chose à soutenir, ma poitrine est mort-née –, le tatoueur regarde mon nibard droit avec un léger sourire. Je précise :

— Il a deux ans, j'ai dérouillé.

— Elle est réussie, ton sein l'arrondit, c'est marrant, j'en fais de temps en temps…

— Ça me rassure.

— Ouais, si tu le dis. Ma première, c'était sur le torse d'un Russe, Nikitine, tu le connais peut-être, un espèce de placard, putain, elle lui recouvrait tout le pec. Le type faisait dans le heavy metal, mais il est devenu chanteur d'opéra – il est baryton, ce con – et célèbre, en plus. Des photos de lui torse-poil ont circulé sur le Net, ça a fait tache, il a fallu tout recouvrir, putain, trop dégoûté…

C'est par le métro et avec cette nouvelle omoplate – Attila revisité version manga – que je vais, le lendemain, retrouver mon amoureux dans le 10e, Kőbánya, un quartier salement cosmopolite du sud-est de Pest. Mais on y trouve des dealers de confiance et son deux-pièces est lumineux. Du quatrième étage, il donne sur le parc Óhegy. Les beaux jours, on peut se poser à deux sur le balcon et observer les gens se dorer la pilule. De là, on rêve à un monde meilleur. Lui, Tibor, a fini ses études.

Je sonne. Cette crise de rire quand il ouvre la porte. Je ne risque pas de m'ennuyer avec ce numéro.

— Quel con !

Je l'embrasse et il a peur que j'abîme la petite moustache épaisse qu'il s'est collée sous le nez. Il a bien rasé ses pattes, le reste de sa coiffure fait ressortir une belle mèche de cheveux noirs qu'il a plaquée sur la gauche de son front. Sa chemise blanche est impeccable et son nœud de cravate ajusté au millimètre. Le plus impressionnant, c'est la vareuse vert-de-gris avec la Croix de fer, et le brassard raccord avec mon sein droit.

— C'était la sienne, il l'a portée ! Un ami a acheté ça aux enchères à un ancien médecin de l'armée américaine, il m'a aussi prêté des sous-vêtements de Göring.

Je ne sais jamais s'il est sérieux ou s'il déconne.

— Et mate la gabardine ! Ça, c'est la mienne, une copie de l'époque.

Il l'enfile devant moi, le brillant rappelle sa mèche. Il est impeccable, il a vingt-neuf ans, moi encore dix-sept, et on se demande franchement qui de nous deux est l'enfant. Il remet la gabardine au perroquet – à côté d'un casque du IIIe Reich dont il se sert à moto. D'un coup d'œil, je remarque que son appartement est toujours aussi nickel. Aucune faute d'accord. Du néo-cosy-chic-nazi. Tout est rangé au millimètre, pas une poussière, même sur les ouvrages d'idéologues français du XIXe dont Tibor me parle sans arrêt. Au-dessus de la cheminée condamnée est encadrée une reproduction de Ferenc Szálasi[1] assis dans un canapé. Humble, l'homme semble arrêter le photographe de la paume de sa main, le regard détourné. On dirait qu'il fixe le fusil de Tibor. Celui-ci appartenait à un sergent italien qui a combattu dans la grande armée européenne d'Hitler contre les Russes. Il est équipé d'une lunette.

Sur le frigo, dans lequel Tibor se saisit de deux roteuses, de petites lettres magnétiques multicolores forment une phrase : « Je ne vais pas tomber entre les mains de l'ennemi qui a besoin d'un nouveau spectacle, présenté par les Juifs, pour le divertissement des masses hystériques. » Tibor a la foi, ça le rend attachant. J'aime bien les gens qui croient en quelque chose.

— Qu'est-ce que tu fais ? me dit-il. Tu écris à qui ? Tu sais que je suis jaloux comme un pou…

— T'es bête, j'envoie un SMS à ma mère. Elle se doute de quelque chose, elle flippe que j'aille à Olaszhalom…

Je suis à Budapest toute la journée.
Shopping et cinéma. Promis.

J'oubliais.

T'aime. EV

---

1. Leader du parti pro-nazi Les Croix fléchées, pendu en 1946.

— Ta maman a raison de s'inquiéter, c'est important, la famille, c'est le creuset de notre civilisation. Moi quand j'aurai des gamins, je les protégerai. Comme je te protège…

— T'es gentil… Dis-moi, le poète, t'as pas un billet et une carte bleue quelque part ?

— La carte bleue dans la poche intérieure de ma gabardine, pas de billet mais des pailles dans le tiroir du secrétaire. On ne traîne pas des plombes…

— Ça va bien se passer… Arrête de stresser tout le temps. C'est où le rencard ?

— Opéra.

— Quel côté ?

— Avenue Andrássy, le bus décolle à neuf heures.

C'est un anxieux. J'ouvre mon petit sachet et verse une partie du contenu sur la plaque en verre de la table basse. Avec la carte je fais quatre lignes bien droites, en tapotant consciencieusement pour ne pas en laisser sur la CB. J'attrape mes longs cheveux d'une main, me penche, mon visage se reflète – je le fuis –, mon piercing scintille, je renifle une ligne puis une deuxième dans l'autre narine. Pas de jalouse. Je passe mon doigt sur mes dents en fermant les yeux.

Tibor prend ma place le temps que j'aille lâcher un renvoi dans l'évier de sa kitchenette. Juste un crachouilla que j'efface d'une pression d'eau. Un peu de sang me monte à la tête et en quelques secondes, telle une prise d'oxygène, une sensation de légèreté m'envahit. J'avale deux bonnes rasades de bière et j'essaye de dire en rotant : « Ali Baba et les quarante voleurs ». J'échoue sur les « quarante » mais ça fait marrer Tibor qui se renverse, les bras en croix sur le canapé, en tordant le bec pour souffler sur sa mèche. Je sais qu'il a peur de saigner du nez.

Je vais chercher quelque chose dans mon sac, je m'approche de lui, je retire mon sweat, puis mon T-shirt pour faire respirer mon roi Attila. Je m'accroupis entre ses longues jambes en lui tendant la tondeuse électrique.

— Tu me rases et moi je te suce, dis-je.

Ziiip.

J'ai les genoux au sol. Des touffes de cheveux commencent à tomber au hasard sur mon rapace, son pubis, et le parquet flottant de son appartement. Je parie qu'il va balayer avant qu'on parte.

— Tibor, je ne veux pas qu'on sache, pour ma présence…

— C'est toi qui choisis, ma belle…, lance-t-il un peu fort pour se faire entendre au travers des bourdonnements de la tondeuse.

— Le Jobbik[1] y sera ? Je t'ai déjà dit que mon grand-père avait combattu en 56 avec le fondateur ?

---

1. Signifiant « meilleur », ce parti politique d'extrême droite fut fondé en 2003.

— Oui, tu m'as dit. Et bien sûr que le Jobbik sera de la partie, forcément, c'est le cinquième anniversaire. Mais tu vas voir, ils ne se mélangeront pas à moi, ils ne vont pas apprécier mon déguisement. Ils n'ont aucun humour…

Je fais du bruit avec ma bouche, il aime ça. Il pense au Jobbik.

— Ils n'assument pas.

— …

— Quand j'ai intégré ce parti en 2007, je venais de rattraper une première année de droit, comme toi aujourd'hui… Je peux te dire qu'on ne cachait pas nos convictions.

— …

— C'est l'année où on a créé la branche armée du parti avec la Magyar Gárda. 2007, tu comprends, c'est un tournant. Tu peux mordiller si tu veux.

— Laisse-moi faire, merci.

— Ma chérie, tu peux pas imaginer combien de fois j'ai dû leur expliquer que l'extrême droite nationale n'avait pas d'avenir, qu'elle devait être européenne… Le Jobbik a fini par comprendre, je crois.

— …

— Parce que tu vois, le problème est global, c'est la décadence, le péril partout, l'invasion, la race blanche est menacée. C'est un travail de fond, qu'il faut commencer à l'Ouest. Un jour, en Europe, les migrants décapiteront nos prêtres et nos professeurs !

Il éteint la tondeuse. Je commence à manquer de salive. Je reprends une lampée de bière.

— Et ce putain de parti a quand même réussi à faire 17 % aux élections l'année dernière… c'est bon ça !

— …

— Cette merde molle d'Orbán nous voit arriver sur sa droite… il veut nous interdire de défiler à Olaszhalom, ce con… Non seulement on va défiler, mais un jour on le baisera en s'alliant avec l'extrême gauche. Elle est là, Éva, la solution.

— …

— Cet enculé d'Orbán, qui finance ses campagnes avec nos impôts… Voilà pourquoi il gagne, ce mafieux ! C'est pas avec ses mesurettes anti-migrants…

Je reprends de la bière. Je ne veux pas qu'il s'énerve. Ça nous fait perdre le fil. Je le calme avec ma langue que je tourne autour de son casque allemand – l'autre.

Je poursuis avec une main pour ne pas parler la bouche pleine. J'ai envie de dire que j'aime ma prof de droit, une députée européenne du Jobbik et féministe de surcroît.

— Brillante… t'arrête pas… elle est brillante. C'est une star, je l'ai eue en cours, elle était à fond dans la défense des Palestiniens…

— …

— Des homos aussi. Moi ça me dérange pas, les homos.

— Je me demande si mon petit frère n'est pas pédé…

— Il milite, lui ?

— C'est encore un gamin, qu'il reste dans ce monde-là.

En mettant mes deux mains, il commence à prendre sérieusement du plaisir. Je le sens dans les muscles de ses jambes. Je mets le bout de mon doigt dans son cul, je le connais par cœur, la gâchette devient sensible. Pas manqué, le coup part. Je ne m'arrête pas. Ça me fait baisser les paupières, le goût métallique de la coke est en train de passer, puis je sens mon nazi se ramollir. Je ne sais pas si je l'aime.

Je me suis endormie dans le minibus, j'ai roupillé tout le trajet, bercée par les petits cahots et par le vrombissement du moteur dans mon dos. Quand j'ouvre un œil, je vois une église jaune – je sais où on est. Des rires font éclore mon autre œil. J'aperçois les restes de la synagogue rincée par la pluie, je pense aux morales innocentes de mon père. Je fais tomber ma capuche. J'ai la tête lourde. Des gouttes ruissellent le long de la vitre. Un timide soleil perce. Le chauffeur fait une manœuvre pour se garer. Il y a du monde partout. Comme lors de la reconstitution, des policiers font la circulation. C'est impressionnant.

Je dois affronter deux descentes, celle de la coke et celle du bus. Tibor m'enlace, m'embrasse et me masse quelques secondes au niveau des trapèzes. Je remets la capuche de mon sweet Lonsdale sur mon crâne rasé. Des types commencent à sortir du véhicule, l'un d'eux envoie une glaire sur les ruines, un autre s'en va pisser dessus. Un maître-chien encagoulé les engueule.

J'ai pas envie de descendre du bus, je dois prendre une décision. J'attrape le sachet dans mon sac et déplie ma tablette. Tibor me dissimule. Je penche ma tête, la relève et propose à Tibor d'en faire autant. Il refuse, je vois à son rictus – précisément celui de la Joconde – qu'il a déjà pris ce qu'il faut.

Je m'arme d'un peu de courage. J'ai une boule dans la gorge mais mon cœur se remet à battre. Cette éclaircie, c'est une chance, un signe. Une sonnerie de portable retentit. Machinalement, je cherche le mien. Au fond du bus, un type répond : « Himmler j'écoute. » Les derniers à descendre se marrent, je souris, c'est bon enfant. Il faut y aller, c'est un devoir, un devoir de mémoire. Je me tape sur les cuisses que compresse mon jean, je relace mes Docs montantes et je m'extrais en m'aidant du dossier devant moi.

« Au travail ! Au boulot ! On ne veut plus payer vos allocs ! Dégagez ! Pas de boulot, pas d'enfants ! Au travail ! Au boulot ! On ne veut plus payer vos allocs ! Dégagez ! Pas de boulot, pas d'enfants ! »

Au travers des manifestants, j'aperçois à une centaine de mètres des motards du Gój Motorosok[1]. L'un d'eux a piqué l'idée de Tibor pour le casque – c'est le troisième de la journée. Je reconnais leur leader qui est à pied, près de la stèle. Imre a fait beaucoup pour nous. Je le revois dans le salon, chez mes parents. On doit à l'association une collecte d'un million de forints[2] – qui a surtout servi à engraisser les avocats et les psys. Je trouve que maman n'a jamais vraiment été reconnaissante. Pourtant, ce sont des gens droits et qui apportent des solutions concrètes, comme la proposition de scolarisation d'un enfant tsigane dans chaque école privée du pays pour l'éduquer.

Les copains sortent les drapeaux de la soute à bagages. Du rouge, du blanc et du vert commencent à flotter au-dessus de nos têtes. Certains représentent la Hongrie d'avant 1920 et d'autres les tribus d'Árpád[3]. Celui des Croix-Fléchées est reconnais-

1. Association de motards racistes.
2. Environ 4 000 €.
3. Blason rouge et blanc des premières tribus hongroises.

sable à son croisillon vert aux extrémités pointues. On avance.

« Au travail ! Au boulot ! On ne veut plus payer vos allocs ! Dégagez ! Pas de boulot, pas d'enfants ! Au travail ! Au boulot ! On ne veut plus payer vos allocs ! Dégagez ! Pas de boulot, pas d'enfants ! »

On se mêle à des militants de la Magyar Gárda. Tibor a eu tort de dire qu'ils manquent d'humour. Les gars se prennent en photo avec lui. Une fille l'embrasse un peu fort, la salope. Sur les pylônes, les nids de cigognes sont vides. On avance.

Derrière, dans les maisons, on aperçoit des visages de charognards dissimulés derrière les rideaux. Sur un bas-côté, un cordon de flics retient des journalistes, des photographes nous mitraillent. Des copains les insultent. Tibor leur conseille un reportage automnal dans les Sudètes. On rigole. Je vois que les photographes s'intéressent à lui. Je m'écarte légèrement pour préserver maman. Mon amoureux, malicieux, fixe un objectif. Je ne m'imagine pas que sa photo puisse faire le tour de l'Europe[1]. Les slogans montent d'un ton. On avance.

---

1. Cette photo est notamment parue sur le site Internet du magazine *Paris-Match* : « Hongrie : épidémie de peste brune. »

« Juifs, musulmans, Tsiganes, même combat ! Pour une Hongrie propre ! Juifs, musulmans, Tsiganes, même combat ! Pour une Hongrie propre ! »

On s'arrête. C'est spectaculaire. Le bruit, surtout, et cette odeur d'huile de synthèse qui monte au crâne. Je savais que cette parade avait lieu tous les ans. J'y suis. Les Gój se sont scindés en deux groupes à chaque extrémité de la rue Kossuth. À tour de rôle, un motard part de chaque côté. Ils se rejoignent et s'arrêtent devant la stèle. Les pilotes se regardent et font ronfler leurs moteurs, puis repartent. L'exercice dure une vingtaine de minutes, le temps que tous les motards se recueillent. Des gens applaudissent. J'éprouve un sentiment de fierté. Ce monde est rassurant. Nous sommes entre nous, entre résistants.

Après le bal des motards, Imre se positionne près de la stèle et sort une feuille de sa poche. Un léger crachin s'invite. On ne moufte pas, son ton est grave.

… meurtre brutal… moyenâgeux… chaque automne, c'est le poids de l'histoire… folie inhumaine… Le nom d'Olaszhalom est malheureusement devenu synonyme d'horreur… ce nom évoquant dans le monde la honte de la Hongrie… les journalistes en ont fait du business… tout comme les partis dans l'enfer de la récupération politique… tout le monde est responsable et coupable…

plus jamais ça… c'est le devoir de tous les leaders politiques et de tous les pays… pour construire quelque chose de cette tragédie… miser sur l'éducation et le travail…

Le crachin se nourrit de plus en plus et se commue en pluie battante. Le discours est écourté. Des gens se retirent vers leurs voitures. Nous, on fait un dernier tour de piste, le baroud d'honneur. J'enlève ma capuche pour sentir la fraîcheur de l'eau sur mon crâne. Un gros barbu à côté de moi s'inquiète pour le pique-nique. Il avait prévu un chaudron pour le goulasch. Il n'y a nulle part où s'abriter. C'est vrai. C'est la plus mauvaise nouvelle de la journée. Je ne lui dis pas que sur Internet, on peut lire que le goulasch est d'origine tsigane, ça lui couperait l'appétit. On avance.

« Juifs, musulmans, Tsiganes, même combat ! Pour une Hongrie propre ! Juifs, musulmans, Tsiganes, même combat ! Pour une Hongrie propre ! »

À proximité des bus, une accalmie vient tout droit du ciel. C'est peut-être Horthy, là-haut, ou Szálasi, ou Attila, ou peut-être Igor Dronov, qui sait ? Je me marre toute seule. Et Tibor ? Il est où, Tibor ? J'ai une sueur froide sur le front.

— Tibor ! Tibor !

Il est au pied du bus, prêt de la soute, il ouvre des canettes, Tibor. Tibor a soif. Moi aussi, nous sommes sur la même longueur d'onde. Un type me tend un verre en plastique dans lequel il verse sa pálinka. Elle arrache. Je lui souris, je crois qu'il tombe amoureux. Il me ressert. J'avale de la bière pour faire passer les gorgées de gnôle. J'ai envie de partir loin d'ici, j'ai envie de rire, j'ai envie de m'amuser. Les types sortent leurs pogácsa et leur lard grillé au feu de bois. C'est chaleureux. Je veux me barrer. Il pue, ce village. Je veux être à Budapest avec Tibor, dans son putain d'appartement. Sans personne. Je m'offre une montée dans le bus.

Ils sont arrivés au compte-gouttes. Ce n'est plus le calme de l'aller. L'humeur est à la fête ; carpe diem. Des pâtisseries circulent entre les sièges. Les caisses de bières prennent deux places. On fait tourner l'Unicum. L'odeur de l'herbe se fraye un chemin jusqu'au chauffeur – qui gueule. On lui dit de mettre du rock. Et vite.

On s'accroche jusqu'à son appartement pour ne pas tomber. Nos voix portent dans le soir de Budapest, elles viennent taper contre les immeubles baroques et roses pour se perdre dans l'imposant Danube bleu nuit. Je redoutais cette journée et je suis fière d'y être allée.

Il entre en premier et sort une bouteille de vin blanc italien. Je lui saute dans les bras, mes jambes enlacent ses reins. On tombe dans le canapé. Je le décoiffe avant d'ouvrir la bouteille. Du vin gicle. Tibor apporte deux verres, un torchon, essuie et part allumer la douche en mettant l'eau chaude à fond. Il fait de même dans l'évier. On trinque. La vapeur envahit l'appartement. On s'embrasse. On transpire. On la siffle. Il ouvre son secrétaire, sort une guillotine et un cigare d'une île quelconque, un vrai barreau de chaise. Il a la mèche en l'air. Il se baisse vers sa platine et retire une sorte de cloche à fromages transparente. Il actionne le bras, le vinyle tourne, il est de dos. J'attrape son arme sur le manteau.

Il tourne la tête, suspendant de ses doigts la pointe de lecture. Avec le cigare dans la bouche, sa voix est déformée.

— Fait chier, ça aurait dû être lui, pour l'hymne européen, plutôt que l'autre fiotte de Beethov... Dis-moi Éva, tu crois que Wagner est déjà allé dans la Bretagne française ?

— Je m'en branle royalement, chéri.

— Moi je pense qu'il est allé se frotter aux éléments à l'été 1845 pour écrire *Lohengrin*...

— C'est vachement érotique, une arme...

— Fais pas la conne, mon amour, il est chargé.

— Ra-ta-ta-ta !

— T'es défoncée, me fous pas une balle dans le ciboulot...

— C'est quoi ?

— Un silencieux.
— Comme dans les films.

C'est la deuxième fois que je tiens une arme dans mes mains. Le métal est froid et le bois intensément lisse, comme l'intérieur de mes cuisses.

J'ouvre la porte-fenêtre, le froid pénètre dans l'appartement surchauffé, se débat avec les fines particules de chaleur. Dehors, les nuages rosâtres se sont effacés, plongeant Pest dans la nuit. Des milliards d'étoiles nous contemplent. Les réverbères font scintiller le bitume détrempé par les seaux de pluie tombés toute la journée. Quelques personnes se baladent dans le parc. On reconnaît des parasites à leur accoutrement. Je pose le fusil sur le balcon. Je m'allonge devant la porte-fenêtre, seule ma tête dépasse. Je saisis le fusil et colle ma joue sur la partie lisse. Je positionne ma pupille dilatée. On voit bien. En déplaçant ma main gauche, ma lunette rattrape des vies. Ils sont trois, comme nous, dans la voiture, en 2006. Il y a une jeune femme qui a le teint mat. Clairement.

Tibor se marre, il n'a toujours pas posé son diamant sur le microsillon.

— Je t'autorise à tirer, ma chérie… Mais tu me préviens avant… qu'on se taille de là fissa.

Je fais résonner le déclic de l'obturateur. Tibor rit moins tout à coup.

— Tu prends tes responsabilités mais si t'appuies, tu changes nos vies, bébé, on ferait mieux de baiser, sérieux…

Son rire s'écorche, Tibor flippe, sa voix tremble.

— Oh ! Éva…

Je n'ai pas envie de baiser. La jeune femme ne bouge plus. Putain, j'ai la mire en pleine gueule qu'une lumière blafarde éclaire. C'est comme ça que j'ai envie de jouir, Sir Tibor, ce soir. Je retiens ma respiration.

— Hello goodbye, thank you fuck you.

L'ŒUVRE

Le corps de la ratonne est étendu là, pitoyable, refroidi, désormais inutile. De sa bouche déchirée, un filet de sang serpente et se fraye un chemin vers Buda au hasard des irrégularités de l'asphalte. Ses yeux révulsés la rendent volontiers disgracieuse. Dans la chute du pantin, effondré tel un château de cartes, le corps s'est désarticulé. Ses genoux se touchent et son bras dans le dos n'est pas à sa place. C'est strange.

Le lendemain matin, ou dès cette douce nuit, des fonctionnaires bien sous tous rapports contourneront cette enveloppe ridicule à la craie après quoi l'âne mort, les cheveux collés d'hémoglobine coagulée, disparaîtra derrière la fermeture Éclair de la housse en plastique noire. Ziiip. Avec la silhouette sur le sol, œuvre d'art éphémère, les enfants du quartier joueront à la marelle, ou pas. Je coche ce jour-là sur mon carnet intime : « 7 mars 2009, c'est la sixième victime : 1 à 6. » Et non pas 6 à 1, puisque nous jouons à domicile. Un conte de fées mais pour de vrai.

Les auteurs de cette vengeance sont les frères Kiss : Árpád et István. Je sais tout d'eux. Des videurs qui bossent dans une boîte de nuit de Debrecen. Les mauvaises langues diront que c'est une discothèque malfamée où tous les coups sont permis. Bien sûr que des morts hantent le parking dans la lumière blanche du projo grésillant. Et alors ?

Árpád, c'est l'aîné, quarante-deux piges. Grand, sec mais pas manchot. Son bouc grisonnant est redouté, ses frappes sont chirurgicales. Au bras de fer, avec son grand bras, il est injouable, il commence par te péter le poignet, il attend et, quand tu chiales, il plie. Árpád a fait de brillantes études de sociologie à Pest où il était aussi batteur dans un groupe de rock. Il a eu une opportunité pour aller bosser en Israël en tant qu'agent de sécurité. Là-bas, il a appris quelques trucs et puis il est revenu au pays, avec ces quelques trucs.

István est plus petit, plus trapu, ses uppercuts sont lourds. Il marche sur ses trente-quatre ans et il est reconnaissable à ses bras crépis de tatouages. Ado, il se mange la raclée de sa vie par des rats qui lui piquent son walkman. Il prend une décision, celle de rejoindre la communauté skinhead de Debrecen. Il écume le pub Loki durant toutes les années 1990. On y boit de la bière à outrance, cultive l'underground et supporte le foot entre Magyars. Lorsque le Debreceni VSC tape dans le ballon, la bande se rue aux abords des stades pour en découdre avec les supporters adverses, à commencer par les tapettes du Ferencváros TC ou du Diósgyőri VTK. Les dossiers ressortiront quand István sera célèbre. On le verra sur un extrait de vidéosurveillance en train de faire des moulinets avec une batte de base-ball. Il y apparaîtra en compagnie d'un membre de la Brigade des Carpates[1], un type – sans dents du haut et surnommé l'Asiat', pourtant sans aucune origine de ce côté-là – redouté pour manier comme personne le nunchaku. Des rumeurs feront aussi état de l'utilisation d'un fléau d'armes, pure légende. En tous les cas, au Loki, on se souviendra toujours du jour où le Debreceni VSC a gagné la Coupe de Hongrie en 1999. Il pleuvait de la bière dans le bar, en attestent les auréoles sur les murs.

István, il a des convictions. Un soir, saoul comme un Polonais, il brûle une torah devant le bar. Faute de flagrant délit, la police laisse tomber mais les services de renseignement se mettent à le filer. On ne parle pas du hooligan de Miskolc qu'István a mis dans le coma un soir de match, la police garde ça

1. Groupe de supporters néonazis.

sous le coude. Quelques années plus tard, István refait le visage d'un rat à coups de canif. Sur ce coup, la police ne fouille pas plus que ça : le rat l'avait bien cherché. Pour fêter son entrée dans le troisième millénaire, István intègre le Bloody Sword[1]. Normal, István aime son pays et c'est un chef dans l'âme, une sorte de leader, au foot, on dirait capitaine. L'entrée de la Hongrie dans l'Union européenne en 2004 finit de l'écœurer. C'est la porte ouverte aux mécréants, un accident de l'Histoire au même titre que le traité de Trianon. Il bout, István !

Les deux frangins ont un pote, Zsolt, du même âge qu'István. C'est d'ailleurs avant tout un ami d'István. Ils se sont rencontrés au Loki Klub durant les années cuites, quand il pleuvait de la bière et qu'on brûlait des torahs. Zsolt, côté format, c'est davantage le pot de moutarde, aussi large que haut. Les photos prises lors du procès montrent bien sa barbe en deux parties, semblables aux grandes dents du morse. En attendant ce procès, Zsolt est devenu un client de la boîte de nuit. Il y fait même des extras puisqu'il a troqué son métier de pâtissier pour celui d'éleveur de chiens de combat. L'agent de sécurité règne sur le parking de la discothèque avec son pétard dans la poche du Bombers et son

1. Mouvement national qui entretient la mémoire des chevaliers magyars repoussant les Ottomans. Leur symbole est une épée ensanglantée.

tatouage sur la nuque : 88. Les initiés comprennent que c'est la huitième lettre de l'alphabet : HH. À ce propos, Zsolt a rejoint István dans le groupuscule Véres Kard qui travaille à la postérité de Ferenc Szálasi, le leader du parti des Croix-Fléchées qui avait salué l'arrivée du IIIe Reich dans notre pays par un « Heil Hitler ». Il y en a d'autres, dans ce cercle, qui ont conscience du péril magyar, dont Éva, la benjamine de l'équipe. Là, je suis fière qu'elle s'appelle comme moi, mais un peu jalouse que ce ne soit pas moi. Très jalouse, même.

Comme tout un chacun, ils ont envie de faire quelque chose de leur vie. L'envie de servir, de combattre le mal, quitte à se substituer à l'État quand ce dernier en est incapable. Et puis c'est le déclic, au mois d'octobre 2006, le 15, un dimanche. Ils se disent : « Plus jamais ça, plus jamais. » Débute dans notre pays l'inquisition moderne, l'odyssée blanche, le Grand Soulagement par quoi le mal de ventre s'apaise.

Árpád, István, Zsolt et Éva se retrouvent le plus souvent dans un gymnase pour brasser de la fonte et discuter projets. Durant de longs mois, ils s'instruisent et ils s'arment. En la matière, Zsolt a déjà des choses qui traînent dans son armoire mais ils planifient un gros coup. István a eu vent d'un type, un chasseur, qui planquerait chez lui un véritable arsenal. Il crèche à Besenyszög, un patelin dans la pampa entre Debrecen et Budapest. Nous sommes au début de l'année 2008. Sur le Net, Árpád se crée un profil avec un nom d'emprunt et appâte l'animal en proposant des armes à la vente. Les échanges confirment que la proie détient du lourd. Dans la nuit du 7 mars, déguisés en policiers (Árpád a vu sur le Net que le chasseur copine avec des flics), trois crânes rasés – les deux frères et Zsolt – sonnent au domicile du chasseur. L'homme est en train de dîner avec sa famille. Il pose sa fourchette, se lève la bouche pleine, se dirige vers la porte d'entrée, regarde par le judas, fait la moue, ouvre et prend une crosse en pleine gueule. Il tombe d'abord sur les genoux puis, d'un deuxième impact, à la renverse. Le couple et les enfants sont saucissonnés avec un large ruban adhésif orange (Pâques approche). Assis dans la cuisine, je les vois geindre et pleurnicher. Le butin est énorme, il servira à l'œuvre de salut public : fusils à double canon, Mauser .64 avec lunette Swarovski, Fabarm, Franchi M610, fusils semi-automatiques… Le commando brûle le fourgon et se planque dans une piaule de Debrecen, qui sera leur QG. Mes héros s'entendent : aucune arme, aucun portable, aucune autre personne ne franchit le seuil de cette porte. À l'extérieur, on vit naturellement, on ne change rien aux habitudes, pour n'alerter personne : je les imagine pactiser, s'enlacer, j'ai repassé cent fois cette scène dans ma tête.

Que la fête commence. C'est con, mais j'ai l'impression qu'ils font ça rien que pour moi. Il faut d'abord une bagnole qui ne servira qu'aux missions : ce sera une Suzuki Swift blanche, un modèle de citadine très courant pour passer inaperçu. À chaque sortie, il faut changer la plaque d'immatriculation et mettre des pneus neige. Pour s'entraîner, le commando tire la nuit au hasard dans le camp de réfugiés de Debrecen. Au petit bonheur la chance. Poum, poum.

La vengeance sonne réellement dans le nord du pays, à Galgagyörk, un 12 juillet. Les frères Kiss lisent dans les journaux qu'il y a là-bas une famille magyare qui rencontre des soucis avec les rats. Le trio repère les lieux et assaisonne un immeuble. L'idée est d'exciter les parasites, de médiatiser la terreur et de motiver des actions similaires. Partout dans le pays, il faut que les rats chient dans leur froc. Malheureusement, la mayonnaise ne prend pas. Patience.

Quelques jours plus tard, à Piricse, des rats sont accusés d'avoir tué un Magyar. Dans la nuit du 8 août, Zsolt, Árpád et son frère se rendent à l'adresse des rats et balancent des cocktails Molotov à travers les fenêtres d'une maison. István est planqué. Ça gueule à l'intérieur des baraques. Une ratonne sort en hurlant, István tire. Elle s'écroule, s'agite de quelques spasmes, puis plus rien. C'était les nerfs, pense Zsolt. Les assaillants se dispersent. Un entrefilet paraît dans la presse le surlendemain. Au QG, Éva les gâte. Chacun se félicite et n'attend qu'une seule chose : revivre cette montée d'adrénaline. Au procès, j'apprendrais que c'est Árpád qui en sécrétait le plus à ce moment-là.

Dans la nuit du 5 septembre, Árpád tente un coup en solo, à Nyíradony : pour un pari. La maison des rats fait face à un parc. Comme à chaque fois, il met les pneus neige pour le déplacement. Il se rend sur place, se terre dans des buissons, s'installe confortablement, tire dans une fenêtre. Les rats sont à l'intérieur, effrayés. Mais ils n'allument pas la lumière et ne sortent pas. J'imagine Árpád renifler, il n'a pas de morve au bout du nez, c'est un tic. Il attend, grimace, crache au sol, jure et finit par s'en aller.

Suit l'opération Tarnabod, du nom d'un village du comté de Heves célèbre pour l'assassinat d'un vieillard par des rats. L'attaque est planifiée pour la nuit du 30 septembre au 1er octobre. Les trois hommes enfilent leurs combinaisons noires et leurs masques de ski. C'est Éva qui gère l'intendance. À une heure du matin, Zsolt balance des cocktails Molotov dans les vitres des maisons. Des ombres s'agitent derrière les fenêtres, István se cale et fait mouche. La police conclut à un règlement de comptes au sein de la colonie et met trois rats en prison.

Le 3 novembre, cap sur Nagycsécs. Y a du gibier, du gros ! C'est Árpád qui fait le guet. Les deux autres arrosent de cocktails la maison où, d'après leurs informations, loge le chef de la colonie. Un couple de rats sort, Árpád retient sa respiration et appuie à deux reprises sur la gâchette du Mauser. Tels des pigeons d'argile, l'homme et la femme sont dessoudés à deux secondes d'intervalle. Dans sa planque, Árpád sent une sorte de libération : il lâche un pet long et sec – un détail qui détendra le public du tribunal. István et Zsolt ramènent Árpád à la réalité.

— Eh champion, faut se tailler !

La police se rend sur place, les agents, recouverts de leurs gilets trou-de-balles, sont dubitatifs. Un faisceau d'indices leur fait penser que le commando est constitué de quatre personnes. Ils pensent bien. Un copain s'était joint à eux. Un István, lui aussi, István II. Il n'a pas quarante ans, athlétique et froid. Il a combattu au Kosovo, dans la Kfor, et depuis il s'ennuie. István II a un avis très arrêté sur l'humanité : les gens qui n'ont pas connu la guerre l'insupportent. C'est pas tant qu'il aime la guerre, c'est que selon lui, il faut l'avoir connue pour apprécier le sel de la vie. Par ailleurs, l'ancien militaire n'aime pas les rats, mais alors pas du tout. Ce 3 novembre, il attend, frustré, au volant de la voiture. Il lui tarde d'être dans l'opérationnel de premier plan.

Le 15 décembre – pour mes quinze ans ! –, Árpád se rend tranquillement à Alsózsolca, c'est à quarante bornes d'Olaszhalom. En début d'après-midi, il remonte la rue Dankó Pista. Il connaît bien les lieux pour les avoir repérés sur Google Maps. Les trois rats sont bien là, facétieux sinon ivres, plantés devant la maison, en train de couper du bois de chauffage. Il est 14 h 30. Árpád a encore le goût du café serré d'Éva dans la bouche. Il se gare à cinquante mètres, éteint son moteur et ajuste son Mauser. Joyeuse Saint-Nicolas, c'est Jésus Árpád qui régale. La presse racontera que les rats ont survécu, les rats sont coriaces. Pour la première fois, la police évoque l'idée de tueurs en série. Il faut la jouer serrée.

Ça fait plusieurs semaines que ça chauffe entre la communauté des rats et les Magyars du côté de Tatárszentgyörgy, dans le comté de Pest. Le 23 février 2009, Zsolt se charge de balancer un cocktail Molotov par une petite fenêtre qui donne sur le grenier. Il descend du toit, se planque et filme. L'incendie est spectaculaire. On se croirait dans *Mississippi Burning*, mon film préféré. Les frères, dissimulés dans des branchages à deux endroits différents, échangent avec des talkies-walkies. Ils trépignent. István II manque à l'appel, il a la gastro. N'importe, les rats sortent, plein de rats qui pullulent, c'est la peste qui sort des soutes du navire.

Parmi eux, le grand-père et son petit-fils s'écroulent. Et de quatre, et de cinq. Les ambulances attendent une protection policière pour venir dans le quartier. Des Tsiganes lynchent des infirmiers. Les pompiers jurent que l'incendie provient d'un défaut électrique et non de cocktails Molotov.

La sixième, ma préférée. Le corps de la ratonne est étendu là, pitoyable, refroidi, inutile… Un filet de sang… au hasard des irrégularités de l'asphalte… Disgracieuse… désarticulée… strange… Quand t'apprends ça en rentrant du lycée, ça te donne envie de te masturber. Oui, la justice du clan Kiss a quelque chose qui tient de l'orgasme. Le 7 mars 2009, je note scrupuleusement dans mon carnet : « Échec et mat. » Six victimes, sans compter les meurtres accomplis par d'autres Magyars.

Le commando se planque toujours à Debrecen. Mon père me dirait en levant le doigt que c'est le nom d'une bataille qui, en octobre 1944, opposa – sur notre terre ! – le IIIe Reich et l'Armée rouge. István I, István II, Zsolt et Árpád connaissent tout ça. Non seulement ils adorent l'histoire, mais ils l'écrivent. Le 22 avril à Tiszalök : un mort, un pruneau en pleine poitrine. Le 3 août à Kisléta : deux morts aux visages ingrats que la police retrouve allongés dans leur lit. C'est signé István II. Il a les plans de la baraque, et il a remarqué que le couple ne fermait pas à clef la porte du cagibi. Alors, équipé d'une frontale, il fume le chien dans le jardin, il entre par le cagibi avec son silencieux encore chaud sous le nez, se fait la remarque que ça pue et s'introduit tout bonnement dans la chambre pour éclabousser les oreillers, les draps, les murs, partout. Un carnage, selon la presse de gauche.

L'Union européenne fait part de sa stupéfaction. Madame est choquée. La Hongrie est sous les radars. La police commence à s'exciter. Les quartiers sont bouclés. À Tiszalök, Árpád a dû abandonner sa bagnole le long de la voie ferrée ; il s'était embourbé. Il réussit à quitter le périmètre à pied et Éva le récupère. Les policiers tombent sur la voiture et y trouvent des jumelles, une radio militaire, des cartes du coin et un étui à guitare vide. Ils ne s'inquiètent pas outre mesure. Les tueurs en série, ça ne joue pas de guitare. La police laisse la voiture sur place sans demander son reste. Et Éva retourne chercher la Suzuki Swift avec un tracteur.

La traque s'organise car les héros font des émules. Dans tout le pays, des rats tombent, une dizaine de plus, à droite, à gauche, surtout à droite, et dans le Nord et l'Est – les zones qui enregistrent le plus grand nombre de colonies. On soupçonne la police de négligence. La presse pointe du doigt une enquête erratique, sinon complice. Le gouvernement mandate le FBI. Les journaux ne parlent que de ça. Depuis ma chambre, je me marre. Dans la leur, les membres du commando rigolent moins. István a un foutu lumbago. Est-ce psychosomatique ? Quoi qu'il en soit, Éva masse. Quand ils ne sont pas devant l'entrée de la discothèque, ils échafaudent de futures missions en se faisant livrer des pizzas – qu'ils payent en liquide. Zsolt préfère commander chez le Sushi Place qui s'est monté rue Szarvas – avec beaucoup de gingembre. Parfois, ils tapent un Scrabble. Árpád, István et Zsolt dorment une grande partie de la journée car ils travaillent de nuit. Alors István II prend le pli. Il tue ses nuits dans un local de la discothèque à nettoyer les armes en buvant du café. Parfois, Éva le rejoint.

La police ne peut plus les protéger. Les gauchistes accusent la police. Les témoignages pleuvent, les chiens de politiques s'en mêlent, les Droits de l'homme s'en mêlent, les instances européennes s'entremêlent. Qu'ils brûlent tous en enfer. L'enquête avance, d'autant que le tatouage d'Árpád a été identifié sur une vidéo. Ce même tatouage a été vu à l'enterrement d'une des victimes de Kislet. J'imagine Árpád en train de se branler pendant l'inhumation, la main dans la poche. Árpád est un dieu.

Au cœur de l'été, le commando prépare un nouveau braquage pour refaire le plein en armes.

István II prend des photos de la caserne militaire de Hajdúhadház. En attendant de faire ce coup, ils planifient une attaque à Ipolytarnóc pour le 23 août. Suivront normalement Erdőkertes, Kisvárda et Tura, autant de lieux à dératiser. L'enquête continue d'avancer. Des millions d'appel téléphoniques sont mis sur écoute, près de mille heures de vidéos de caméra de surveillance sont visionnées, des centaines de prélèvements ADN sont effectués. Dans la planque de Debrecen, mes héros transpirent et se jurent fidélité. Il leur reste le courage.

J'y ai cru tout l'été. Et puis, dans la soirée du 21 août 2009, le service antiterroriste s'est introduit dans la boîte de nuit de Debrecen et a embarqué les frères Kiss. Fin de partie. Ainsi s'achève la vengeance du siècle. La discothèque est désossée. Derrière un mur, des armes de guerre sont trouvées. La planque et les potes dans la foulée. Éva pleure, moi aussi. Dans l'attente du procès[1], des policiers et des agents de renseignements sont inquiétés. Un commandant du comté de Pest tombe. Moi, je les salue.

C'est bientôt la rentrée scolaire dans mon lycée. Je vais tous les humilier avec mes notes. Je fais du tri sur mon bureau mais je conserve religieusement

1. En 2013, les accusés sont condamnés à perpétuité et le gouvernement octroie 70 millions de forints aux familles de victimes.

toutes ces coupures de journaux dans mon carnet. C'est mon jardin. Ma famille n'en sait rien. Elle n'a pas à savoir. Et fuck les psys. Je sors une jolie feuille de papier et mon stylo plume. J'ai une belle écriture ronde, à l'adresse du pénitencier de Szeged[1].

À qui vais-je écrire ? That is the question. Éva ? Je veux un homme. Árpád ? C'est le meilleur et le plus instruit. István Ier ? Il brûle des torahs et c'est un leader. István II ? Un ancien militaire, l'uniforme m'excite. Zsolt ? Bingo. L'ancien enfant de chœur. Avec lui, je me vois jouer à lâcher les chiens derrière des rats, courir dans les bois à la frontale. Et pour tout avouer, j'ai toujours été attirée par les types un peu gros, ça me rassure. Dans sa cellule, il va halluciner quand il va savoir qui a écrit cette lettre. Peut-être même qu'il versera une larme. Je vais lui dire qu'on peut s'aimer au parloir, qu'on va poursuivre le combat, les pogroms, les ratonnades, que je vais me raser la tête, qu'il me donne une idée de tatouage, où il voudra. Je veux qu'il sache que je ne serai jamais une victime. Oï.

1. C'est la prison la plus réputée du pays qui a vu passer des détenus politiques célèbres tels Ferenc Szálasi, János Kádár, Mátyás Rákosi ou le tueur en série Magda Marinkó.

L'AUTO-STOPPEUR

— Putain ! Il a un œil qui joue au billard et l'autre qui compte les points !

Là, quand Laci débite ces mots, le sang de ma mère ne fait qu'un tour. Malgré la ceinture de sécurité – et sa généreuse poitrine – qui la retient, elle se retourne vers la banquette arrière, se contorsionne à mort et tente d'attraper l'oreille de mon petit frère (c'est trippant). Les yeux écarquillés au max, ma mère. Dimanche ou n'importe quel jour de la semaine, elle est décidée à le corriger. Primo, on ne dit pas de gros mots (Laci est vulgaire, en effet). Secundo, on ne se moque pas des gens, jamais. Tercio, c'est la honte, on s'arrête pour prendre un auto-stoppeur et son fils – pourtant messie – se fout de la gueule de celui qui se rapproche de la voiture. Papa gronde aussi, mais il se concentre davantage sur l'homme qu'il s'apprête à embarquer à côté de ses enfants. On ne sait jamais. Les délinquants, ça existe. Il sort.

Maman se débat avec Laci qui protège ses oreilles, papa est à l'extérieur de son horrible véhicule. J'aiderais bien maman mais ça risque de produire l'effet inverse.

Dehors, l'homme arrive auprès de mon père – putain, c'est vrai qu'il louche sacrément. Je regarde aux alentours, nulle part où pisser pour une fille. Hors de question de m'accroupir derrière la bagnole. Je peux encore tenir.

Ma mère lâche l'affaire avec Laci.

Devant la voiture, le type fait crado et gringalet à côté de papa. Il faut dire que papa est gaillard, un bon mètre quatre-vingt-cinq au garrot et cent patates au compteur du pèse-personne. On aime se mesurer – d'un trait de crayon sur la porte avec les initiales et la date – et se peser dans la salle de bains. Papa nous explose forcément. Il n'y a pas que du muscle, loin de là, pas de tablettes de chocolat, il fait partie de ces gens naturellement gros, il est d'un bloc, la large tête sans cou s'accorde avec le reste. C'est comme ça qu'il est beau, poupon. Dire que cet été encore, je n'avais d'yeux que pour lui. Les choses ont définitivement évolué.

Mon père prend le sac de l'auto-stoppeur – sac à dos noir Adidas vieux modèle –, contourne la voiture, ouvre le coffre. L'étranger le suit. On ne les voit plus. Quelques secondes passent. Ma mère se retourne pour voir. Mon père referme sèchement le coffre. Les deux hommes contournent l'aile arrière gauche, papa ouvre la portière du côté de Laci – côté route. Je ne vois que leurs bustes alors que Laci refuse de se décaler vers moi. Ma mère, qui s'est rassise, fulmine. Mon père commence à enguirlander mon frère quand l'auto-stoppeur propose de se mettre au milieu.

— Ce sera plus simple pour vous guider une fois dans le village.

Mon frère sort. L'auto-stoppeur entre, suivi de Laci. Papa demande à son fils de mettre sa ceinture et c'est mon père, et lui seul, qui referme la portière.

— Tu ne perds rien pour attendre.

Ça, c'est ma mère à l'adresse de Laci pendant que mon père retrouve le siège conducteur, enclenche le contact, démarre et oublie de condamner les portières. Je fixe l'homme à côté de moi, qui détourne le regard. Il ne fait pas magyar. Je lui donne trente ans. Il perd ses cheveux, il louche mais il a un certain charme. En revanche, ses mains noires paraissent râpeuses. Il sent le jus de raisin, normal puisqu'il explique à mes parents qu'il fait les vendanges des grains aszú[1] pour produire du tokaj, que sa matinée est terminée car tout a été ramassé sur la parcelle. Il parle bien. Papa s'intéresse un peu

1. Raisin atteint de botrytis aussi appelé pourriture noble utilisé pour l'élaboration de vins liquoreux.

au sujet et roule lentement. Quand j'aurai une voiture, avec mon copain, on foncera à toute blinde.

— À part les Tsiganes qui nous font chier à piquer les raisins dans les vignes, dit l'auto-stoppeur, c'est une belle année. La pourriture est belle, ça va faire des jolis vins liquoreux, et dès que la brume se dissipe, le soleil est drôlement agréable. Les années pluvieuses, c'est pas la même musique…

Ma mère parle de vins des rois, de trésor magyar, des souvenirs de dégustations avec ses parents ou avec ses amis alors qu'elle était étudiante.

— Le tokaji aszú, c'est un vin de fête, un nectar pour les grandes occasions, il y en avait à notre mariage, non ?

Mon père acquiesce en hochant de la tête, il écoute mais reste concentré sur la route qui forme quelques lacets. Je remets mes écouteurs mais pas le son. La discussion, les couleurs de l'automne, les personnes qui s'agitent dans les collines peignées de vignes, c'est assez féerique. Je m'amuse surtout à fixer l'auto-stoppeur, il se refuse toujours à me regarder. Il paraît gêné. Il me trouve sans doute irrésistible. À trois, nous sommes serrés sur la banquette arrière. J'ai chaud.

Mon père s'approche du pare-brise et s'enthousiasme d'un chantier colossal sur le flanc d'une colline. Des tractopelles sont garées en travers de la montagne et d'importants amas de terre plombent le paysage. L'auto-stoppeur a la réponse.

— Ils remanient toute la terre pour faire des plantations en terrasse, comme ça, on évite les ravinements quand il pleut.

— Mais ça doit coûter une fortune…, s'étonne mon père.

— C'est une propriété historique de la région, elle appartient à un millionnaire français.

— Je comprends mieux.

— Ah mais non, vous ne comprenez pas. On est en Europe maintenant, c'est pas le millionnaire qui paye, il touche des subventions pour faire ça… Vous savez comment on les appelle, les subventions, ici ?

Mon père jette un coup d'œil dans ses rétros et attend la suite.

— Ce sont les impôts des pauvres qui vivent dans les pays riches qui vont aux riches qui investissent dans les pays pauvres… Et vive l'Europe !

Je ne comprends rien mais ma mère éclate de rire – manifestement elle adore, sa poitrine rebondit – et mon père tord le nez, comme gêné aux entournures. Depuis que la Hongrie en est, tout le monde n'a que ce mot à la bouche, l'Europe. En attendant, ma mère se marre et en rajoute.

Se sentant en terrain conquis, le type qui n'ose pas me regarder se libère. C'est la débauche, c'est dimanche, il fait beau.

— On a ouvert les vannes aux investisseurs étrangers pendant la privatisation des vignobles et maintenant on n'est plus chez nous… Et en plus ils sont subventionnés. C'est le bouquet.

Mon père intervient gentiment.

— L'argent des investisseurs a relancé, si ce n'est sauvé, l'économie de notre pays. Est-ce que c'est si grave, que ce domaine appartienne à un Français, après tout…

Ma mère :

— Oui, c'est notre patrimoine, c'étaient des domaines princiers du temps des Rákóczi…

— Et encore, avant les investisseurs des années 90, c'étaient les Juifs qui contrôlaient tout ici, au XIXe, renchérit l'auto-stoppeur.

De son rétroviseur central, mon père me fait des gros yeux.

— C'est quoi, un Juif ? demande Laci, toujours à se mêler de ce qui ne le regarde pas.

Quelques secondes de silence s'imposent puis l'auto-stoppeur s'empresse de combler le vide en racontant la chance qu'il a de travailler pour des petits propriétaires de souche magyare qui exploitent quelques hectares – leurs aïeuls ont été spoliés sous l'ère socialiste – qu'ils ont récupérés lors de la redistribution des terres au début des années 1990. À cet instant, l'auto-stoppeur avance nettement son corps entre les sièges de mes parents.

— Ce couple me considère comme leur fils. Le mois dernier, il m'est arrivé quelque chose d'étonnant… Je marchais dans le jardin avec le vieux, et puis il me prend le poignet…

L'auto-stoppeur se prend le poignet. Maman le regarde. Laci aussi. Il porte des bracelets brésiliens.

— … Il me dit que le médecin lui a confié que sa femme avait un cancer… Le foie… Incurable… Elle n'est pas au courant… Et ce n'est pas la peine de lui dire… Le vieux reste planté dans le jardin, abattu, alors je ne sais pas quoi dire, j'attends un peu et je puis je m'en vais, je le laisse tout seul… Faut repasser par la maison pour sortir, je croise la vieille, toujours avenante. Elle attrape une bouteille et elle me raccompagne à la porte. Et là, elle me prend le bras et me chuchote : « Il faut que je vous avoue quelque chose… Mon mari… Ses rhumatismes… En fait, c'est un cancer des os… Le toubib m'a dit que ce n'était pas la peine de le lui dire, ça ne changerait rien, à son âge. Je voulais que vous le sachiez. »

On roule, mon ventre fait des gargouillis, et il commence à me saouler, l'auto-stoppeur, avec ses histoires à la con où tout le monde a le cancer. Je remets le son. Je préférerais être en train de me balader à Budapest. Quand je suis accompagnée de mes copines, mes parents me laissent y aller en bus. À Budapest, y a tout. La cité brille dans le Danube, c'est la plus belle ville du monde. Mon grand-père András, il me racontait quand j'étais petite qu'on a séparé la ville avec un grand couteau et puis qu'après le fleuve est entré dans la plaie pour ne jamais cicatriser. C'est un poète, András, j'aimerais bien vivre avec lui.

Une odeur me ramène dans l'habitacle. Elle vient me piquer le nez et me rappelle la Saint-Nicolas. L'auto-stoppeur est toujours penché vers l'avant. Laci pèle une mandarine, je vois ma mère l'engueuler, elle doit lui dire qu'il bouffe tous les fruits qu'elle achète, qu'il y a encore dix ans, on ne trouvait pas de mandarines aussi facilement, qu'il ne faut pas s'empiffrer, bla-bla-bla. Papa ne dit pas grand-chose, il doit en avoir marre de conduire. Dans le dos de l'auto-stoppeur, Laci me regarde. Il met les quartiers de mandarine entre ses dents et ses lèvres, on dirait un boxeur, il est content. Il louche de ses deux billes noires.

Manifestement, on approche de l'endroit où on va débarquer le vendangeur. Olaszhalom, « village paisible et multiculturel », si j'en crois les dires du chef de la police du comté du Borsod-Abaúj-Zemplén et les commentaires divers et variés : « District de Sárospatak. Le nom du village est un mélange de slave, de welche, de valaque et de wallon désignant une colline italienne qui, par le passé, aurait été recouverte de noisetiers. Olaszhalom fait partie de ces communes où des vagues d'immigrés successives sont venues élaborer le tokaj dès le XIIIe siècle.

La commune dénombre 1 578 âmes dont 19,6 % de Roms, onze Ruthènes et un Juif. Les confessions sont multiples (catholique, gréco-catholique, réformé, évangélique, chrétien-orthodoxe, athée), d'où les différents édifices. Une mairesse indépendante est en place. »

Je n'entends pas tout mais je crois comprendre que mes parents insistent pour déposer le type à l'endroit exact, même si ça doit nous rallonger. L'auto-stoppeur s'excite, mon père ralentit, tic-tac, tic-tac, je fais tomber mes écouteurs.

— Les cigognes sont toujours là, pourtant octobre est déjà bien avancé. C'est à cause du réchauffement climatique, ça, elles partent de plus en plus tard, dit le vendangeur.

— C'est l'été des vieilles dames. À l'Ouest, on appelle ça l'été indien, dit papa.

Laci colle son nez sur sa vitre en regardant vers le ciel, il doit rêver à un western avec des bons, des brutes et des truands. Je regarde aussi de mon côté, c'est vrai qu'on aperçoit des nids sur des pylônes, des cous et des becs qui dépassent. Ça me laisse totalement indifférente : les piafs comme le dérèglement climatique.

La voiture s'arrête enfin. Laci ne prend pas la peine de sortir et lui passe par-dessus. L'auto-stoppeur se décale difficilement, s'extrait de la voiture, ferme la portière et s'avance à la hauteur de mon père qui a baissé sa vitre. Je l'entends qui le remercie et lui indique une nouvelle fois le trajet pour rejoindre nos amis. Mon père a bien compris, le remercie gentiment à son tour et repart en remontant sa fenêtre. Il regarde sa montre, il accélère. Je pense qu'il l'a trouvé relou avec ses aszús, ses cancers, ses Juifs et ses cigognes. Il avait un avis sur tout.

On repart. Je m'apprête à remettre mes écouteurs quand Laci me donne un coup de coude. Il me fait signe de regarder derrière nous. Je me retourne. L'auto-stoppeur court après la voiture, comme accroché par un élastique. Il agite ses bras de manière absurde en louchant sur le coffre. On rit en le regardant, Laci lui tire la langue. Je regarde devant et j'aperçois au loin un carrefour avec une grande église jaune. Derrière, l'auto-stoppeur court toujours. On s'arrête au stop. L'auto-stoppeur sprinte avec ses grosses godasses dégueulasses qui le collent au sol, il est à deux ou trois cents mètres de nous.

L'ÉTÉ 90

Je touche le fond. Mes mains viennent se poser sur le carrelage bleu ciel et j'avance tel un dragon de Komodo. Je n'y trouve jamais rien – seulement une alliance, un jour – mais j'aime explorer cet endroit, il m'appartient. Je manque d'oxygène, me redresse et m'aide du fond avec mes jambes pour me propulser vers la surface. Je nage. Je cale ma respiration et mon cerveau. C'est parti pour une heure. Dès la première culbute, j'entends mon père m'encourager. Durant ma coulée, je visualise mes parents dans leur insouciante jeunesse. Laci et moi n'étions alors que des projets, des parties de jambes en l'air. C'était l'été 1990, j'en connais les recoins car maman nous a tout raconté. Elle s'est rarement autant confiée que ce jour-là, au restaurant. Avec Laci, on l'avait écoutée sans l'interrompre. Je crois qu'elle n'était pas avec nous mais avec lui, durant cet été. Ils partaient marcher sur l'Europe. Le seul impératif était d'être le 21 juillet à Berlin, à la Potsdamer Platz pour être plus précis. Pour le reste, le vent en déciderait, au hasard des courants.

Avec ses boulons de 12 qui percent ses T-shirts, maman a plus de succès que papa. Alors c'est elle, sur le bord de la route, qui tend son pouce et les voitures s'arrêtent plus facilement, le pilote s'imaginant que l'homme derrière l'auto-stoppeuse est son frère ou son meilleur ami. L'imagination est un cheval fou.

C'est un périple de plusieurs semaines avec pour tout bagages deux sacs à dos et des rêves plein le thermos. Mes parents ont très peu voyagé. Dans les années 1980, le régime communiste magyar se libéralise et il n'est plus interdit de sortir du territoire. Mais il est très difficile de se procurer des devises étrangères. Sans parler des deux passeports, le bleu qui permet de voyager dans le bloc soviétique et le rouge qui ouvre les portes de l'Ouest. Sans doute à cause de l'engagement d'András, papa n'a eu que le bleu et les déboires aux frontières – ne serait-ce que pour aller en Roumanie – l'ont écœuré. Maman, avec son passeport rouge, a déjà visité la Yougoslavie d'où elle a rapporté une radio, et puis Paris avec ses camarades étudiants, en 1989.

C'est ainsi qu'à l'été 1990, deux sourires sur la route arrivent à Vienne. C'est la destination de maman pour voir la carte postale en vrai, les fantômes de Sissi, de Beethov, de Freud et la

Mariahilfer Strasse dont elle a tellement entendu parler : à l'heure des privations, les Magyars chanceux y courent pour s'acheter des jeans et autres vêtements de marque. Pendant ce temps, dans la grandiloquence luxueuse de la ville, papa se gratte le menton et tente de comprendre pourquoi les consanguins de Schönbrunn ont dominé son pays et pas l'inverse… Je l'imagine déambuler, sans montre à l'époque, mais avec le temps.

La seconde destination est celle de papa, qu'il a déjà tant explorée dans ses lectures. Mais le voyage est plus compliqué que prévu. Il faut de nombreuses journées de pouce en l'air, quelques nuits à la belle étoile et l'hospitalité d'une poignée d'utopistes pour rejoindre Milan, Turin puis Gênes et sa mer. Il y a une photo, ils sont d'une beauté… Ils portent des lunettes roses, comme le ciel, les maisons, les poissons… Je sais que papa est retourné par la suite en Italie, à Rome, et puis en Grèce dans le cadre de ses travaux de recherches – le suicide sous l'Antiquité.

Je revois maman dans le restaurant avec des trémolos dans la voix :

— En 1990, l'Union européenne était un fantasme pour moi, plus encore pour votre père. András lui avait ouvert les yeux alors que mes parents y voyaient le mal ultralibéral. Nous voulions tellement être de jeunes Européens ! C'était une sorte de réconciliation avec Vienne, avec Paris, avec Berlin, on avait tous entendu parler du traité de Rome, et l'Italie, pour votre père, évoquait aussi les retrouvailles avec Kossuth, mort en exil sans avoir revu sa terre magyare. Embrasser l'Europe, c'était une sorte de grand pardon… Des années plus tard, à l'issue du référendum en 2003, on avait presque les larmes aux yeux…

Maman avait évoqué à ce moment-là un certain Bronisław Geremek, un ministre polonais qui incarnait l'Europe autant qu'il fascinait papa. Maman avait dit que papa aurait été triste d'apprendre sa disparition – il est mort dans un accident de voiture un ou deux ans après notre drame. Je ne vois pas qui c'est, il faudra que je pense à le googleliser. Bref, j'arrive au bout de ma longueur avec ce témoignage de maman dans le crâne. Je soulève mes lunettes, je jette un coup d'œil sur l'écran digital. Mes temps sont moins bons qu'au dernier entraînement. J'ai vingt-trois balais et je ne suis même pas foutue de faire les chronos que je faisais à treize ans. Faut dire que j'étais une crack, un espoir. Et puis je m'en fous, je veux juste me faire mal, sentir mon corps, le vider, le purifier de toutes ses toxines. J'enlève la buée de mes lunettes, crache dedans et je repars retrouver mes parents en 1990.

Mes parents envoient des cartes postales depuis Nice. Un jour, András m'avait montré la sienne, tamponnée au 13 juillet. Papa avait écrit qu'il pensait que la vie était chère en Italie avant d'arriver en France. Dans l'Hexagone, même la bouteille d'eau était hors de prix. Mais ils consommaient avec leurs yeux : « Les lumières, les paysages, les rencontres sont gratuits ! Nous prenons un café pour deux et nous restons en terrasse en tournant avec le soleil. C'est un concentré d'histoire et de géographie, la mer parle, c'est le centre du monde, la vie est belle. Je reviendrai en Méditerranée avec toi, pour aller à Capri, voir la maison de ton écrivain fétiche, et nous pousserons jusqu'à Taormina pour voir l'amphithéâtre. On t'embrasse fort de la ville natale du Rital qui a maté les Autrichiens… »

En cet été 1990, la France a une saveur particulière aux yeux de mes parents. Il y a d'un côté de la barricade les « grandes idées », la culture, les écrivains magyars du XIXe flânant dans Paris, et puis Camus, Vian, Gary, les romans historiques de Robert Merle que la Hongrie s'arrache… De l'autre côté flottent le traité de Trianon, l'humiliation, le mépris, l'injustice, qui laissent un goût amer.

Papa a voulu remonter à Paris par le Luberon, une région sauvage aux vieux villages perchés et brûlés par le soleil, aux antipodes des maisons cubiques de l'architecture kadarienne[1]. Papa tient au Luberon, il adore un acteur de cinéma qui est

1. János Kádár dirige la Hongrie communiste de 1956 à 1988.

enterré là-bas, dans une tombe originale. Il faudra que je regarde ses films.

Merde, je reviens à moi, mes jambes me trahissent, mes cuisses consomment beaucoup d'oxygène, je peine à finir ma longueur. Je repars sur un rythme plus souple. Bourdonne dans ma tête l'*Hymne à la joie* et la voix de ma mère décrivant des panoramas, des fous rires, des moments d'insouciance. J'ai toujours du mal à les imaginer fumer un pétard. Maman raconte que le type qui les conduit jusqu'à Lyon au son de Van Morrison leur a laissé un peu d'herbe, l'herbe de la fraternité franco-hongroise. Papa a eu des hallucinations jusqu'à la Bourgogne et une fièvre de cheval jusqu'à Paris. Mes parents y ont des connaissances qui pourraient les loger. Des Magyars qui tentent leur chance, là-bas. Maman en a rencontré l'année précédente et des liens se sont noués.

Beaucoup de Français ignorent tout de notre pays. Ils appellent mes parents les Esterházy, mais les régalent de leur gastronomie, une révélation comparée aux escalopes panées communistes. Le vin noie l'obstacle de la langue. Mes parents rient quand les Français font allusion à leur président « socialiste ». Papa s'extasie devant les rues, la diversité des quartiers, la tour Eiffel en chair et en os. Maman a les yeux qui brillent en nous parlant de la nuit blanche passée à côté d'une autre tombe et d'un autre Morrison. Il y a des jeunes de toutes les nationalités et des cadavres de whisky.

Le monde transgressif et désinvolte ramassé sur vingt mètres carrés.

— On y était, on touchait un pays mythique, Hugo, Delon, Flaubert, la Nouvelle Vague… Dans l'euphorie, on avait eu envie d'uriner sur la tombe de Clemenceau, mais elle n'était pas à Paris…

Oui, ma mère s'était rarement confiée à ce point, et je revois le regard étourdi de Laci découvrant que ses parents avaient été jeunes.

J'approche de la fin de la séance et mes parents de Berlin. Ils sont dans les temps grâce au train qui les a secoués de Paris à Nuremberg, de Strasbourg à Berlin. En ce mois de juillet 1990, l'Allemagne les dépayse beaucoup moins. Maman est déjà allée à Berlin-Est lors d'un voyage d'échange au lycée. Quant à papa, la cueillette des cerises l'a mené du côté de Potsdam dans la première moitié des années 1980.

Mais depuis, les Berlin se sont dit oui et l'histoire s'écrit sous leurs yeux. Au petit matin du 21 juillet, ils vont caresser quelques parpaings avec la sensation d'y entendre encore un violoncelliste jouer du Bach. La ville porte le siècle passé, les chars sont arc-en-ciel. Papa, les cheveux sales, regarde avec ses grosses lunettes à l'intérieur des Mercedes. Les compteurs dépassent les 200.

La journée s'achevant, un parfum des grands soirs se fait sentir aux abords de la Potsdamer Platz. Des cris s'échappent d'une grande roue qui tourne.

Des enceintes s'élèvent sur des derricks. Des grues se croisent et se décroisent, finissant d'édifier un faux mur blanc pour le spectacle à venir. Derrière les grillages, une limousine blanche laisse deviner la présence des artistes. La grande roue tourne, tourne. Des gens coiffés en brosse dorment sur les trottoirs. Avec la nuit, la musique retentit pour s'élever dans le ciel étoilé, faisant valser les projecteurs. Une ambiance qui leur rappelle la performance de Queen à Budapest, quelques années plus tôt.

Ils sont libres et moi je suis libre de les imaginer s'enlacer, danser… Soudain, c'est le noir puis la lumière, des feux d'artifice dans une explosion de joie. Les poils sur les avant-bras de maman se hérissent. La limousine déboule sur scène. Les Pink Floyd sont devant eux.

— Nous n'étions pas les seuls Magyars dans la foule, loin de là. On s'embrassait sans se connaître, on avait l'impression de sortir de la préhistoire, on renaissait, sans se rendre compte pour autant qu'on assistait au concert du siècle.

Je ne sais pas si je vais retrouver mon physique de championne, mais je veux tenter ma dernière longueur en papillon. Je sors les épaules, me cambre, ondule, gifle l'eau de mes deux pieds pour me relancer, je respire tous les deux mouvements, au bout d'une vingtaine de mètres, je n'en peux déjà plus, ça fait chier mais je ne lâche pas, je vais puiser dans mes dernières forces, j'avance au forceps, il me reste dix mètres, je lance mes bras le plus loin possible, j'ai l'impression de faire du surplace – un foutu papillon de nuit dans une piscine –, j'ouvre grand la bouche, je sais qu'à la prochaine sortie, je toucherai le mur.

Je suis rincée. Je fais tomber mes lunettes autour de mon cou. J'attends, accrochée à une ligne d'eau, que mon cœur retrouve un rythme plus raisonnable. Je suis rouge écarlate, je le sens. Je rattrape l'échelle au ralenti. L'entraîneur me parle au travers d'un sourire, je ne l'entends pas, il doit se foutre de ma gueule ou me féliciter, peu importe, je le trouve con, celui-là. Je sors de l'eau, comme d'habitude, mon père n'est nulle part. J'attrape ma serviette, arrache mon bonnet, secoue mes cheveux, enfile mes tongs.

On ne peut pas imaginer l'horreur qui nous attend à un coin de rue. Le hasard, c'est pas Dieu qui se balade incognito – comme l'a dit je ne sais quel glandu –, le hasard, qu'on se le dise, c'est le diable qui se balade incognito. Je frotte énergiquement mes cheveux. Je dois passer par le pédiluve. Putain, l'eau est glacée. Mais je reste plantée là, juste pour voir.

L'IRLANDE

Le bétail est parfois mieux traité. Entassés dans un hangar avec des sandwichs en triangle puis suspendus à la poignée d'un minibus, nous sommes déportés au pied d'un avion blanc et orange avec une heure de retard. Le voyage intensif bon marché a rendu l'Europe toute petite. Je suis contrainte de laisser mon bagage à main dans la soute, on colle une étiquette sur ma pièce d'identité. On voulait gagner du temps à l'arrivée, c'est râpé. J'ai pourtant acheté une valise dans le gabarit requis qu'il a même fallu que je loge dans une espèce d'armature en ferraille pour montrer ma bonne foi.

Sur le tarmac, à la sortie du bus, un vent glacial nous gifle le visage. Les gens se protègent du mieux qu'ils peuvent. La température est négative. Les réacteurs dégagent un bourdonnement inquiétant et semblent lutter contre le froid. On nous dit de monter par l'avant de l'engin, je n'y vois aucun inconvénient. On est tête à cul dans l'escalier. Au sommet, l'équipage me salue – le type en uniforme m'a tout l'air d'être le pilote. Je montre mon billet. Soudain il fait chaud. Dani est côté hublot, il cherche à loger ses longues jambes. Les portes des cabines bourrées de valises claquent une à une. Je regarde par-dessus mon dossier et repère d'un coup d'œil les Magyars des autres – beaucoup de roux.

Sapés en orange, ils sont deux dans le couloir central à mimer les gestes de survie en cas d'incident. Je doute que tout ce cinéma serve à quelque chose. Une sensation de vulnérabilité m'instille une légère angoisse. Au fond, un bébé chiale ses parents. Il participe de cette ambiance sinistre nous plongeant dans les prodromes d'une catastrophe spectaculaire et moderne qui fera péter l'audimat. Le pire doit être l'attente du crash et le discours fataliste du capitaine. En attendant, je mets mon téléphone en mode avion – il n'y a pas de mode tracteur. Je ne voudrais pas que les boîtes noires révèlent mon identité, alors responsable d'un dysfonctionnement électronique entraînant l'inéluctable. On va décoller.

Mon corps vibre, je suis tellement concentrée qu'on doit me rappeler de mettre ma ceinture. J'ai l'air conne. Après quelques minutes de « dégivrement » – aux dires d'un passager qui parle fort –, l'avion se place lentement sur la piste. Je regarde l'aéroport, des voitures-chariots, tels des jouets, circulent sur la piste, un type en fluo muni d'une pancarte fait des gestes de robot, c'est fascinant. Avec son casque anti-bruit, il doit être dans un univers parallèle, comme moi lorsque je suis sous l'eau.

L'engin s'arrête à un carrefour, d'autres avions circulent. De notre hublot, on distingue une piste déserte qui se perd dans un horizon industriel. Notre avion effectue un quart de tour face à ladite piste, et le moteur se met à ronfler de plus belle, dans le vide et à son maximum. Les pneus crissent. On prend de la vitesse. Je m'enfonce dans mon siège, un bout de l'aile se déplace. Soudain, les vibrations cessent, on a quitté le sol. À côté de moi, Dani profite de cette aspiration pour dormir. Il a déjà un cache-yeux et la bouche ouverte. On dirait qu'il est mort. Ma tête est lourde, je décompresse comme à la piscine. J'entends mieux. Une voix chaude et anglo-saxonne nous annonce trois heures et cinq minutes de vol. Apparemment, de l'autre côté de l'Europe, on se caille autant les meules qu'à Pest.

On peut détacher sa ceinture. Je déplie ma tablette et pose *De sang-froid* en version originale que Dani vient de m'offrir. Lui, il a l'habitude de prendre l'avion pour ses reportages, le vol a un goût d'évasion, de sérénité. Je le regarde, il est déjà loin, je l'envie. Je me dis que c'est un chic type. J'avais d'abord troqué le néonazi pour un homme surnommé Nocturne, puis, passée cette parenthèse brouillonne, j'ai jeté mon dévolu sur Dani à l'automne dernier. Avec Tibor, on est restés ensemble, en tout et pour tout, pour le meilleur et surtout pour le pire, de 2011 à 2013. Deux années au terme desquelles j'ai commencé une cure de désintoxication – le fameux Nocturne ne touchait à rien, pas même un verre d'alcool. Je mettais trop le nez dans la neige. Et m'éloigner de Tibor était une première étape décisive dans le protocole. Je conserve beaucoup de tendresse pour lui. On s'envoie des messages de temps à autre, il a toujours une blague raciste à partager et des morceaux de musique classique à me faire découvrir. Je l'aimais bien mais être avec lui m'avait éloignée de toute vie sociale en dehors de la fachosphère. Son obsession pour la solution finale et son métier dans la biodiversité des cimetières me foutaient les glandes. Et puis les doigts dans le cul, ça va cinq minutes. On ne rigole pas avec l'anus. Quand je l'ai largué, il m'a dit que mon léger strabisme allait terriblement lui manquer car il avait la sensation que je lui regardais les couilles. Cette remarque m'a confortée dans ma décision de le quitter. Tibor n'a pas trop souffert, il n'est marié qu'à ses idéologies.

Il faut rattacher sa ceinture, on entame la descente. J'ai bien essayé de reconnaître les pays que nous avons survolés, mais j'ai surtout vu des lacs et des montagnes, m'imaginant ici ou là des vies aux antipodes de la mienne. L'existence est un sujet inépuisable qui me donne le vertige. Je suis sûre d'une chose : la dernière étendue d'eau était la mer d'Irlande. Du ciel, elle me paraît jouable à la nage. Dani retire son masque. Il a les yeux humides. Je sais qu'il a envie d'une clope.

— Je me demandais : depuis quand l'Irlande est européenne ?

Dani se frotte le visage.

— Depuis toujours, mon amour…

— Ouais, mais dans l'UE, je veux dire…

— Début des années 70, dit-il sans me regarder – il se frotte toujours –, les Irlandais ont su utiliser l'outil européen pour attirer l'attention du continent sur la politique des Anglais. L'Ulster était un vrai ghetto pour les cathos… En termes de droit des frontières, c'est intéressant, la Partition…

Je ne réponds rien. Je ne connais pas grand-chose à ce foutu pays si ce n'est Michael Collins (grâce au film, c'est dire), *Le Vent se lève* de Ken Loach (que Dani adore), une chanson des Pogues (qui n'est pas la leur) et le bouquin de Joyce (que j'ai l'impression d'avoir lu sous acide).

Je me frotte les mains avec une lingette qui me laisse une sensation de fraîcheur sur les doigts, et je remets mes mèches blondes en désordre. On approche du but. Dans un virage qui fait pencher légèrement l'avion, on distingue parfaitement les lumières de la ville qui percent l'obscurité hivernale. On descend à vue d'œil, je décompresse à nouveau. Le sol approche, l'avion frôle la piste, rebondit une fois en faisant siffler la gomme et roule sans à-coup dans un puissant bruit de ventilation qui semble nous freiner. Je regarde négligemment les passagers à ma droite comme si j'avais déjà pris l'avion. L'appareil se gare à pas d'homme, un escalier et un bus arrivent, mais il faut attendre avant de se lever. Tout le monde rallume son portable. S'ensuit une bousculade pour récupérer les bagages en cabine, pour ceux qui ont eu cette chance.

On emprunte la zone UE. Je repère le tapis roulant sur lequel nos bagages sont censés être catapultés. Je ressens chez les gens qui m'entourent une certaine tension à l'idée que leurs valises soient parties pour Londres ou Lisbonne. Soudain, le tapis roule. Des lamelles de caoutchouc se soulèvent pour dégueuler un à un les bagages. Chacun attend le sien comme la fumée blanche. Je devine à la forme des valises les voyageurs musiciens ou les parents d'enfants en bas âge.

On ne visitera pas Dublin. D'après Dani, tout est beau en Irlande sauf la capitale. Il y a bien le quartier de Temple Bar, avec ses pubs et ses étudiants, mais Dani sait que pour moi, c'est comme faire entrer un diabétique dans un magasin de bonbons. Et il dit que c'est blindé de Roms.

Il n'y a pas la bonne voiture de location que Dani avait réservée avec le vol. On négocie un autre modèle et Dani, la clope au bec, inspecte d'éventuels chocs ou rayures qu'il faut noter dans le dossier. Hertz essaye en vain de nous refourguer des garanties supplémentaires.

— Bon, prenons une cinq portes, on pourra baiser plus facilement sur la banquette arrière, dis-je à voix haute mais en hongrois.

Dani cède un sourire crispé car il laisse une belle caution et l'idée de conduire à gauche n'a rien de rassurant. Il me dit en sortant du parking qu'il faut faire quelques kilomètres pour s'adapter. Je me laisse emmener. Avec lui, je ne sais jamais trop où je vais mais je m'y précipite. Il a dix ans de plus que moi – comme Tibor, à la louche –, quinze magnifiques kilos de trop, des cheveux déjà poivre et sel, des yeux tout aussi gris qui tirent sur le bleu. Il vit à Budapest mais il vient des bords du lac Balaton, aux environs de Siófok, d'où il traînerait des origines allemandes.

Dani me montre le parcours sur son téléphone qu'il aimante sur le tableau de bord. On doit sectionner l'Irlande en son centre, d'est en ouest, par le tronçon routier coulé jusqu'à Galway. On s'arrêtera un peu avant, l'écrivain français que Dani doit rencontrer vivant dans le hameau de Tynagh. Le temps du trajet, Dani me berce en me racontant dans les grandes lignes l'histoire de cette île en proie à l'appétit d'envahisseurs successifs

– je me dis que la Hongrie est une île elle aussi. Dani a l'intonation de mon père quand celui-ci faisait ses cours d'histoire ou récitait le soir des poèmes d'Arany et de Petőfi. Je ne sais pas pour mon père, mais Dani a la capacité de comprendre plus que de savoir. Les dates lui importent peu, l'intéresse ce qui les convoque, les sublime, les relie.

L'an passé, Dani avait réalisé un reportage sur la commémoration du 15 Octobre et j'avais pour la première fois accepté de répondre à un journaliste – à la condition de ne pas être photographiée. Des tueurs en série à la prise de pouvoir de ma ville par le Jobbik devenant le laboratoire politique de l'extrême droite dans le pays, on avait échangé sur le devoir de mémoire, sur le besoin d'oubli et sur la résonnance de l'événement. Il m'avait écoutée sans me juger. Puis on s'était revus à plusieurs reprises jusqu'à ne plus évoquer le sujet. Et mes cheveux ont repoussé.

Dani a fait des études de sociologie et son domaine de prédilection touche à la notion de mémoire. Il est convaincu que le XXe siècle a bousculé cette notion par l'abus de commémoration, par la révolution technologique de l'image et du son (nos descendants, dans mille ans, pourront nous voir et nous entendre) et surtout par l'archivage électronique qui incite à ne plus faire fonctionner son cerveau. Il en résulte à ses yeux une mémoire écervelée, un Alzheimer programmé, une sorte de *reset* collectif. C'est son truc de travailler sur les rétroviseurs déformants, toutes ces choses qui m'éloignent de la dureté du droit. Il avait souri quand je lui avais dit que ma mémoire fonctionnait à plein quand je nageais, en faisant le crawl, surtout. Sur le dos, pas du tout.

— Vous savez, j'ai quatre-vingt-treize ans, j'ai bien fait la moitié, prévient l'écrivain, l'œil espiègle, confortablement installé dans son Chesterfield.

Avant d'entrer dans son salon pour l'interview, le paysage avait été désolant d'humidité, d'étendues verdoyantes parsemées de bâtisses d'une pierre grisâtre tirant vers le bleu – comme les yeux de Dani –, une définition du paradis pour les solitaires. Mes os étaient froids, il avait fait nuit toute la journée. En contraste, l'écrivain renvoyait d'un seul regard une lumière et une agilité intellectuelle saisissantes, du genre à rendre amoureuses une fille comme moi. Suivi de ce qui pourrait être un braque de Weimar, il nous avait d'abord montré, et d'un pas alerte, le haras de son épouse puis, construite jadis à l'abri des regards, cette église catholique profane transformée en chambre d'amis dans laquelle nous pourrions nous installer pour la nuit. Chic – j'imagine déjà beaucoup de choses.

Depuis quelque temps, Dani prépare des portraits croisés du maréchal Pétain et de l'amiral Horthy à travers leur image dans l'opinion, du père de la Nation au tyran avec, en toile de fond, la question de l'antisémitisme. Dani pose son enregistreur. Leur échange se déroule en français, je ne pipe rien. Au terme de l'entretien, c'est en anglais qu'ils papotent de choses et d'autres. L'écrivain évoque notamment des auteurs français parmi lesquels je ne connais qu'un seul nom. Je ne suis pas sûre de bien comprendre mais, à une époque, le vieil écrivain aurait aidé Houellebecq à s'installer en Irlande. Par la suite, l'écrivain vedette n'aurait plus donné de nouvelles… Ni merci, ni merde : un truc dans ce genre. L'écrivain à la peau lisse conclut l'entretien :

— Can I serve you a whiskey ? Or something else…

Dani ne prend pas la peine de fermer à clef la porte de l'église. Il me soulève et m'embrasse, j'enserre sa taille avec mes bras puis avec mes jambes musclées. J'ai envie de nous. C'est moi qui le prends. Ses talents de baiseur tiennent peut-être à son année Erasmus[1]. Qu'importe, on joue avec nos langues, ce qui laisse augurer la suite. Dani s'assoit sur le lit, je me redresse et ôte mon épais pull en laine – un cadeau de Dani dans lequel il avait glissé les billets d'avion. Je l'envoie au lasso dans un effet cinématographique. Le poêle

1. La Hongrie bénéficia de ce programme bien avant son entrée dans l'UE. Dans les années 1990, il s'appelait Tempus.

norvégien qui crépite est très excitant. Sur un confiturier fraîchement ciré, le chat tigré est impassible. Il mate en clignant parfois des yeux.

On s'embrasse encore, je le pousse, son dos vient rebondir sur le lit. C'est à cheval sur lui que je dégrafe ma chemise, Attila à l'air libre. Dani attrape ma taille et se redresse pour me mordiller le bout des seins. Il les met en valeur. Je regarde le Rubik's Cube tatoué dans l'arrondi de mon sein droit. C'était une idée de Dani. Je peux bien le lui donner ce soir. Nous avons le temps devant nous.

Je m'échappe sur le côté pour retirer gauchement mes chaussures et mon jean. Je décide de conserver mes chaussettes et ma petite culotte. Je me retourne, il est nu sur la couette blanche. Il rapproche une nouvelle fois son visage – qu'il devra raser – de mes seins. Je lui prends les épaules pour le reculer, le renverse sur le lit et chevauche sa tête en calant ma petite culotte sur un côté. Je sens d'abord sa langue puis mes fesses qu'il saisit à pleines mains, je m'accroche à la tête de lit, prête à partir pour un cinquante dos. Je profite longtemps. À l'époque où nous nous sommes rencontrés, je le soupçonne de s'être tapé l'assistante parlementaire d'Orbán. Je me retourne, laisse mon sexe sur lui, ses doigts et sa langue glissent partout, je m'étends sur son corps pour le couvrir de chaleur et d'humidité. Mon regard s'arrête sur les vitraux de l'église qui me paraissent d'origine. Je me retrouve dans le même sens que Dani.

Je me redresse, mes seins se rebiffent d'orgueil, mes mains s'appuient sur ses genoux. J'ai passé mon existence à donner du sens à l'horreur, je m'applique lors de précieuses respirations à donner un sens à l'amour. J'attrape son sexe à pleine main, je le guide, j'en profite pour le frotter à mes lèvres. Après des minutes qui durent des milliers de secondes, je redescends sur lui avec la prétention de vouloir atteindre un premier orgasme en simultané. Il semble tellement bien, en moi. Après, l'un dans l'autre, nous trouverons d'autres acrobaties, toutes. Je nage dans le plaisir. Je lui chuchote que j'ai envie de catholicisme, beaucoup-beaucoup. Lui aussi. J'ouvre les yeux, il est sur moi, mon corps à l'envers, à l'endroit. Il prend un temps le dessus. Nos corps dansent, ses mains se baladent sur ma colonne vertébrale et me saisissent les hanches. Je me cambre et emmène ma main – mon bras entre mes seins – pour qu'elle participe à tout ça. Pour la première fois, l'idée de faire des enfants s'invite au plaisir. Il est partout. La nuit passe.

Et de tes seins le doux tressaillement ;
Puis, de la rivière Szinva, qui va courant,
Je vois de nouveau surgir
Sur le petit galet de tes dents
Un féerique sourire[1].

1. Extrait du poème « Ode » de József Attila, *Aimez-moi*, Éditions Phébus, Paris, 2005 pour la traduction française.

Le lendemain, légers, nous partons pour Clifden sous un ciel étrange, d'une couleur semblable à la terre battue sur laquelle des athlètes glissent avant de frapper une balle jaune. Nous sommes venus nous frotter à l'extrémité du continent et ce couvercle improbable et ténébreux nous invite à une délicieuse fin du monde (genre). Une route qui serpente au travers d'une lande brûlée nous conduit à un bras de mer qui débouche sur un bassin d'eau salée à perte de vue. Les éléments sont à nu, je découvre des couleurs, c'est pornographique. On s'arrête, on sort, on colle nos visages devant l'appareil pour immortaliser l'instant. Quelques kilomètres plus loin, on se tient la main dans une rue aux façades multicolores. On croise un homme avec un feutre sur la tête. Il n'y a rien à faire. Alors on visite les pubs puis on rejoint Donegal. C'est à peu près la même histoire, les mêmes murs, les mêmes couleurs. On s'enferme dans un pub, on boit des bières épaisses en pagaille sous le portrait de Michael Collins – héros à vingt et un ans, mort à vingt-deux. Le patron du troquet nous explique qu'il organise à l'occasion des parties de pêche et nous indique sur un plan le moins mauvais *fish and chips* du patelin. Le type au feutre se trouvera dans ce restaurant, c'est troublant.

Le vin chilien était sans défaut, « technologique », a dit Dani. Il me laisse un goût de bonbon acidulé dans la bouche lorsque nous quittons l'auberge à la devanture bleu marine. L'homme qui passe son bras autour de mon cou m'a offert un beau voyage. On se pose sur le quai pour regarder le soir se fondre sur la vieille Europe. C'est anecdotique au regard de notre virée mais c'est dans cette baie que Lord Mountbatten s'est fait dessouder par l'IRA. Je protège ma gorge. Des bateaux longent la côte avec dans leur sillage des mouettes qui font les montagnes russes. Leurs cris viennent jusqu'à nous. Je zoome pour les capturer dans mon iPhone. Le flou rend l'image très belle. Je l'enverrai à mon frère avec le wifi de l'hôtel.

Je me retiens de me gratter le cuir chevelu où, depuis quelque temps, l'eczéma a trouvé sa terre d'élection. Je pose mes fesses sur un banc. Au loin, un chien trace sur une langue sableuse avant de revenir vers son maître. Dani est debout face à l'immensité liquide et dense. C'est un grand échalas, on dirait Corto Maltese dans un tableau peint au couteau.

L'Europe, c'est bien gentil, mais je ne vois pas ce qui unit un pêcheur intermittent de Galway, un producteur supposé de feta et un drag queen respectable de Debrecen. Dani a peut-être une réponse. Il cherche dans ses poches. Il sort un briquet et l'amène à hauteur de son visage. Il met son autre main pour couper le vent et le fait d'avancer ses lèvres lui creuse les joues. Une petite flamme surgit. Dani inspire profondément. Le bout de sa cigarette rougit intensément. Il paraît prendre du plaisir. Au bout de deux secondes, il envoie le cancer droit devant lui. Le vent me ramène une odeur réconfortante.

— L'Europe est une idée, Éva, un éternel projet… Le sentiment d'appartenance n'est qu'un fantasme. Tu te sens européenne, toi ?

Je le regarde.

— Est-ce qu'on a besoin d'une monnaie, d'une banque et d'un Parlement communs pour se sentir européen ?

Il crache à nouveau de la fumée mais vers le ciel – effet volcan.

— Je sais pas… L'Europe est un composé fragile qui doit concilier l'Europe des géographes, celle des historiens, celle des économistes, celle des religieux, etc.

J'aurais pu ne rien répondre.

— Ouais, chacun sa nage et son couloir, quoi. En attendant, Dani, j'ai envie d'un verre de lait frais… maintenant.

LE CANCER

Un type me suit, je sens que je ne vais pas assez vite – je suis en mode brasse. Mon cœur s'accélère, je rame aujourd'hui. Au bout de la ligne, je me décale, j'attrape la barre sous le plot et je reprends ma respiration. Je vérifie d'un doigt que ma ficelle ne dépasse pas. Le type arrive, je sais qu'il va me ruiner en enchaînant aussitôt sur une nouvelle longueur. Je viens de faire six cents – deux cents crawl, cent brasse, deux cents... –, je suffoque un peu. En fait, il s'arrête aussi. Sa tête émerge de l'eau. Nous sommes côte à côte. Il se met debout. Avec son bonnet et ses lunettes, il me regarde et se débouche une narine en éjectant un truc blanchâtre. On se connaît ? Il me fixe, ma ficelle devait dépasser. Ça dure comme ça une dizaine de secondes. Et puis soudain il lève les épaules, colle ses bras sur ses dorsaux, arrondit sa bouche pour prendre un maximum d'oxygène et disparaît sous l'eau pour pousser le mur avec ses jambes. Non, on ne se connaît pas ; il a dû pisser en me regardant.

Je pars en crawl cette fois-ci, je glisse, je rattrape facilement le type. Mes gestes sont fluides, j'écoute le silence et ma respiration. Mon cœur bat. Je croise l'autre con et je fais la culbute. Elle est innée chez moi, mon prof l'adore. J'ondule plusieurs fois pour faire une belle coulée, je prends un bol d'oxygène, je me cale avec la ligne et je nage en rythme. Je vois ses pieds au travers des remous, je double et je me rabats. Je regarde au sol pour savoir où j'en suis, je respire, je pousse un peu plus avec mes jambes, je sors les branchies et je fais ma culbute. L'eau est tiède, je sens une agréable douleur dans mes épaules. J'ai rendez-vous avec Laci. J'allonge pour aller chercher l'eau le plus loin possible. Il doit me retrouver à la piscine sur les coups de dix-neuf heures. J'envoie quelques battements de pieds supplémentaires, culbute, un deux cents avant de couper avec un cent brasse. On va rejoindre maman au restaurant. Le gaz carbonique sort de mon nez et de ma bouche. Je rythme un peu plus. J'y pense, comme toujours. Je vois son visage défait au fond de l'eau. Et tous les matins au réveil, aussi. Il faut faire avec, allez nage, nage. La sensation d'asphyxie est jouissive. Je crois être seule dans ma ligne. Je mets les gaz car j'entends que l'heure est terminée et je veux faire ma brasse pour conclure. Culbute. Je respire tous les trois temps entre mon bras et le creux de la vague. Je m'arrache, mes pieds battent tout le temps. Je suis à 80 %. Le sang irrigue mon visage. Je suis seule. Putain de longueur, celle-ci fait soixante mètres. Je respire du même côté. Ne réfléchis pas, Éva, t'es une machine. Je finis en apnée. Je touche et je repars en brasse en avalant un saut d'air. Pas de culbute. Le plus dur est derrière moi. J'apparais sous l'eau, disparais, apparais, disparais. Je travaille la symétrie, je suis facile.

Je sors par l'échelle, me drape, enfile mes claquettes, ôte mes lunettes et mes bouchons d'oreille. Dans quelques secondes, les marques des lunettes auront disparu. J'ai un frisson. J'enlève mon bonnet et secoue mes cheveux. Deux maîtres-nageuses passent en me snobant. Elles gonflent la poitrine et lèvent les pieds connement à cause de leurs tongs. C'est pas la peine d'être MNS si c'est pour avoir des jambes d'éléphant et de la peau d'orange. Pour la peau d'orange, elles ne doivent pas le savoir car elle est derrière. Mes jambes à moi sont athlétiques, dessinées, sans trop d'efforts, la nature en a décidé ainsi. Bon les seins, OK. Mais les leurs tomberont un jour, ils chuteront comme l'Empire ottoman, mesdemoiselles.

Elles sortent les lignes d'eau avec l'enrouleur, elles se disent des trucs, elles ricanent, leurs maillots rouges leur dessinent le con. Je longe le bassin pour aller aux douches. Je croise des joueurs de polo avec leurs bonnets ridicules. Ils sont foutus bizarrement, ils ont des gros bustes et des culs de sardine. Ils calent leurs zguegs dans leurs deux maillots moulants, l'un sur l'autre pour pas qu'on puisse l'attraper. Il y en a un qu'est bien balancé, je reluque, il mate le tatouage sur mon épaule. Il se secoue les bras et bouge la tête pour s'échauffer. Il fait claquer ses lèvres. On dirait que ça le fait chier de se tremper. Il cherche de la motivation. J'évite le pédiluve – ce nid à merdes –, j'accroche ma serviette, j'appuie sur le bouton pression et je tends mon visage vers les jets d'eau chaude.

Vidée, je m'installe dans les gradins en attendant Laci. Je sens mes poumons. Je n'ai pas très bien séché mes cheveux. Il ne devrait pas tarder. Ça fait un bail que je ne l'ai pas vu. Le damier du fond de la piscine est déformé par les remous de l'eau. Les types se font des passes. On dirait que leurs bras se décrochent tandis qu'ils font danser le ballon jaune. Ils gigotent pour maintenir leurs bustes au-dessus de la surface. Les joueurs se positionnent en cercle. Le soleil tourne. J'ai la peau du cul qui me gratte. C'est le chlore. Pourtant je me suis bien savonnée.

Les cris, les appels et les sifflets résonnent sur le plafond de la piscine. Le coach fait les cent pas le long du bassin. Ça sent le propre. Le ballon circule de joueur en joueur pour créer un décalage, six joueurs de champ, un gardien, la faute fait partie du jeu : c'est du hand dans l'eau.

Laci n'arrive pas. Je regarde mon portable, j'ai zéro barre. De temps à autre, le pivot tente de s'extraire pour faire un retourné. Le silence de la balle qui s'arrête dans le filet est décevant comparé aux tirs manqués qui claquent sur le cadre du but. Deux types se débattent à un mètre de la balle. Aucun n'arrive à s'en approcher, ils ont l'air impuissants dans ce bouillon. Pas de score sur le grand écran digital, ce doit être un entraînement ou un match amical. C'est bizarre. En plus, c'est le coach qui siffle.

— Éva, t'as kéblo ?

Quand je suis assise, il a l'air encore plus grand. Je me lève, l'enlace, l'embrasse. Je lui dis qu'on ne s'est pas vus de tout l'été.

— De l'année non plus…

— Ça passe vite.

On s'assoit. Il demande :

— Tu réattaques le droit ?

— Oui, je vais faire un mémoire.

— T'as un sujet ?

— Le traité de Trianon, entre légitimité et légalité.

— Tu te projettes dans l'avenir, dis-moi…

— Pourquoi, c'est hyper intéressant, non ?

— Non.

Laci, il est brut de décoffrage. Je ne me formalise pas.

En sortant du complexe nautique, il découvre qu'il a quatre appels manqués de maman. Il l'appelle. Elle fait une crise d'angoisse car on a un peu de retard. Il la rassure, on arrive, il raccroche et me dit que c'est toujours comme ça. Je ne savais pas. Moi, quand je suis à la bourre, elle ne s'inquiète pas.

— J'ai appelé le resto, ils mettront des bougies.

— Maman t'a dit, j'ai un nouveau copain.

— Ouais. C'est avec lui que t'es allée en Irlande au début de l'année, c'est ça ?

— C'est ça. On vit pas ensemble mais Dani est cool, ça tient, il me supporte.

— On va le décorer, rit Laci.

Le restaurant est à deux pas de l'église Mátyás, dans le quartier du Bastion des pêcheurs. Ma mère a mis le paquet, c'est l'un des plus beaux restos de la ville, donc du pays. La vue sur le Danube est imprenable, avec le Parlement qui se dresse en contrebas. Tout à l'heure, il brillera de mille feux. Trône au milieu de la salle un énorme flacon de Hennessy. Je garde ma veste, le maître d'hôtel nous indique notre place. Chouette, j'aime bien les tables rondes, c'est chaleureux. Maman s'est assise dos au Parlement pour nous laisser la vue.

Je m'étonne de l'espèce de turban ottoman qui lui empaquète les cheveux. Elle fait fatiguée, je ne l'ai pas vue de l'été, mais seulement de l'été. Elle se lève, on s'embrasse fort. Un sommelier vient nous suggérer un apéritif. Maman et Laci refusent poliment. Pour ne pas me tenter. Maman voit que j'hésite, elle me devance.

— On prendra un peu de vin en mangeant.

J'ajoute aussitôt :

— Et je prendrai une bière avant... blonde. Toi Laci, t'as quinze ans, tu peux bien prendre une bière aussi.

— Seize ! Mais j'ai pas envie de bière.

Seize, merde... Le sommelier s'éclipse. On scrute la carte, le soir tombe sur Pest. Maman questionne Laci sur son séjour à Berlin. Il parle comme un adulte. Je ne peux pas m'empêcher de lui demander :

— Une aventure, allez, raconte...

— Laisse-le tranquille, dit maman.

— T'as bien une chérie, ou un chéri...

— N'importe quoi, ajoute maman.

Une serveuse arrive, on commande. J'ai la dalle. Laci demande de virer les épices du plat qui le tente. La serveuse repart, à mon tour de parler de mon périple estival avec mon grand-père András. C'est Amsterdam que j'ai préféré.

— ... la ville de tous les possibles. Dans le Quartier rouge, il en revenait pas, András. Cela dit, voir les femmes en vitrine, j'ai dû mal… On s'est fait un coffee shop, bon, on n'a pas essayé mais on a pris de la fumée dans la face quand même.

J'ai la flemme de raconter, alors je résume : Venise, c'est fascinant mais ça pue avec la chaleur de l'été et les bateaux de croisière obstruent la vue. Prague, c'est beau mais pas dépaysant. La Transylvanie[1], c'était pour András. Il y avait un meeting d'Orbán.

— Ah, Orbán ! Avec sa nouvelle constitution ultra-conservatrice, il a bien baisé les Magyars. À Berlin j'avais presque honte… Il est intouchable… Si un jour il se fait choper en train de sauter une fille de quatorze ans, on dira que c'est la gamine qui l'avait chauffé.

— Ne parle pas comme ça, Laci… Et András, vous ne trouvez pas qu'il a un pris un coup de vieux ?

— En même temps, il a quatre-vingts piges, dis-je.

— Soixante-dix-huit, me reprend Laci.

— C'est pareil.

— Il radote, et puis il oublie certains trucs, mais bon, ça nous arrive à nous aussi.

— Il faut que je passe le voir, soupire maman.

---

1. Depuis le traité de Trianon, cette région appartient à la Roumanie.

— Il va à la messe, c'est nouveau, dis-je.

— Je crois surtout qu'il y a une dame charmante dans la chorale, ça c'est mon petit doigt…, sourit Laci.

Ça m'énerve presque. Qu'on ne me pique pas mon András, chasse gardée.

Maman prend son air triste.

— Je ne peux pas m'empêcher de penser au moment où je l'ai appelé pour lui annoncer… Je n'ai plus rien entendu pendant d'interminables secondes, et puis il s'est mis à bégayer, bégayer et…

— Maman, si on reparle de ça ici, je me barre !

— Éva a raison, on ne va pas…

Alors maman prend clairement la parole, on dirait qu'elle a préparé son truc.

— Bon, j'ai une bonne et une mauvaise nouvelle, on commence par quoi ?

Laci ne répond pas. Alors j'y vais.

— La bonne, tant qu'à faire…

— C'est mon anniversaire.

— Merci, on savait.

— Et la mauvaise : j'ai un cancer.

Je retiens mes larmes. Je bous. Laci savait, il regarde fixement son assiette vide. Je ne sais pas quoi dire, ça jette un froid. Maman enlève son turban. Je prends une grande claque. C'est quoi, cette mise en scène ? Sa cicatrice dans l'arcade ressort. Des gens se retournent vers nous. Avec son crâne d'œuf, maman ajoute d'un ton rassurant :

— Rien de plus banal dans notre pays, tout le monde a un cancer.

J'attrape mon verre de bière et lui fais mal. Maman nous explique sa maladie, le protocole, elle dit aussi que la maison est trop grande, qu'elle souhaite déménager dans un appartement du centre-ville. On finit quand même par trouver de l'appétit. Maman montre un visage de combattante. Je l'ai rarement vue comme ça, elle nous raconte le tour d'Europe qu'ils ont fait en 1990. *L'Hymne à la joie* qui retentit dans le restaurant est entêtant. Je ne connaissais jusqu'à présent que des bribes de ce périple qui s'est achevé devant les Pink Floyd. Avec Laci, on se marre à tout bout de champ. Il fait chaud. En tout et pour tout, maman et Laci ont pris un verre de vin chacun. J'ai sifflé le reste. Avant le dessert, maman s'absente pour aller aux toilettes. J'en profite sans casser l'ambiance.

— Tu savais, bien sûr...

— Maman voulait te l'annoncer...

— Vous faites chier.

Maman revient. Derrière elle, le Parlement néogothique flambe sur le Danube. Je me dis qu'il y est peut-être, l'animal politique que j'ai croisé en Transylvanie. Le gâteau arrive, on nous offre une pálinka, on chante doucement, des gens se retournent, maman est impressionnante sans un poil sur le caillou. Elle souffle.

Je suis déçue que Laci n'ait pas voulu m'accompagner. Le bar est bondé. Je me noie dans une équipe de polo. Je leur demande si c'est eux, tout à l'heure, qui faisaient une attaque-défonce. On entend mal. Ils s'en foutent, je m'en fous. La vodka me fond dans une certaine euphorie. Je touche leurs culs de sardine. Il y en un qui se retourne et me touche les seins. Il semble déçu. À moins que je me fasse des films. Quoi qu'il en soit, qu'il aille se faire foutre. Chacun lève le doigt pour dire qu'il pisse dans l'eau de la piscine. Le gardien se targue de pisser plus que les autres, ça le réchauffe. On passe au gin Hold-Up, deux-tiers de gin, un tiers de tonic glacé. Les verres arrivent de partout. Ils m'entourent, on danse à moitié. Celui qui doit être le capitaine commande des mètres d'un gin sorti du congel. On tape le verre sur le comptoir, tout disparaît en deux temps trois mouvements. Un joueur se distingue avec un déguisement de Père Noël, quand il passe près de moi, je lui mets une olive. Il se marre et danse. À chaque passage aux chiottes, je prends la mesure de l'avancement de mon état. Quelqu'un a écrit sur le mur : « Absolut, merci pour tout. » Il y a aussi des croix gammées. Je fais marcher mes cuisseaux pour éviter que mon cul touche la lunette. Je remonte mon froc et replonge dans le vacarme en poussant l'épaisse porte. Il y a un début de bagarre. J'aperçois le Père Noël envoyer un gnon. Tout le monde tient tout le monde. Des gonzesses crient. Le calme revient. Je me recolle au bar. Des tournées arrivent. Un joueur tend sa carte bleue à une serveuse qui a des lunettes aussi larges que ses nichons. Il gueule :

— Tu peux me sortir une facture ?!

La serveuse s'en étonne mais, à la limite, elle s'en branle. Elle gueule :

— Ok, avec la TVA ?!

Tout le monde gueule, en fait.

— La TVA, je peux te la mettre dans les lunettes !

— Connard.

La serveuse a répondu du tac au tac, elle est rodée. Il faut dire que le genre masculin est lourd, mais je m'en amuse, un véritable objet de curiosité. On penche le verre et on allume l'alcool avec un briquet. On cale sa main sur le verre pour éteindre la flamme, la paume fait ventouse, on secoue le verre, on décolle la main et on boit cul sec. La montée est immédiate. On danse. Un rythme d'électro connu retentit, des acclamations s'élèvent.

— Et si on changeait de crémerie ? suggère un attaquant.

Dehors, l'un d'eux me dit qu'il va arrêter le polo parce qu'il a l'impression que les couilles lui remontent. Je ne vois pas trop de quoi il parle.

Il ajoute que de toute façon, ce sport, quand tu l'arrêtes, t'es content tellement c'est dur. Il a une barbe très fournie, un vrai nid à merdes, au même titre que le pédiluve. Je monte au hasard dans une bagnole du cortège. Je suis derrière, au milieu. Je comprends qu'on va à Buda, c'est chic de dire ça. Il paraît que le 3B est le nouveau truc branché : Bouddha-Buda-Bar. Le pilote marche à la rabla. Les pneus crissent.

Il conduit fort. Je pense à maman et à son cancer. C'est la mauvaise nouvelle, je ne sais plus quelle était la bonne. Un gars assis devant, à la place du mort, se décroche la mâchoire, je ne sais pas à quoi il tourne. Il prend un sac à ses pieds avec les bonnets de polo, chacun en enfile un. Moi, on me dit de mettre ma petite culotte sur la tête. Je réponds avec sérieux que je n'en ai pas. Les types se regardent. On me file celui du gardien, il est rouge avec les protège-oreilles bleus. Il est encore mouillé et sent le chlore. Le mec à ma droite se colle une douille. En recrachant la fumée, il trouble tout l'habitacle. Les portables illuminent partout. Je me dis qu'on devrait revisiter la Cène avec des portables dans les mains de tous les convives. Le chauffeur met le son à fond, un vieux groupe de hard australien. Je suis avec des ringards. Celui à ma gauche tape sa tête sur le plafonnier au rythme de la musique. Il va gondoler la carrosserie. Ça fait marrer tout le monde. On longe un immense chantier. Je me souviens quand papa me disait que si on entrait dans un camion toupie – « aussi beau qu'un sucre d'orge » – on ressortait à l'autre bout du monde. Je le crois.

Celui qui a pris la douille fout sa main sur ma cuisse. Je lui mets la mienne au paquet, je le pelote, il hallucine. Il veut m'embrasser, je lui pose un râteau, je retire ma main. Il est comme un con, il l'a mauvaise avec ses deux galons qui pendent sur ses épaules. Soudain, il baisse sa vitre et s'extrait de la bagnole. Un vent chaud s'engouffre, la ville est une fournaise. On doit rouler à 120 km/h dans cette grande artère, les taxis sont des faisceaux lumineux jaunes. Il frappe à la vitre de devant, son bonnet – le n° 10 – s'envole. Celui sur le siège passager se marre et baisse sa vitre. Le type sans bonnet entre par la vitre de devant, ses jambes nagent dans le vide, il rétropédale comme un malade. Il croit peut-être m'impressionner, il pourrait se prendre les guiboles dans un lampadaire que j'en aurais rien à battre. On passe devant chez András, je regarde machinalement, toutes lumières éteintes, il dort.

Le type qui est passé par l'extérieur revient derrière. On se frotte à la mêlée. On arrive sur un parking en dérapage contrôlé. Quelle bande de gros beaufs. Avec nos bonnets, on fait sensation. On nous déroule le tapis rouge. Je suis peut-être avec une équipe connue, à moins que ce ne soit les cartes bleues qui provoquent cet accueil enthousiaste.

Tout ce dont je me souviens, c'est que c'était génial. J'erre seule avec une main que j'ai dû fourrer dans des orties. Le premier tramway glisse sur le pont. Les feux de circulation percent le brouillard. Je flotte. Soudain, une ambulance toutes sirènes hurlantes me frôle avant qu'un souffle chaud me prenne la nuque. Le jour se lève dans les remous du Danube où se dandinent des centaines de ballons de polo. Dans un lotissement en rénovation, une Black fait du marteau-piqueur torse nu. Des péniches émergent de la brume. Je regarde si par hasard des corps ne flotteraient pas, en provenance de Vienne, pour être propulsés dans la mer Noire, terminus, tout le monde descend. Depuis toutes ces années, je me dis que celui de papa doit être sérieusement décomposé. Je dérive. Ça pue le métro. J'ai envie de hurler.

Un tourbillon m'aspire et me dépose par instinct de survie devant mon appartement. Je ne trouve pas mes clefs. Elles sont sur la porte. J'entre en réfléchissant. Il y a des CD en vrac par terre et des canettes de bière un peu partout. La porte du frigo est ouverte. Des choses me reviennent. Mon portable est sur une chaise, j'ai des messages de Dani, je dépose l'appareil dans le frigo et ferme la porte. J'approche de ma chambre, enjambe un bonnet de

Père Noël et une taie d'oreiller tachée d'un filet de sang, et me laisse simplement tomber à plat ventre en travers du lit, *comme si le sommeil était une arme qui m'avait frappée par-derrière.* Même chose que dans le putain de bouquin de Capote qui doit traîner quelque part.

LA HACHE ET LA STATION-SERVICE

C'est excellent. Mes parents n'entendent rien, ne voient rien, ils échangent sur l'horaire. On prend à droite, on laisse l'église jaune sur notre gauche et on trace. L'auto-stoppeur disparaît de notre champ de vision. Laci me regarde et louche. On aura fait un tour gratuit du village. Si j'ai bien compris, il nous reste grosso-merdo cinq kilomètres. Je remets mes écouteurs. Mon père prend ses précautions en dépassant deux cavaliers au petit galop : cataclop, cataclop.

On arrive – c'est fou comme le temps passe vite… –, papa décide de franchir le portail puisque la femme nous l'indique avec ses deux mains qu'elle ramène vers ses gros seins (elle aussi). Au fond du jardin, un homme aux cheveux longs – le monsieur de madame – met sa hache sur l'épaule avec un sourire crispé. On se gare et papa coupe le moteur. L'amie de maman vient à notre rencontre.

Elle semble en panique, les yeux rouges (à cause des oignons). Elle est en talons sur les graviers, j'ai peur pour ses chevilles.

Machinalement, je regarde la route que nous venons de prendre pour voir si l'auto-stoppeur nous a rattrapés. Il serait extraordinairement rapide. RAS.

Maman m'intime de ranger mon MP3 et demande à Laci de se détacher – c'est déjà fait depuis un moment, depuis toujours en fait. Ma mère ouvre sa portière.

— Je vous laisse vous installer dans la maison si vous le souhaitez je n'ai plus de vin sec j'en ai pour cinq minutes je fonce au village, débite la femme sans mettre de virgule.

Tout va très vite désormais dans ma tête. Mon père la prie de ne pas se déranger, il s'en occupe, il insiste – il en profitera pour s'acheter des clopes –, il nous demande de descendre, il fait juste l'aller-retour, il sait où se rendre, il a vu la station-essence dans le village, près de la gare, oui ce n'était pas sa route mais il a déposé un vendangeur qui faisait de l'auto-stop, hummmm. Au milieu de tout ça, la femme dit que non, qu'elle va y aller, que c'est gênant, que c'est sympa, que ce n'était pas notre route, qu'il y a du choix à la station-service, et qu'elle va faire son goulasch puis cuire des échines de porc à la braise, hahahaaa.

— En plus, on arrive les mains vides…, conclut mon père.

Je trouve que mes parents arrivent souvent les mains vides, ils doivent être radins. La femme, nettoyant ses lunettes avec sa blouse, s'adresse à Laci et à moi, non, à moi et à Laci :

— Vous avez vu le temps ? On ira dans la Bodrog cet après-midi, l'eau est froide mais il y a une petite plage, des canots… et si y a pas les Tsiganes ce sera super.

Bien, en attendant, je souhaite rester avec mon père pour aller faire les courses. Il n'y voit pas d'inconvénient alors qu'il rallume le moteur et passe la marche arrière.

— Moi aussi.

C'était écrit. J'aurais bien aimé être seule avec papa. Mais c'est la vie. Laci reste dans la bagnole.

En arrière-plan, l'homme aux cheveux longs s'est remis à couper du bois. Il trace un arc de cercle en l'air avec sa hache avant qu'elle ne vienne fendre la bûche en deux, posée debout sur un billot. À son plus haut, le métal de la hache scintille. Ses cheveux filasses voltigent à chaque arc de cercle. Il dégage de l'habileté et une grande force. D'un violent coup sec, il démembre les bûches comme les types au Trianon ont démembré la Hongrie. Avec ses avant-bras qui déforment ses tatouages, il tuerait d'une prise. Entre chaque section, le bûcheron du dimanche ramasse un rondin pour le disposer sur le billot. Il enchaîne : tchac. Il goutte du front et s'essuie parfois avec sa chemisette en lin. Ses dessous de bras et son torse exposent de larges auréoles. Je pourrais passer sous ses jambes arquées. Malgré la barbe, on distingue un visage émacié monté d'un regard abattu, la bouche légèrement ouverte. On dirait le Christ. Soudain, son fils apparaît de derrière la maison avec une brouette remplie de rondins. C'est János. Le col ouvert jusqu'aux pectoraux, le jeune homme hirsute nous regarde et nous sourit. Il a un truc dans le nez. Mon père n'a pas idée de ce que je pense à ce moment précis. La perspective d'aller à la rivière me plaît. Au-devant de la scène, ma mère et son amie s'embrassent. C'est le tableau – dans le genre Munkácsy vu la veille – qu'on a sous les yeux quand mon père recule en faisant attention à ne pas briser connement un feu arrière dans le portail. Et voilà comment, une énième fois, on oublie de pisser. Vu le physique du jeune homme, j'aurais dû descendre.

On reprend le même chemin. Il n'y a pas d'auto-stoppeur dans les parages, c'est de l'histoire ancienne. Sauf erreur des enquêteurs, les rares personnes dans Olaszhalom qui se baladent à cette heure-ci voient passer à une allure autorisée une Opel Astra vert groen, cinq portes, diesel, manuelle, modèle 1999, immatriculée GKS 702.

On touche au but. Je ne sais plus si j'entends les cloches de midi – église jaune – sonner avant d'entrer dans la station-essence ou si c'est à la sortie, quand l'adolescent trisomique m'agresse. À ce sujet, je pensais que c'était un sacristain qui sonnait les cloches à l'aide d'une corde et non un automate. Pour l'heure, mon père fait un semblant de créneau sur le parking à côté de l'établissement Castrol. Deux chiens s'accrochent au grillage en aboyant leurs tripes sur un terrain voisin. À la station, un chauffeur fait le plein de son camion. Les distributeurs d'essence sont dégueulasses. Au sol, les plaques de goudron se désolidarisent. On devine un bordel sans nom de saloperies à vendre derrière les vitres en Plexiglass maculées de traces de doigt. De vieilles photos de pizzas et de gobelets de café sont placardées pour pousser à la consommation. Juste à côté de l'entrée, une poubelle dégueule. Le ventilateur de la pompe à chaleur braille. Entre la route et la station, des gobelets – ceux de la photo –, des mouchoirs usagés et des mégots en pagaille se mélangent aux mauvaises herbes. C'est la sinistrose, il faudra qu'on m'explique comment on peut vivre ici, qui fait le choix à un moment donné de tenir un tel gourbi, autant se tirer une balle tout de suite. Même les couleurs sont passées.

Laci veut rester dans la voiture – il joue avec son couteau. Mon père lui demande alors pourquoi il a voulu venir. Laci croise les bras. Mon père soupire et n'insiste pas. Il met le frein à main et nous sortons tous les deux. Il tape au cul du paquet souple, s'allume un clope, on regarde le chauffeur, pas le paysage car il n'y en a pas, il est obstrué par le camion. Papa essaye de faire des ronds. La fumée me caresse le nez.

Je lui demande s'il va mettre de l'essence. Il me dit qu'il en reste encore les deux tiers. Le chauffeur s'essuie les pognes et nous passe devant pour aller payer, il a le ventre plus gros qu'un ballon de basket et son portable dépasse de la poche arrière de son pantalon Buffalo. Je sais que mon père ne remarque pas ce genre de choses, il ne juge jamais personne. Papa écrase son mégot dans un pot de sable où des dizaines de filtres sont plantés. On avance vers la station et on entre dans le capharnaüm. Un tintement de cloches retentit. Le rayon des alcools est clairement visible. Il y a un peu de choix entre les vins de la région et les autres, peut-être une trentaine d'étiquettes en tout. Papa s'émerveille. Je fonce littéralement aux chiottes. J'ouvre la porte des toilettes. J'entre. Là, non. Plutôt chier en Roumanie. Je rebrousse chemin :

— Trop dégueulasse.

Mon père ne m'écoute pas. Derrière le comptoir, une vieille femme voûtée sur son fauteuil roulant dit au camionneur qu'il peut faire son code. Elle tourne la tête vers un homme qui se tient le menton. C'est papa. Je crois qu'il n'y connaît rien. Je l'entends soupirer : « Blanc ou rouge ? »

À quelques mètres de nous, dans un autre rayon fourni d'articles d'équipement automobile (housses, moumoute, louquide...), un garçon accroupi semble ranger des affaires. Il se relève tout à coup en poussant un cri dans ma direction. Il a l'air crispé, il a la tête gonflée, d'épais verres de lunettes font ressortir ses yeux. Il me sourit ou grimace, je ne sais pas trop. La vieille femme l'appelle. Mon père pose la main sur mon épaule avant de regarder vers l'extérieur de la station. L'épais camion blanc « Transbumerang Kiev » s'extrait de la vue, apparaissent sur la route deux jeunes hommes à vélo. L'un d'eux est torse nu malgré la saison. L'autre porte un jogging méchamment taché. Je ne m'inquiète pas outre mesure, je les mate. Celui qui est à poil est sec, on voit ses abdos, ils sont bien dessinés. Papa se met sur la pointe des pieds et condamne à distance les portières de sa voiture. Les feux clignotent. Laci n'a pas bougé – ce n'est pas forcément bon signe, peut-être essaye-t-il son couteau sur le siège ?

Mon père se décide pour un blanc sec de la marque Tokaj Kereskedőház, une cave d'État, survivance du Borkombinát, sorte de kolkhoze du vin sous l'ère socialiste. Ce sont les explications de la vieille handicapée derrière sa caisse enregistreuse. Je pense que mon père s'en fout mais il est poli. À moins que ça l'intéresse : après tout, c'est de l'histoire.

Un homme est entré dans le magasin, il attend lui aussi avec une bouteille dans les mains. Papa prend des clopes, paye et demande à la vieille :

— Je suis venu à Olaszhalom il y a deux ou trois ans, et je me rappelle un artiste qui vivait dans ce village, je me souviens de sculptures dans son jardin, ça vous dit quelque chose ?

— Peut-être, oui, ça doit être le Juif…

— Le dernier ! se permet d'ajouter sur le ton de la blague l'homme qui patiente derrière nous.

La vieille lâche un rire maléfique et poursuit :

— Il est dans la rue qui descend à la rivière, derrière l'ancienne synagogue, on le voit jamais, il doit exposer ses conneries à Pest, il est plus souvent là-bas qu'ici.

On sort, les chiens montrent à nouveau leurs crocs, une brise vient nous fouetter. Ça m'étonnerait qu'on se baigne cet après-midi. À cet instant, un type arrive de derrière la boutique, fonce sur moi et m'attrape le bras. Je ne l'ai pas vu venir. Je sursaute en me retournant. Il pousse le même cri que tout à l'heure et me tend un bouquet de fleurs artificielles. Je me débats. Mon palpitant s'emballe. De l'intérieur, la vieille gueule la même chose que tout à l'heure. Mon père intervient en me demandant de me calmer et d'accepter le bouquet. Je pensais qu'il allait lui éclater la bouteille de tokaj sec sur la tête. Niet. Les deux cons avec les vélos se marrent. Le menton sur le plexus, le garçon au bouquet semble déçu de ma réaction. Mon pouls redescend. Je reprends des couleurs. Quel crétin. Il y en a un comme ça dans mon collège. Et si on se taillait de là ? Je serais mieux avec mon grand-père, on serait peut-être allés voir un match de foot. Avant ça, il m'aurait emmenée au MacDo.

Mais il y a le jeune homme et maman qui m'attendent. Je suis partagée. Je monte devant. Laci mange une nouvelle mandarine. Papa songe à mettre la bouteille dans le coffre mais elle risque de rouler et de se casser. Il s'assoit à côté de moi et me la tend. Je me dis qu'une fois vide, on pourra la ramener : la vieille ou son fiston pourront se faire un verre de lunette avec le cul. Je pose les fleurs à mes pieds et cale la bouteille entre mes jambes. C'est frais.

Devant nous, la rue déserte épouse un léger faux plat dans un méandre qui va se perdre à l'horizon. Elle est marquée de pointillés blancs indiquant le droit de dépasser. De chaque côté se dressent de modestes et pâles maisons individuelles. Tous les vingt ou trente mètres, des pylônes, reliés par des fils électriques, sont couverts à leur extrémité d'un large amas de branchages où nichent des cigognes.

On s'apprête lentement à sortir du village par la rue Kossuth. Dans mon rétro, l'église jaune rétrécit à vue d'œil. Le nez sur le volant, mon père cherche quelque chose et s'arrête net.

L'AMBULANCE

Le pays entier la regarde. Jamais la rue Kossuth n'a connu une telle effervescence, même lorsqu'elle a été rebaptisée ainsi par la mairesse à la fin des années 1990. Le choix du nom n'a pas fait débat en conseil municipal, d'autant que la présence de la synagogue en ruine rappelait la « tragique » politique antisémite. La mairesse avait argué que c'était une raison de plus pour valider le nom de Kossuth, celui-ci s'étant illustré dans la terrible affaire de Tiszaeszlár, un village à quelques kilomètres de là. Elle faisait référence à cette jeune paysanne disparue un 1er avril 1882. La rumeur disait qu'elle avait été égorgée et son sang récupéré pour faire du pain de la Pâque juive. La résonance était devenue nationale avec des pogroms dans tout le pays. De son exil à Turin, Lajos Kossuth avait violemment dénoncé cette « machination antisémite ». La mairesse était allée plus loin, prétendant que Kossuth était né à Olaszhalom : ses parents étaient sur la route le 19 septembre 1802, et l'accouchement aurait eu lieu à la hâte dans une maison du village[1]. Voici Kossuth titulaire d'une énième artère. Au final, une dizaine de pelés avaient assisté au baptême de la rue, les opposants itou car un pot de l'amitié clôturait la journée. On avait soulevé un drap dévoilant une pancarte et poussé dans le gosier les petits fours salés les uns après les autres.

Quelques années plus tard, c'est un ballet de policiers, de curieux, d'élus et de journalistes qui piétinent la rue Kossuth. Le bruit des talkies-walkies résonne aux quatre coins, leurs grésillements noyés dans un léger crachin. L'ambulance est au cœur de toutes les attentions. On veut voir la personne qui va être enfournée à l'intérieur. Depuis quelques jours, la tension est à son comble. Soudain, les portes arrière s'ouvrent. Dans un cordon de policiers qui s'étire d'une maison vers l'ambulance, deux silhouettes apparaissent et disparaissent. Des motards encadrent l'ambulance qui contourne des marques de craie dessinées sur le bitume. À chaque extrémité de la route, les forces de l'ordre bloquent la circulation. Les véhicules – même les tracteurs – sont fouillés. Les bergers allemands en muselière reniflent

1. Officiellement, Lajos Kossuth est né au domicile de ses parents, à Monok.

les bas-côtés. Des unités spéciales de maintien de l'ordre sortent d'un large fourgon et se dispersent devant chaque maison, le doigt sur la gâchette. On aperçoit subrepticement le visage des riverains derrière les fenêtres. Des journalistes tentent de les atteindre. « Circulez, y a rien à voir », ordonne un policier dans son porte-voix.

L'ambulance avance au pas. Une enfant est dedans, allongée sur un brancard. Sa maison s'éloigne. Dans l'habitacle, le son de la radio prend toute la place.

« La jeune fille d'une dizaine d'années qui a été renversée à Olaszhalom est conduite à l'hôpital de Sátoraljaújhely mais l'attachée de presse de la préfecture de police du comté a déclaré à notre correspondante que, selon les premières informations, l'enfant aurait subi des blessures mineures qui guériraient dans les huit jours. »

Elle regarde le plafond. Des lumières de couleur bleu s'invitent par intermittence. La jeune fille sait qu'il s'agit d'elle. Elle est parfaitement consciente. Son pronostic vital n'a jamais été engagé. Elle entend parler d'ecchymoses et d'état de choc. Sa maman, un infirmier et une jeune médecin l'entourent. Parfois, le chauffeur se retourne et jette un coup d'œil au travers de l'épaisse vitre qui les sépare. Il peut communiquer grâce à l'hygiaphone.

— Tout va bien Princesse ?

Elle montre son pouce comme on fait du stop.

— Alors on met les gaz, ça va décoller ! plaisante le pilote potache.

La radio balance à tue-tête des informations. Dans l'ambulance, chacun sait qu'ils sont au cœur de l'actualité.

« Le chauffeur craignait pour la vie de la petite. »

« Passage à tabac à Olaszhalom. »

« Les horreurs de dimanche dernier. »

« Des témoins ont entendu des menaces de viol. »

« On n'arrive pas à comprendre comment tout ça s'est passé, déclare un enseignant de l'école primaire. »

« Un homme pourtant calme et tolérant. »

La jeune fille sourit. L'infirmier passe une main dans ses longs cheveux noirs.

« Aucun crime de ce genre n'a été commis dans le comté jusqu'à présent. La police soupçonne trois hommes. L'un d'eux serait étranger au village. »

« C'est la période des vendanges. »

« On s'inquiétait de leur retard, a déclaré le jeune homme. »

« Selon la mairesse, l'affaire va faire beaucoup de tort au village de 1 600 âmes qui a déjà assez de problèmes avec le chômage, les aides sociales et la prise en charge des soins médicaux. Avant, le Borkombinát donnait du travail. Aujourd'hui, la pauvreté entraîne de la délinquance, des vols et des cambriolages. »

« Des habitants veulent mettre en vente leurs maisons mais qui va vouloir acheter ici désormais ? »

« Quels que soient les faits, nous resterons et nous nous reconstruirons, témoigne un couple de Suédois titulaires d'une carte de résident. »

« J'ai déjà reçu des centaines de mails dans la boîte de la mairie. »

« Tout le pays est scandalisé. Entre Olaszhalom et le cinquantenaire de la Révolution de 56, les médias tournent en boucle. »

« L'eurodéputée Rom fait part de son indignation quant à ce tragique malentendu et appelle à la fin de la ghettoïsation. Le fossé entre la minorité et la majorité risque de se creuser davantage. »

« L'association Wallenberg et la fondation Kurt Lewin émettent des inquiétudes sur l'avenir[1]. »

Elle penche son visage sur celui de la fille. La jeune médecin a les yeux très bleus. Elle prend le pouls de l'enfant.

« … le président de l'association de la communauté a adressé ses condoléances. »

« On condamne le crime et on attend des autorités une enquête approfondie et partiale quels que soient le sexe, l'âge, le statut social ou l'appartenance ethnique. »

À la sortie de Bodrogolaszi, le conducteur de l'ambulance prend peur. C'est comme si des grêlons venaient taper sur la carrosserie du véhicule. Des sirènes retentissent.

— On se fait caillasser, bordel ! gueule le chauffeur.

De l'intérieur, on entend des cris et des motos vrombir. L'infirmier serre la main de la petite.

1. L'association humanitaire porte le nom de Raoul Wallenberg, un diplomate suédois qui a sauvé des Juifs de Hongrie et fut exécuté en 1947 dans les geôles soviétiques. Kurt Lewin était un psychologue américain qui travailla pour la démocratie. La fondation poursuit ce combat en Hongrie.

La mère de l'enfant gémit. Dehors, j'imagine les lanceurs qui prennent leur élan, d'autres qui utilisent des frondes depuis leur balcon. C'est l'intifada, le ras-le-bol, la défense du territoire coûte que coûte. Les insultes fusent. L'ambulance accélère. Le pouls de la petite aussi. La radio diffuse toujours.

« À l'autre bout du pays, le résident d'un village frontalier de la Croatie, Bicsérd, s'engage à aider les enfants en offrant 50 000 forints[1]. Il en a informé notre correspondant par téléphone. Il veut rester anonyme mais appelle d'autres personnes à se joindre au don et invite une municipalité ou une association à ouvrir un compte. »

« Le nombre d'accusés pourrait être élargi, prévient le général de division du comté de Borsod-Abaúj-Zemplén. »

« Le capitaine de la police dément la rumeur selon laquelle des blessures auraient été provoquées par des bottes cloutées. »

« À six heures hier soir, les Roms du village ont allumé des bougies sur le lieu de la tragédie. »

1. Environ 200 €.

« Les deux hommes politiques s'accordent sur l'appel au calme. Le député du Fidesz ajoute cependant qu'il est de la responsabilité de tous les parlementaires de réfléchir à une politique beaucoup plus sévère, qu'il faut arrêter de faire l'autruche. Le responsable du parti démocrate demande un travail de fond en mettant l'accent sur l'éducation. »

« On apprend qu'un compte a été ouvert à la coopérative d'épargne de Tokaj et de ses environs, le numéro de compte est le 68700016-10136757. »

« À Olaszhalom, la présence de la police a encore été renforcée, on craint des actions sporadiques de vengeance. »

« Des dizaines de personnes ont déjà quitté le village par peur des représailles. »

« Ce matin, beaucoup d'élèves de l'école manquaient à l'appel. »

« Sous escorte, la femme a placé une fleur et allumé une bougie. »

« Il y a un mois, dans le comté de Hajdú-Bihar, une jeune fille de dix-sept ans faisait du vélo et n'a pas indiqué qu'elle tournait. »

« C'est à prendre au conditionnel, un homme viendrait d'être lynché à mort à Bácsalmás. Un autre, cette nuit, devant une discothèque de Tiszacsege. Nous vous tiendrons informés. »

« Sans lien prouvé avec l'incident d'Olaszhalom. »

« Le parti d'extrême droite demande la fin de la discrimination positive. »

« Les pouvoirs publics appellent les journalistes à plus de retenue. »

« Dans l'horreur et l'affolement, il se raconte tout et n'importe quoi. »

L'ambulance entre dans Sátoraljaújhely, des applaudissements retentissent. Le chauffeur continue de jurer. L'ambulance passe devant le Borkombinát désaffecté.

— On y est presque, dit le chauffeur.

La médecin et l'infirmier jettent un coup d'œil à l'extérieur. Deux motards ouvrent la route. On aperçoit l'établissement médical. Les gyrophares viennent taper contre les murs blancs. Des patrouilles de police sont sur le pied de guerre. Le véhicule s'arrête. Une porte automatique en verre fumé s'ouvre en deux. Des personnes en blouse blanche pressent le pas vers l'ambulance. Le bruit des portières résonne. Un brancard s'extrait et disparaît derrière une porte vitrée couleur jaune pisse.

Je fais ma culbute et m'éloigne de l'hôpital dans une parfaite coulée qui me mène au tiers de la longueur. Tellement de choses se dessinent dans le silence de l'eau douce. La petite va avoir droit à des examens plus poussés. Je vais finir ma longueur en dos, le visage à l'air.

ANDRÁS (, ORBÁN) ET MOI

Il y a un monde entre le fantôme que j'ai devant les yeux et le András dix ans plus tôt, au soir du 25 avril 2010, fou de joie devant son poste de télévision. Ce jour-là, les résultats sont sans appel. Son candidat revient aux affaires. András remercie le ciel. Perplexe, je le regarde sauter dans sa salle à manger, on dirait je ne sais quel sportif célébrant la plus grande victoire de sa carrière.

— Yes !

Entre mon grand-père et le leader du Fidesz, c'est une longue histoire d'amour. Elle remonte au 16 juin 1989. Pour la première fois, la Hongrie commémore officiellement le soulèvement de 56 et la cérémonie rend hommage aux martyrs, aux compagnons de route d'András – des morts à la pelle, au moins 2 500 – broyés sous les chars de Moscou. Sur la place des Héros, András est invité à accompagner la dépouille de Nagy[1]. En haut de l'estrade, un cercueil vide représente les autres victimes, et quelques jeunes loups de la politique bien vivants sont venus s'emparer du micro. L'un d'eux, tout jeune juriste mal rasé, tape dans l'œil du quinqua András.

— C'est pas la moitié d'un tribun, celui-là, il ira loin !

Le type de vingt-six ans est burné : il exige le départ des troupes soviétiques alors que l'État hongrois n'en serait qu'aux négociations. András se retrouve dans la fougue du jeune homme.

— Il a de la suite dans les idées, c'est l'homme qu'il nous faut, le Lech Wałęsa magyar !

Si les événements de 56 n'ont pas eu les effets escomptés pour András, sa revanche, il la tient ce 16 juin. Son héros, bon footeux de surcroît, est son candidat et le Fidesz son parti. À cette époque, il a du temps à tuer. Il a fait cent fois le tour de sa bibliothèque à Érd et il vit seul. Grand-mère n'est plus là. Papa met en cause la pollution du bassin industriel de Dorog. András parie sur un singulier nuage venu de l'Ukraine soviétique. On ne saura jamais. Par ailleurs, le fiston (mon futur papa) a quitté le foyer. Il a trouvé une jeune femme pulpeuse du côté

1. Imre Nagy, chef du gouvernement révolutionnaire en 1956. Il fut pendu.

de Monsonmagyaróvár et exerce le métier dont le père avait rêvé, celui de professeur d'histoire.

András devient un fervent colleur d'affiches, il court les meetings pour écouter le tribun qui renvoie dos à dos les communistes du passif et les néo-financiers qui s'engraissent grâce aux privatisations. Parmi les heureux élus des élections législatives libres du mois de mars 1990 se trouve son champion, défenseur des droits de l'homme, de l'abolition de la peine mort, de la laïcité, du droit à l'avortement et même du Tibet libre. Viktor Orbán is born : Allez la Hongrie, allez les Hongrois !

Un an plus tard, András marie son fils, et ce malgré les convictions politiques des parents de la fiancée rompus à la pratique du parti unique, nostalgiques des années Kádár. Sous la grande tente dressée aux bords de la Leitha, chacun laisse ses croyances à la haz. On trinque, point barre. András ne tarit pas d'éloges à l'endroit de sa belle-fille, sa « Sissi », aussi radieuse que tenace aux échecs. N'oublions pas que l'adversaire du *Joueur d'échecs* est champion de Hongrie, dit-il dans son discours. Des larmes coulent sur les joues de ma future maman. À minuit, près du grand pot pour les billets, le *bon vivant*[1] András invite à danser la mariée en robe rouge coquelicot, solaire. Le lendemain, pour amuser mon tout jeune futur cousin Tamás,

1. Expression en français.

il se lance dans un exercice d'acrobatie qui aurait pu mal se terminer. Du András au sommet de son art. Pour les jeunes mariés, tout est à construire. Je nais, Laci naît et l'élu d'András ne cesse de gagner du terrain en quadrillant sa Hongrie rurale, familiale, paysanne. Lorsqu'Orbán devient Premier ministre en 1998, András cède un premier « Yes ». Peu importe le rapprochement avec les membres de l'Otan – qui n'avaient pas bougé le petit doigt en 56 –, András ne s'en chagrine que le temps d'une ou deux Dreher bien mousseuses. Il ne vote pas pour un programme mais pour un homme, qui plus est fier d'être magyar. András est fidèle. À ses yeux, son avant-centre symbolise la réconciliation de la démocratie urbaine avec la campagne conservatrice, embrassant un millénaire d'histoire magyare (rien que ça).

De 2002 à 2010, pour le Fidesz et son dirigeant, c'est une traversée du désert, d'autant plus cruelle qu'il ne perd que d'un chouia à chaque fois. Mais il y a des choses bien plus graves dans la vie d'András. Un coup de téléphone reçu pendant le déjeuner du 15 octobre 2006. Il raccroche, ravagé, terrassé, dévasté, détruit. Ce matin-là, András avait bu son café en faisant des mots-croisés, après quoi il avait sifflé sous la douche. Il s'était rendu à son club de bridge, de neuf heures à midi, où la bonne société embourgeoisée compte tout bas et rit tout haut. En faisant chauffer sa soupe, il avait appris que l'ONU sanctionnait la Corée du Nord à la suite d'un essai nucléaire. Et puis ce fut l'enfer au bout du fil.

Le soir, on s'est retrouvés et enlacés comme jamais. András était liquide. Quelque chose s'est brisé en lui ce 15 octobre 2006. Il trouve toujours une bonne raison pour ne plus aller au foot. Malgré tout, il reprend doucement du poil de la bête, surtout après le procès. Et Orbán reste l'orgueil de la Hongrie, et son protecteur à lui.

Au printemps 2010, quand le Fidesz remporte les élections, je suis chez lui. J'ai fugué.

— Elle est avec moi, dit-il au téléphone en me regardant.

Ma mère est dépassée mais apaisée de me savoir chez András, mon protecteur à moi.

Je crèche donc chez András alors qu'Orbán revient aux affaires. Le Premier ministre flatte désormais les croyants. « *Soli Deo gloria* », glisse-t-il dans ses discours. Devant un parterre de députés européens, il affirme : « Nos idéaux sont chrétiens et sont fondés sur la responsabilité individuelle, pour nous le sentiment national est important et positif, et la famille est la base de l'avenir. » Le virage est pris, sans déplaire à mon András septuagénaire, trouvant quant à lui refuge dans la chrétienté.

Je débute mes études supérieures. András me suggère d'aller passer quelques mois à Oxford, comme l'a fait Viktor. Je refuse, il capitule sans broncher. Il est fier de mes résultats « fulgurants », un peu moins de mon piercing – objet de la dispute et de la fugue – et de ma nouvelle coiffure. Mais il prend mon parti, toujours. Si j'ai eu ma piaule, c'est grâce à lui : « Faut bien que l'argent serve à quelque chose. »

À cette époque, je suis faf, mais il n'en sait rien. Je ne lui dis pas que Monsieur Orbán est impuissant à me soulager. Que ses réponses ne répondent pas à mes questions, qu'il est tiède, machiste et mou. À quoi bon ? Mais il n'y a pas de conflits avec András, la politique n'est rien au regard de l'amour que nous nous portons. Et puis le Fidesz, au fond, c'est pas le pire – c'est-à-dire la gauche. Je me souviens de ses confidences :

— Et l'Europe Éva, l'Europe… Tu comprendras un jour que Budapest a souvent été soumise. Elle l'a été sous la botte de Constantinople, de Vienne, de Berchtesgaden, puis de Moscou, trahie par Belgrade en 56 et maintenant dominée par Bruxelles, non ! Orbán, il s'impose à Bruxelles, il déplace le centre de gravité du pouvoir vers la Mitteleuropa, avec lui la Hongrie prend le leadership. Tu te rends compte, nous sommes 10 millions dans un océan de 450 millions d'Européens et on parle de nous de Paris à Rome, de Washington à Moscou…

— Ah…

C'est encore András qui répond présent pendant ma cure de désintoxication. Brillante en cours et en coke, il faut arrêter soit l'un soit l'autre. András est là, avec ses larges épaules. Orbán aussi, réélu à la suite des législatives de 2014. Laci étant à Berlin pour l'été, on s'offre en juillet des vacances rien que tous les deux. András n'en revient pas du prix des billets d'avion.

— Comment c'est possible, il y a un loup quelque part ?

Venise, Amsterdam, Prague et Cluj-Napoca pour rattraper Băile Tuşnad, cette dernière destination de Transylvanie pour aller écouter le Premier ministre à l'université d'été du Fidesz[1]. Une pierre, deux coups. Nous sommes un peu chez nous, en terre magyare, dans l'illusion de la Grande Hongrie d'avant 1920.

Sous le chapiteau des Carpates qui se reflète dans le lac, je suis surprise, il ne ressemble plus au jeune commercial que je détestais : Orbán III a forci, et il dégage une autorité pleine d'allure. C'est vrai, il parle avec ses yeux bleu acier. András fait claquer ses mains après chaque point final. Je me garde bien de sortir les miennes de mes poches. Toutefois, sa politique de la natalité, sa défense de

1. Chaque année, Viktor Orbán tient un meeting en Transylvanie où il offre le droit de vote aux Magyars de souche.

notre langue, sa mise en garde vis-à-vis de l'immigration… il n'a pas tort.

— Il s'adapte car le monde change mais il n'a qu'un programme, faire exister la Hongrie, me confie, en marge du meeting, une conseillère en stratégie.

On rentre chez nous regonflés à bloc. La coke est derrière moi, je suis comme maman : en rémission. Quelques mois plus tard, András me dit :

— Tu vois…

C'est que Paris a pris cher avec les attentats et l'Afrique déferle sur la route des Balkans. Orbán est allé défiler auprès de présidents français (lequel est d'origine magyare, déjà ?) Et puis deux cent mille migrants, deux cent mille musulmans avec leurs esclaves voilées traversent notre pays. Notre Premier ministre ferme les vannes à la barbe d'une Europe aux bras ballants.

— … Imagine un instant ma chérie si la gauche était repassée… Dans un mirador, il faut un homme précis, qui voit loin et qui garde son sang-froid… Et quelqu'un qui sache trouver le ton dans le haut-parleur.

Pendant qu'Orbán évoque l'éventualité du rétablissement de la peine de mort, mon András oublie de façon récurrente nos rendez-vous. Le bon soldat s'évapore dans un ancien monde en enfilant son blouson trop court.

L'année suivante, András commence à se pisser dessus alors qu'Orbán fait ériger des clôtures sur les frontières serbe et croate. On a assez de nos vieux migrants à digérer. Avec Laci, on se relaye chez András. Il part, part. Il colle sa dernière affiche à la fin du mois de septembre : « Le saviez-vous ? Les attentats de Paris ont été commis par des migrants. » Le Jobbik crie au plagiat.

Le 15 mars 2018, sous une pluie battante, András se prend le pied dans un trottoir – vol plané devant le McDonald's d'Érd, tour d'ambulance gratuit. On craint une fracture du col du fémur. Pire, András ne sait pas où il allait quand il est tombé. Il ne se rappelle de rien, comme moi durant mes années de défonce. Le jour du vol plané, Orbán, lui, sait pertinemment où il va : « L'Europe et la Hongrie se trouvent en plein milieu d'un choc de civilisations. Nous avons affaire à une migration planétaire, qui entraîne dans le danger l'ordonnancement de notre vie et de notre mode de vie », plaide-t-il dans un best-of à la commémoration de la révolution de 1848. Est-ce là qu'András se rendait quand il était tombé ou rejoignait-il Laci à la contre-manifestation ? Dans les deux cas, la décision est prise qu'András ira vivre dans l'ancienne maison de maman, avec mon petit gaucho de Laci.

C'est un fait : le chômage baisse, la croissance s'affiche. Il caresse le climax avec ce nouveau triomphe de 2018. Orbán IV enchaîne trois mandats consécutifs. András ne jure plus que par le chien de maman, enfin… de Laci. Ils passent des heures tous les deux devant le poste de télé éteint, la truffe sur la cuisse. À quelques encablures de cette idylle, Steve Bannon, penseur de l'ultra-droite américaine et mentor de Trump, est reçu en grande pompe. Avec ses problèmes de peau (… ?), il est l'invité de la conseillère que j'ai croisée en 2014 – désormais en sa qualité de présidente de la Fondation publique pour la recherche sur l'histoire et la société d'Europe centrale et orientale. Quand Bannon repart, András met ses chaussons dans le four. Il n'y a plus que le pantalon qui le tient. D'un commun accord, András est placé dans un établissement spécialisé.

À cette période, il change de sourire, tout blanc tout neuf très cher, mais ce n'est plus le sien. Quant au carnassier Orbán, il devient l'homme à abattre dans les immeubles aseptisés de Bruxelles. Il prend de facto le commandement des Européens d'en bas, ceux qui travaillent, ceux qui en ont ras le bol, ceux qui votent pour les 5 étoiles en Italie ou pour le Rassemblement national en France. Hors d'Europe, il se trouve aussi de nouveaux alliés : Poutine et Aliyev. Le 1er janvier 2019, Orbán fait un Chifoumi avec Netanyahou chez Bolsonaro. Il devient attachant. Le vrai András me manque terriblement.

Je ne me résous pas à l'abandonner. András joue les prolongations. On en est là. Ni Laci, ni moi, ni ma mère ne lui importons réellement. Celui qui lui manque le plus, c'est le chien.

— Ah ça, il est câlin, il est parti dehors, il revient, il est câlin tu sais…, dit-il en boucle ou presque.

Comme chaque semaine, je passe pour lui chuchoter ce que je suis devenue, pas devenue. Cette glauque journée de novembre 2020 est d'un réalisme glaçant. Derrière la fenêtre, au loin, une colonne d'épais nuages forme une chaîne de montagnes. Avec nos masques, on se comprend mal. András est au soir de sa vie mais il est déjà dans la nuit. Laci m'a dit que la semaine passée, il l'avait pris pour Ferenc Puskás[1]. Rien ne va plus. Mieux vaut en rire.

Je suis en face de lui. Dans son absence, sa bienveillance se décuple. Il me vouvoie en me disant qu'il me trouve très jolie, que le son de ma voix à la chorale est tellement sensuel. J'en profite pour supprimer quelques mails. Vingt minutes et puis s'en va. András attend l'heure des pâtisseries.

— Elles sont épatantes.

Je lui glisse que demain, j'irai voir papa à Olaszhalom. À l'évocation de ce mot, il fronce les

1. Vedette du ballon rond des années 1950, il a fui le pays lors des événements de 56.

sourcils. Je ne peux pas embrasser l'immense András. Alors je lui envoie des choses dans le creux de l'oreille en gardant mes distances sanitaires. Ses yeux rient. C'est une drôle d'époque où on se dit je t'aime avec le regard, il en ressort une certaine saveur.

— À très vite, mon András.

Je traverse la cour des miracles, les autres patients m'observent, la bouche entrouverte, d'aucuns bavent sous le masque. Près de la porte battante sécurisée, j'appuie sur la pompe. Une dose de gel tombe. Je me frotte les mains, une sensation de froid éphémère les saisit.

Je ne déteste pas cette odeur.

LE GOULASCH

Il y a toujours un abruti pour déclamer que le goulasch est un art. À commencer par l'amie de ma mère, au nom du simple fait qu'il est laborieux à préparer, qu'il provient d'un savoir-faire ancestral transmis de mère en fille (classe…) et qu'il est bon. Merde à la fin, même très bon, c'est pas de l'art.

Quoi qu'il en soit, c'est notre supposé menu du 15 octobre 2006. Chez nous, avec papa, on ne fait pas le goulasch mais le halászlé, avec des poissons qu'on va chercher tous les deux chez le marchand et puis des épices, on met plein d'épices, surtout du paprika. Enfin, on y glisse des petites pâtes. Chez eux, c'est le goulasch. Ce dimanche, l'amie de maman est à la bourre – d'où la bouteille de vin sec qu'elle veut aller chercher en catastrophe. Alors ma mère met la main à la pâte au sens propre comme au figuré.

Les parfums qui dansent dans la cuisine ne laissent aucun doute. Dans le chaudron (qui a dû en voir passer, des kilomètres de goulasch) mijotent, depuis quelques heures déjà, et à feu doux, de la tomate et des oignons, du poivron et des dés de viande de bœuf saupoudrés de paprika. Le temps est venu de la csipetke, c'est là que ma mère intervient, et sans déroger à la recette de son amie, la femme de celui qui ressemble au Christ. Elles sont côte à côte devant le plan de travail.

— Ça se passe comment au boulot ? dit la femme en regardant au-dessus de ses lunettes.

— La compta, les chiffres, toujours la même rengaine. Tu sais, un comptable, c'est un con derrière une table.

— Au moins, t'as du boulot, rétorque son amie en penchant la tête et en écarquillant les yeux.

La femme part à l'autre bout de la cuisine.

— Mmm, mince, c'est pas pratique, se plaint-elle.

Mme Machin se met sur la pointe des pieds pour attraper bon an mal an quelque chose sur une étagère. Elle râle.

— Je voulais du rangement, ah ça, il m'en a fait, mais trop haut, et comme c'est pas lui qui va chercher le grand bol…

Elle attrape le grand bol, le fameux, revient vers le plan de travail, y casse des œufs, met du sel, encore un peu de sel – c'est ça le secret – et de la farine.

Elle tend le bol à maman qui n'a plus qu'à, c'est-à-dire faire une pâte qui se tienne en ajoutant, à doses homéopathiques, de l'eau. Ma mère pétrit, pétrit… À ce moment précis, devant la station-service, Laci refuse de sortir de la voiture de papa.

— Vous passez toujours vos week-ends au bord des piscines ? demande l'amie à ma mère.

— C'est rien de le dire, pour une fois qu'il n'y a pas de compétition… Et c'est deux à trois entraînements par semaine, on ne fait que ça, et le temps de revenir chez nous, ça ne vaut pas le coup, alors on reste à la piscine et on s'enrhume. L'entraîneur a évoqué l'idée qu'Éva fasse sport-études… Je ne sais pas si elle a le mental… On verra…

— Et ton Laci ?

— Beaucoup trop de jeux vidéo, on se bat contre, c'est la guerre, ça rend fou son père, quand je pense au potentiel qu'il a en natation pour le coup, il s'en fout, pourtant il est bon partout, au foot, au ping-pong, aux échecs, à tout !

Les femmes entendent un bruit sec qui vient de dehors toutes les trois secondes ; le Christ tape comme un sourd. La pâte qui sort telle de la merde des doigts de maman commence à avoir de l'allure. La femme du Christ est au-dessus du chaudron, en train de pousser sur le côté les bouts de viande qui mijotent pour introduire des bouts de patates qu'elle a épluchées le matin même. Elle ajoute des piments entiers et encore du paprika – deuxième secret. Non loin, on quitte la station-service. À cette heure, chez mes grands-parents maternels, c'est poulet grillé avec légumes du potager. Pour András, ça dépend, il n'y a pas de règle. Quand nous y sommes avec Laci, on mange rapidos car on joue à la guerre. András fait des barricades avec les fauteuils au milieu du salon et on se tire dessus. Il a un vrai fusil. Un jour, il me l'a mis entre les mains mais il n'était pas chargé.

— Ça te dit un verre de tokaji aszú bien frais en cuisinant avant le vin sec sur le repas ? dit la femme du Christ.

— Tu crois ? Ça va faire beaucoup…, répond maman avec des manières.

— Ohhh, à l'été 89, tu ne faisais pas ta mijaurée comme ça… C'est le tokaj aszú que produit notre voisin, tu vas voir…

— Allez, on ne l'emportera pas au paradis, conclut maman.

La femme va au frigo comme on va pisser, décidée. Elle sort un bidon. Pendant qu'elle sert le liquide brun-doré, le bruit de la hache cesse. Le Christ a fini pour aujourd'hui son stère de bois. Les deux femmes entendent un ramdam pas possible dans l'atelier qui jouxte la cuisine, ponctué d'un juron. Il doit ranger ses outils. Des portes claquent, le Christ débarque dans la cuisine en sifflant, sa chemise trempée jetée sur l'épaule. Ses longs cheveux sont collés sur sa nuque. Il est tout en veines, en tatouages, c'est une musculature sèche sans consommation de blanc de poulet en poudre qui nous arrive des États-Unis. Ma mère le reluque-t-elle ou reste-t-elle totalement indifférente ? À quoi pense-t-elle ? Je crois que si quelqu'un avait dû un jour partir pour un autre, ç'aurait été maman. Le Christ attrape un verre, ouvre le robinet au-dessus de l'évier, tend son verre, ferme le robinet et siffle d'un trait le contenu.

— Tu prends un verre de tokaj pour nous accompagner ? dit sa femme.

— Non merci, plutôt une petite pálinka, répond-il en se servant lui-même sur le buffet où trône une bouteille entamée.

La sortie du bouchon emplit la pièce d'un son furtif. Le versement aussi, à la suite de quoi il rebouche la bouteille et renverse son verre d'un jet dans sa gueule grande ouverte.

— Quel temps, on se croirait en plein été ! János prépare la braise dehors…, grimace-t-il – c'est une pálinka maison.

— Il me reste à couper le bout de porc, dit sa femme d'un ton appuyé, des fois que le Christ se proposerait de le faire.

Le Christ ne moufte pas, pose son verre d'un coup sec sur la table et quitte la pièce en laissant dans son sillage, malgré le goulasch, un parfum de sueur qui n'est pas désagréable. Maman et son amie font chauffer de l'eau dans une casserole pour y mettre des morceaux de la pâte, à savoir le csipetke. Elles attendent qu'ils remontent à la surface pour les sortir. Pendant ce temps, la femme présente le bout de porc sur le billot, sort d'un tiroir un hachoir de cuisine, et par petits coups vifs et précis, elle échine, échine, échine. Puis elle fait une pause.

— Tu me parles ?

— Ce serait quand même drôle qu'on marie un jour ma fille à ton fils…, répète ma mère.

— Encore plus drôle, ton fils à mon fils, c'est la mode…, répond-elle, échinant à nouveau en semblant y prendre un malin plaisir.

— Parle pas de malheur…

Les deux amies à la poitrine généreuse rient. Mme Machin échine toujours. Le goulasch est quasi en place. Depuis une quinzaine d'années, le goulasch est au centre d'un proverbe qu'on ressort à toutes les sauces. Lorsque notre pays a basculé sans transition du socialisme au capitalisme, la tâche a paru insurmontable, tant au niveau de l'économie que des mentalités, d'où l'expression : « On peut faire d'un aquarium un goulasch de poissons mais personne n'a encore réussi l'inverse. » Mais ce n'est pas le sujet. Maman s'inquiète. La femme met une tranche dans sa main.

— Eh ! Elles sont pas belles, mes échines ?

Je ne suis pas certaine de l'exactitude de la recette ni de la discussion que maman et son amie ont tenue ce jour-là. C'est un puzzle constitué a posteriori à partir des dires de maman, de son amie, de János et des paroles du Christ. Mais je connais précisément la suite grâce aux auditions qui forment un épais dossier rangé quelque part dans les archives classées de la police judiciaire de Debrecen.

Donc, maman s'inquiète. Et puis, d'un regard par la fenêtre de la cuisine qui offre une large perspective sur la route par laquelle on rattrape Olaszhalom, elle aperçoit au loin une voiture verte. Par intermittence, d'épaisses volutes de fumée passent derrière la fenêtre.

— Les voilà.

Trois modestes secondes plus tard, elle ajoute :

— Ah non, ce n'est pas eux.

— Qu'est-ce qu'ils fabriquent ? Il ne faut pas une demi-heure pour aller à la station-service ! s'étonne la femme du Christ.

— Ça fait même 40 minutes…, dit maman en regardant son téléphone.

La femme vérifie sur l'horloge murale Ikea (on a la même) et pousse la voix pour appeler son mari. Il ne répond pas. Elle râle et tente à nouveau, en gueulant cette fois.

— Il est sous la douche…, grogne son fils en déboulant dans la pièce.

Il enchaîne.

— Je me fais chier, chier, avec la braise, c'est toujours pareil avec ce barbecue de merde !

— Sois poli, mon grand. On parlait justement de toi et d'Éva. Un jour peut-être…

— Change déjà le barbecue en cas de vin d'honneur ! expédie János qui, à son âge, se fout des gamines de douze-treize ans (dans quelques années, ça sera sans doute différent car les gamines en auront seize et plus).

Maman est devant la fenêtre. De l'extérieur, on pourrait imaginer son regard.

— Dis-moi mon grand, tu voudrais pas prendre la voiture, pour aller voir…, dit la femme du Christ en échinant.

— Il ne répond pas sur son portable, coupe maman.

— Il n'a peut-être plus de batterie, dit son amie.

— Si, le portable sonne…

— J'y vais, pas de soucis, de toutes façons on n'est pas près d'avoir de la braise… Il est parti à Olaszhalom ?

János attrape des clefs de voiture qui traînent sur un meuble. Il pue la fumée.

— Oui, à la station, répond sa mère.

— Bon, il a peut-être crevé, ces cons de gamins tsiganes mettent des clous sur la route, c'est leur nouveau jeu, dit János.

— Je t'accompagne, dit maman d'un ton rassuré.

Le Christ, sa femme ou János rentrent toujours la voiture en marche arrière dans la courette, prête à repartir. Du coup, en marche avant, c'est plus facile pour passer le portail. La campagne est belle mais maman n'y prête pas attention. Ils roulent pendant quelques kilomètres sans se parler, János conduit comme un type qui a dix-huit ans : il pousse les rapports tel un fangio. À l'entrée de la rue Kossuth, par l'extérieur du village, János serre soudain le volant. Maman aperçoit la même chose, se redresse légèrement de son siège et pose la main sur sa poitrine.

LA RUE KOSSUTH

C'est juste après les ruines de la synagogue que je deviens une adulte. Et sans passer par la case acné. Pour l'heure, mon père s'arrête net comme si le temps qui défilait s'écrivait avec un b, un o, un n, un h, un e, un u et un r. J'ai le bouquet du triso à mes pieds, une bouteille entre les cuisses. Laci est à l'arrière, dans ma diagonale, j'ai faim et j'ai envie de pisser. Des nuages gris se pointent à l'horizon. Papa a manifestement trouvé ce qu'il cherchait.

— C'est là, c'est là qu'il habite, le sculpteur que j'avais rencontré. Son jardin est en contrebas sur la droite. Là. Il avait une super tête d'artiste…

Je vois un clown hirsute en train de jongler.

— Je me rappelle, il avait fait une stèle en inox en hommage à tous les Juifs déportés du village. On va peut-être l'apercevoir…

Papa se soulève légèrement en allongeant son nez. Nous sommes à l'arrêt mais il ne lâche pas le volant.

— Vous savez, aucun Juif n'est revenu... Vous voyez les restes de la synagogue...

On ne voit que ça, les ruines donnent sur la rue, nous sommes garés devant, de l'autre côté de la route. Papa baisse sa vitre.

— Papa, c'est quoi un Juif ? demande encore Laci.

C'est reparti. Moi je sais, mais ce n'est pas à moi de lui expliquer. Je soupire bien fort en gonflant les joues. Avec en arrière-plan un bout d'église jaune, Laci me jette un regard provocateur. Papa doit être bien content de ne pas l'avoir comme élève. Il a toujours fait en sorte qu'on ne soit pas dans sa classe pour, nous avait-il expliqué, des « questions de partialité et d'autorité ». Je sais – des copains me l'ont dit – que mon père est redouté autant qu'apprécié, craint pour sa carrure et estimé pour sa voix savante. Papa coupe le moteur, met les warnings, baisse sa vitre. Il n'y a pas un chat dans les parages, il poursuit.

— Avec mes élèves et d'autres professeurs, nous sommes venus dans le coin pour faire le tour de quelques anciennes synagogues... Pour expliquer cette page de l'histoire, vous comprenez. Toi, Éva, tu as déjà eu pas mal de leçons là-dessus.

— Oui.

... Beaucoup se sont mis à ramasser leurs affaires, à se reboutonner, certains, surtout parmi les femmes, ont commencé à se nettoyer à la va-vite, à se coiffer, se

refaire une beauté. À l'extérieur, j'entendais des coups secs se rapprocher, le fracas des portières, la clameur des gens qui se ruaient hors du train, et il fallait bien me rendre à l'évidence, cela ne faisait plus de doute, nous étions effectivement arrivés à destination. J'étais tout naturellement content, mais autrement, me semblait-il, que j'aurais pu l'être la veille, disons, ou d'autant plus deux jours plus tôt. Ensuite, un outil a heurté notre wagon, et puis un homme, ou plutôt plusieurs, ont fait rouler la lourde portière[1]*...*

Sans me vanter, je connais bien l'histoire des trains pour les camps de concentration, le nombre de cinq cent mille déportés, Horthy au procès de Nuremberg. Quand papa s'adresse à nous, je vois la synagogue en flammes – pourtant il ne parle pas d'incendie –, je vois des gens courir, des wagons à bestiaux, des pyjamas et des crânes rasés, des bergers allemands et du fil barbelé, des miradors avec des haut-parleurs rivés aux quatre angles et des tatouages, je ne me l'explique pas mais je revois aussi les tableaux de la veille au musée de Buda, les plus tristes, les plus violents, ceux d'une inconsolable Hongrie.

— Ici, il s'est passé des choses terribles, il ne faut pas oublier..., explique papa. Il y a aussi

1. *Être sans destin* d'Imre Kertész, Actes Sud, Arles, 1975 pour la traduction française.

de nombreux cimetières juifs, beaucoup de tombes n'ont pas été entretenues depuis des décennies.

Il poursuit :

— Je crois qu'un rabbin new-yorkais dont la famille vivait ici, et peut-être aussi la Fédération des communautés juives de Hongrie, projettent de restaurer plusieurs synagogues de la région, dont celle d'Olaszhalom, pour en faire un mémorial de l'holocauste… C'est une belle idée.

Mon père se retourne. Laci lui adresse un sourire niais.

— Je crois, les enfants, que cette synagogue a été construite au milieu du XIXe.

— Pourquoi ils vivaient là, les Juifs ? demande Laci en pelant une énième mandarine.

Papa ne prête pas attention aux parfums qui imprègnent encore le véhicule. Je ne sais pas d'où Laci les sort et ça m'étonnerait qu'il touche au goulasch tout à l'heure. À ce propos, là où le goulasch mijote en ce moment précis, deux femmes discutent et dans la pièce d'à côté, le Christ, en pendant sa hache à un crochet, fait tomber un cageot de bocaux vides. Il dit : « Et merde ! »

— Mon grand, les Juifs vivent en Hongrie depuis la nuit des temps.

— C'est quoi la nuit des temps, papa ?

Papa regarde dans son rétroviseur central, sa bouche se tord.

— Je voulais dire depuis longtemps !

On dirait qu'il ne sait pas. Pour un professeur d'histoire…

— On ne sait pas trop, reprend papa, c'est un peuple originaire de l'Orient, de derrière la Turquie, mais au fil des siècles, ils sont passés par l'Espagne, l'Allemagne ou le royaume de Galicie, ils avaient leur religion et c'était souvent des commerçants…

— Maman, elle dit que les Juifs, ils sont riches, coupe Laci.

— Certains sont riches, d'autres non, beaucoup d'entre eux étaient pauvres, d'ailleurs. On aime bien les rendre responsables des problèmes… Si un Magyar réussit, on le félicite, s'il est Juif, il est suspect…

— Et maman dit qu'on les reconnaît avec leurs nez…

— Maman a dû entendre ça et elle le répète… Il ne faut pas toujours répéter ce qu'on entend, dit mon père.

— Ben oui, elle plaisantait, dis-je.

Papa me regarde, lève un sourcil et, comme si tout était lié, se tord pour sortir son paquet de cigarettes de la poche de son pantalon. Il met une pichenette au cul du paquet souple (comme toujours…), une cigarette sort d'un bon centimètre et il l'extrait avec sa bouche d'un pincement de lèvres. Il l'allume et poursuit en recrachant la fumée en dehors du véhicule.

— Ce peuple n'a pas été épargné, de tout temps et dans toute l'Europe. Beaucoup sont venus de Bohème pour fuir les persécutions. Aujourd'hui, ils vivent principalement à Budapest, mais avant ils étaient répartis sur l'ensemble du territoire. Ils ont représenté jusqu'à 5 ou 6 % de la population du pays, ils font partie de notre histoire nationale, ils ont même été chargés de collecter l'impôt sur la menthe.

Je sens la menthe. Je l'entends davantage que je ne l'écoute. Laci regarde les cigognes. Mon père tire sur sa clope avec la synagogue pour décor. À la maison, il fume toujours dans son bureau quand il corrige des copies, son paquet rangé dans le tiroir. Et toujours le soir, avant d'aller se coucher. Parfois, il m'appelle pour me montrer les copies de ses élèves, les erreurs qu'il faut faire ou les exploits qu'il ne faut pas faire. Je me fraye alors un chemin parmi les volutes. Une lampe jaune éclaire les pages blanches. Il m'entend entrer, éloigne le cendrier sur sa droite et pose son épaisse main gauche sur mon épaule. En cet endroit, j'ai la sensation qu'il me parle comme à une adulte. Il me récite parfois des bouts de poèmes.

— Bien sûr, on les a rendus responsables de la peste noire et de toutes les crises économiques, ils ont été chassés à plusieurs reprises de la Hongrie, ou pire, massacrés, raconte papa.

— Comment ? demande Laci.

Je prends la parole.

— Brûlés vifs, on m'a dit à l'école…

— Par exemple. Et sous la domination de l'Autriche, leur sort ne s'est pas arrangé. Humiliés, traqués… Ils ont été derrière Kossuth pour l'établissement de la démocratie… et puis il y a eu la triste affaire de Tiszaeszlár en 1882… La honte de la Hongrie.

— On l'a étudiée à l'école, dis-je. Une jeune fille a disparu dans ce village et les Juifs ont été accusés de l'avoir enlevée pour boire son sang. Un crime rituel, il a expliqué, le professeur… La police a forcé des enfants juifs à avouer qu'elle avait été découpée dans la synagogue. Quelques jours plus tard, le corps de la fille a été retrouvé dans la rivière sans trace de coupure à la gorge, les suspects ont quand même été emprisonnés et torturés, le procès a innocenté les Juifs mais les persécutions ont redoublé dans tout le pays. On les tue, on brûle leurs synagogues, que des trucs horribles…

— Pourquoi on a brûlé leurs maisons ? demande Laci.

— Les synagogues, ce sont leurs églises, Laci, et nous, les professeurs, on doit enseigner qu'à une époque, les Magyars ont fait du mal aux Juifs. Le pire est advenu durant la Seconde Guerre mondiale, avec 460 000 déportés en 1944.

J'avais arrondi dans ma tête.

— Notre pays n'a pas fini de déterrer des cadavres de son histoire, ajoute papa.

Laci intervient.

— Moi aussi je sais des trucs, les enfants de mon âge, ils portaient des étoiles jaunes…

— Malheureusement, les nazis n'ont rien inventé. Ce genre de choses existait déjà au Moyen Âge. Et avant la Seconde Guerre mondiale, sous la régence d'Horthy, il y a eu des lois antijuives, continue papa en tirant méchamment sur sa clope.

— C'est pour ça que maman aime bien Horthy ? demande Laci.

— Non, non… C'est parce qu'Horthy s'est occupé de notre pays dans une période très difficile. Tout n'est jamais tout noir ou tout blanc… Horthy s'est opposé aux déportations de 1944 et aux exécutions de Roms… Surtout, il n'a cessé de demander la révision du traité de Trianon.

— C'est qui, déjà, Trianon ?

— Maman m'a raconté que les nazis avaient enlevé l'enfant d'Horthy, dis-je.

— Le premier est mort mystérieusement, et le second a en effet été enlevé pour forcer Horthy à mettre au pouvoir les Croix-Fléchées. Mais tout ça, c'est compliqué… Quant à maman, retenez plutôt qu'elle adore l'écrivain juif Stefan Zweig.

— C'est qui, Sveg ?

Papa s'excite soudain en contractant ses grosses mâchoires imberbes. Il tire une grosse taffe en pinçant sa cigarette. Le point de braise se rapproche du filtre couleur camel qu'il tient du bout des lèvres. Après quoi, il jette le mégot rougeoyant par la fenêtre. Il ouvre sa portière, sort sa jambe gauche pour l'écraser sur la route et recrache une épaisse fumée. Il se penche, le ramasse, rentre sa jambe, referme la portière, met le mégot dans un paquet de cigarettes vide, éteint les warnings, allume le moteur. C'est bien beau les Juifs, mais il serait peut-être temps d'y aller. Papa regarde son téléphone, il fait mine que maman va s'inquiéter.

— Allez, on ne va pas pouvoir échapper au goulasch, dit-il en enclenchant sa vitesse.

Je ne saurais jamais s'il y avait un soupçon d'ironie dans cette phrase. On repart. Le ciel est incertain. Entre mes cuisses, le vin blanc tiédit et je sais que Dieu vomit les tièdes. Il est temps de rejoindre maman. Papa appuie sur le champignon. Au bout de quatre cents mètres, par les lois de la physique, entre l'accélération, le poids du véhicule, la qualité de la gomme et les traces sur la route, les experts estimeront que nous roulions à cet instant précis à 73 km/h – pour une vitesse autorisée à 80. À ce moment-là, je me demande si j'aime les échines de porc.

UNE FIN

— On dirait qu'il dort.

Sauf qu'il ne dort pas. Si les gens pouvaient la fermer…

— Ils l'ont bien refait.

Connasse.

— …

Parfait, merci.

— Je ne sais quoi vous dire.

Alors ne dites rien, ce sera très bien.

— Injuste.

C'est un résumé acceptable.

— Ce n'est pas possible.

C'est ça. Je ne sais pas qui est la personne qui vient de dire ces mots à ma mère mais elle a, sans le savoir, écrit la suite de notre histoire, une histoire impossible à laquelle il faudra survivre, ou pas. Pour l'instant, je sens que maman n'en peut plus, c'est écrit sous ses yeux verts. Les gens se succèdent, je reconnais des collègues de travail de mes parents, des voisins, des commerçants du coin. Je la pensais grande, ma maison est étroite. András s'occupe de l'accueil à l'entrée du couloir, les visiteurs rejoignent ensuite le salon, repassent dans le couloir pour pénétrer dans une autre pièce, ressortent quelques minutes plus tard les yeux rougis, reviennent auprès de maman pour dire quelque chose et repartent de la maison en tapotant le plus souvent le dos d'András.

— Éva ? m'interpelle Laci.

— Oui ?

— Papa, on lui a fait mal.

— …

Les allées et venues semblent cesser. Je crois comprendre qu'András a la charge de ne plus faire entrer personne. C'est Tamás, l'air énervé, qui est allé le prévenir. András verrouille la porte sinon certains entrent quand même. Il y a encore beaucoup de monde dans le salon et la désolation est clairement palpable.

Laci n'a pas le droit de voir papa, on le colle dans sa chambre devant la console mais il refuse d'y jouer. Finalement, il dessine. On me laisse le choix. Les tantes et Tamás me conseillent de garder une autre image de lui. Je ne voulais pas y aller. Désormais je le souhaite. András, revenu dans le salon, s'arme de courage en proposant de m'accompagner. Je veux y aller seule. Tout le monde regarde ses pieds, sauf maman qui me fixe avec un sourire grave. Elle sait, elle sait que personne ne pourra m'en empêcher.

J'emprunte le couloir et ouvre la première porte à droite. La pièce est silencieuse et sombre. Une lumière jaune éclaire un angle, l'unique lumière franche. Je referme la porte derrière moi. Une odeur de tabac froid plane. Le secrétaire a été poussé contre un mur sur lequel traînent une pile de copies et un stylo rouge en travers. Je touche le meuble. Le cendrier est vide. Il y a des photos de nous et de maman beaucoup plus jeune. Je lui ressemble. J'ouvre le tiroir pour prendre le paquet de cigarettes. À côté se trouvent nos pièces d'identité qui ont servi lors de notre voyage en Croatie l'été dernier. Et puis, je le sais, il y a des coupures de journaux sur lesquelles je suis en maillot de bain avec une médaille autour du cou.

Je me retourne vers le centre de la pièce. Un drôle de bonnet lui recouvre la tête. Avec son bocskai noir[1] dont le col cache le cou, on dirait Mao ou un prêtre.

Chaque fois que nous étions unis ensemble dans le silence des grandes profondeurs qui laisse les mots à leurs travaux de surface et que, très loin, là-haut, les

---

1. Veste traditionnelle hongroise portée lors d'événements comme les mariages.

mille hameçons du quotidien flottent en vain avec leurs appâts de menus plaisirs, de devoirs et responsabilités, il se produisait une naissance du monde bien connue de tous ceux qui savent encore cette vérité que le plaisir réussit parfois si bien à nous faire oublier : vivre est une prière que seul l'amour d'une femme peut exaucer[1].

En vérité, glisser dans le cercueil cette phrase que papa me lisait n'est pas mon idée. Ma mère me l'a soufflée. Je n'y aurais pas pensé ; je suis vide. Mon choix s'est porté sur celle que papa m'a fait découvrir il y a peu de temps, quand j'ai eu mes coquelicots. Je l'ai réécrite proprement sur un beau papier Canson en faisant bien mes lettres en arrondi.

J'entends un léger bruit et je vois le loquet bouger. La porte s'ouvre doucement. J'aperçois par la fente le nez puis le visage anguleux de Tamás. Il referme la porte derrière lui et vient se planter de l'autre côté, sans mot dire, face à moi. Il serre les dents, sa pomme d'Adam fait continuellement l'ascenseur. Il pleure, je ne sais pas comment il fait.

C'est comme si c'était fini, j'éprouve un certain soulagement en quittant la pièce. J'ai envie de passer à autre chose, de redevenir une enfant. J'ai

1. Romain Gary, *Au-delà de cette limite, votre ticket n'est plus valable*, Gallimard, Paris, 1975.

faim, j'ai faim de crudités mais ce n'est pas la saison. Je fonce dans la cuisine, un paquet de bouffe déborde de partout, emballée dans du cellophane et de l'aluminium. Je me goinfre et débarque dans le salon-salle à manger avec des traces de chocolat sur les doigts et la bouche. Du peuple comme ça à la maison, normalement c'est jour de fête. L'espace d'un instant, j'ai la sensation que tout le monde me regarde. C'est le cercle restreint, le noyau dur. Les Machin doivent en faire partie, puisqu'ils sont là, je ne les pensais pas aussi proches, je sais que maman connaît son amie depuis longtemps, pour autant je n'ai pas le souvenir de les avoir vus souvent, peut-être que mes compétitions ont freiné leurs rencontres ou le lien viscéral s'est-il tissé dans la précipitation, dans la brutalité de l'événement, étant malgré eux au cœur de l'histoire. La femme est derrière le canapé, un coussin sur le ventre, le col du chemisier boutonné jusqu'au cou, je ne vais pas reparler de ses seins mais de ses cheveux, en pagaille. Elle est tétanisée, mal à l'aise, maladroite, la reine du goulasch lâche le coussin et pose sa main sur celle du Christ qui est assis à côté d'elle. Il y prête attention d'un mouvement de tête, les cheveux gominés jusqu'au catogan, semblant sortir de la douche, une barbe lui mange le visage, aussi noire que sa chemise et son cardigan, accordé au pantalon de toile légèrement trop long auquel, ce matin, ma mère a fait des ourlets. Après quelques secondes, il retire sa main, caresse la banane qui entoure sa taille – dans laquelle j'imagine des clefs de voiture, un couteau pliant artisanal et 2 000 forints en petites coupures –, après quoi le Christ ramène ses deux mains devant lui, les entremêle, fait craquer ses doigts en acceptant volontiers le petit verre que lui tend Tamás. Le grand cousin ne desserre les dents que pour gober la pálinka et parler de vengeance, de rats ou de chiens. Au centre du coin salon, enjambant la table basse pour distribuer le réconfortant, Tamás semble tout droit sorti d'une toile de Schiele avec une fantaisie supplémentaire qu'il n'a pas retirée, qui me fascine et qu'on appelle un Perfecto. Son père, affublé d'un nez de boxeur, le supplée pour faire passer les verres et propose son aide toutes les deux minutes, lui qui, d'habitude, à en croire maman, ne fout rien de ses dix doigts. C'est un homme élégant – mes parents le surnomment le patron car il a dirigé une entreprise dans le bâtiment – qui résiste avec volupté à la soixantaine bien tassée et dont la manie, ce jour-ci, est de se caler autant que possible derrière sa femme, la grande sœur de ma mère, blanche comme un cachet d'aspirine et naturellement douée pour dire du mal des autres. Lorsqu'elle débute par des choses bienveillantes, c'est pour mieux sortir ensuite l'artillerie lourde, il faut s'attendre « par contre » à une averse d'insanités, un torrent de critiques méchantes et gratuites. Sa jumelle est à quelques mètres, le visage autant grimé par le fond de teint que celui de papa, allongé dans le bureau. Elle est autour de la grande table de la salle à manger, assise, se tenant la tête entre les mains, traînant une migraine sans nom – hier, elle se plaignait du coccyx. Divorcée et sans enfants, elle est à la maison depuis quelques jours, au chevet de maman. Contrairement à sa sœur, on ne sait jamais ce qu'elle pense, si ce n'est que du bien de son hálaszlé, le vrai, l'unique car, vivant à Szeged, près de la Serbie et de la Roumanie, elle détient de facto *the* recette – sans pâtes. C'est la plus généreuse, toujours à me refiler un biffeton discrètement. D'un signe de la main, elle refuse le toast à Tamás qui se dirige vers János, méchamment endimanché, posté à ma droite et tentant, pour combler le silence, de me parler de natation. À son vocabulaire et malgré l'anneau dans sa narine droite, je devine qu'il n'a même pas son brevet des cinquante mètres, semblant plus à l'aise à rouler sa cigarette d'un coup de langue sur la fine feuille qu'un rien ferait s'envoler. Dans l'embrasure de la porte, András, groggy, shooté, jaune, la cravate verte épaisse et longue sur une chemise noire, voit que chacun tient son verre et lève alors le sien, la gorge serrée : « Au héros qui a sauvé ses enfants ! » À côté, mes grands-parents sont au garde-à-vous, droits pour l'éternité, bouffis de chagrin, la tête comme sortie d'une ruche, reniflant en canon, ma grand-mère pour l'occasion aussi grande que mon grand-père, d'un brushing grandiloquent, à la fois ambitieux et manqué : on dirait les Ceauceşcu. Il reste maman au milieu de tout ça, solaire malgré tout, d'une dignité sans faille, que la chimie tient debout.

Est-ce avant ou après que nous nous sommes rendus à l'école de papa ? C'est trouble mais sans l'ombre d'un doute j'y distingue beaucoup d'enfants, une centaine, chantant l'hymne magyar, déposant des lettres et des dessins sur une table envahie de fleurs et de bougies. Ils ont aussi récité des passages des *Étoiles d'Eger*[1]. Et toujours ce portrait, le cou rattrapé par le col du bocskai, cette large mâchoire bienveillante, ce regard imprimé, impuissant. Un autre visage se dissimule derrière, sur le tableau noir, c'est János Kabay, un grand chimiste qui a laissé son nom à mon ancienne école. Je ne sais pas pourquoi mais Krisztina est là, avec ses parents et ses dents légèrement écartées. Des kilos de peine crispent un sourire sincère. Pourquoi moi et pas elle ? Je lui en veux. Le directeur prend la parole, évoque une « rage aveugle », « un professeur qui n'aurait pas fait de mal à une mouche ».

1. Grand classique de la littérature hongroise, ce roman est une épopée chevaleresque qui se situe à l'époque de l'invasion ottomane.

Dans la maison, avec mes doigts pleins de chocolat que je lèche goulument, mes rires mettent mal à l'aise le noyau dur.

— On pourrait foutre de la musique ! je suggère.

Ils m'ignorent, regardent au plafond ou vers la porte-fenêtre qui donne sur notre jardinet avec notre cage de foot, à papa et à moi. Seul András me fait danser avec ses yeux et son sourire triste. Heureusement, il y a une diversion. La sonnette de la porte d'entrée ne cesse de retentir. On s'acharne. Mme Machin retient son Christ qui veut s'en occuper. András va voir et revient avec trois hommes parmi lesquels je reconnais notre médecin claudiquant – qui m'a bien chargée –, le maire et ce qui paraît être un autre homme politique. Tamás va chercher dans le buffet trois verres supplémentaires. Les nouveaux venus s'adressent à maman en chuchotant mais des bribes sont perceptibles.... Des skinheads montent en masse de Budapest... Le syndicat des enseignants... Une minute de silence dans tous les espaces publics du pays... Le drapeau noir flotte sur toutes les écoles... Une collecte prendra tout en charge... Tentative de suicide à Olaszhalom... L'inauguration de la stèle... Les arrestations se poursuivent... Le Jobbik est à vos côtés... Compassion et miséricorde...

Celui au visage glabre monté d'un chapeau kaki dégage une certaine importance, lorsqu'il parle tout le monde l'écoute, c'est un dirigeant politique d'envergure nationale. Je perçois ça dans les yeux du Christ et de sa femme, dans les regards de Tamás, de János et de mes tantes. Ces hommes apportent de la chaleur dans la pièce. Nous ne sommes pas seuls. Le médecin signe des ordonnances sur la grande table et embrasse ma mère. Elle finit par les raccompagner en les remerciant vivement. Je les suis. Le maire me pose la main sur la tête. L'autre soulève brièvement son chapeau à l'attention de la maîtresse de maison. La porte d'entrée se referme. Devant moi, ma mère presse le pas vers la salle à manger. Je me laisse distancer et entre dans la chambre de mes parents. La main sur mon crâne m'a ramenée en enfer. J'ouvre une porte coulissante et m'enfonce dans le dressing, je respire fort, oppressée. Je hais Éva, celle qui a douze ans, presque treize, et qui s'habille en quinze. Je veux voir Laci tout de suite, je m'extirpe et fonce dans sa chambre. Mon entrée lui fait tourner brièvement la tête. Finalement, il s'est mis sur sa console. J'attrape une chaise et me colle derrière lui. Je pose mes bras en croix sur son dossier, la pointe de mon menton sur son épaule. Il penche un peu sa tête sur la mienne en faisant un bruit de moteur avec sa bouche. Je distingue dans l'écran nos deux visages sur lesquels trace une sorte de champignon en karting. Tout va très vite, de temps à autre le champignon regarde derrière lui et dépose une banane sur la piste psychédélique, le circuit paraît plongé dans l'espace, toute sortie de route est fatale. Laci tourne aussi avec ses mains qui tiennent la manette. Les pneus crissent, ses lèvres crépitent. Il prend à la corde et se met à clignoter : à toute vitesse, il est surpuissant. Contrairement à la natation, ils sont tous dans le même couloir : ça castagne sévère. Un tremplin l'éjecte au loin mais il retombe sur la piste. Une carapace vient percuter un plombier moustachu qui tourne sur lui-même. Le chrono défile. Une princesse part dans le décor. Laci est toujours en dérapage contrôlé, il est dans son élément. Un singe venu de nulle part, au dos large et voûté sur sa machine, arrive à sa hauteur : peut-être me suis-je endormie à ce moment-là.

Le jour même, le lendemain peut-être, ou bien le surlendemain, c'est flou, maman me prie d'aller à la piscine pour me changer les idées. Je deviens ingérable. Croulant sous les paperasses à remplir, András ne peut pas me conduire. Mes grands-parents s'y collent. Mon sac est fait, je suis traitée comme une princesse. Et je suis super contente d'aller à la piscine. Pour sortir de la maison, on passe à côté du bureau de papa qui donne sur la rue mais, contrairement à d'habitude, les volets sont fermés. En ouvrant la porte, on découvre sur le seuil un panier garni qui nous bouche le passage.

Mon grand-père se baisse difficilement pour le ramasser et part le déposer dans la salle à manger.

Je monte derrière. Mes grands-parents parlent peu. On traverse un faubourg, les maisons identiques défilent, j'ai mon sac sur mes genoux, je l'agrippe. On enfile les avenues comme mes grands-parents enfilent des perles. On approche de la piscine, toujours dans le plus grand silence. Je me dis que le tour de force de mes grands-parents est d'avoir dégoûté leurs trois filles du communisme sans se remettre en question. On se gare sans difficulté, le parking est désert. Et comme chez le Christ, mon grand-père fait une manœuvre pour se placer dans le sens du départ. Il tire le frein à main. Criiiiic.

Quelqu'un vient à notre rencontre. Il se baisse à la hauteur de nos vitres. C'est un maître-nageur que je connais. Il nous précède sur le parking. Il ouvre la porte de l'établissement, une chaude odeur de chlore nous saisit. Ma grand-mère éternue trois ou quatre fois. Elle tente de contenir le dernier en se bouchant le nez et ça fait un drôle de bruit. Les trois adultes murmurent des choses d'adultes. Il n'y a personne dans la piscine et personne autour non plus. Je ne sais pas quelle heure il est. J'ai l'impression que la piscine n'a été ouverte que pour moi. Mes grands-parents me quittent pour rejoindre les gradins. Le maître-nageur me fait comprendre qu'on se retrouve au bord du bassin, je connais la musique. J'ai quelques frissons en me changeant, pourvu que l'eau soit bonne, ça se joue à un degré près.

Je suis excitée à l'idée de nager et manque de me ramasser par terre sous la douche. J'arrive au bord du bassin, il est là avec son sifflet autour du cou.

— Tu veux faire quoi, Éva ? me dit-il.

Je ne comprends pas cette question. Normalement, on m'ordonne de faire des longueurs, encore des longueurs, toujours des putains de longueurs. Je suis déstabilisée. Je monte sur le plot et saute – sans me boucher le nez comme Laci. Et je me retrouve au fond avec les bulles que ma pénétration dans l'eau a créées. L'eau est légèrement froide, comme je le craignais. Mon père, il a bien vu qu'elle n'avait rien, on aurait pu se barrer du fossé, au pire l'auto-stoppeur serait arrivé, il aurait aidé, je ne sais pas moi, il y a des milliards de solutions qui nous auraient évité l'enfer. Je manque de boire la tasse, un tourbillon me happe. Je remonte à ce que l'on appelle la surface. Je ne sais plus nager, mes bras tapent dans l'eau, je suis à contre-courant. Je respire quand ? J'ai le vertige. Il va peut-être plonger, m'attraper par le cou et me ramener au bord. Je m'accroche à une margelle, les yeux grands ouverts vers le maître-nageur qui accélère le pas pour me rejoindre. Là-haut, dans les gradins, ils sont deux. Serrés, comme collés. Je ne dis pas qu'il aurait été plus normal qu'ils soient chacun à un bout. Mais serrés comme ça, c'est étonnant.

Mes grands-parents me ramènent à la haz dans un silence de mort. Je ne sais plus nager. La police traîne dans notre rue. Il y a encore des choses devant la maison, des fleurs et des lettres, des paniers et des bougies dont les petites flammes s'éteignent dans un filet noirâtre qui se désintègre dans l'atmosphère. L'automne se fait rattraper par le froid. Je remarque sur le portail un drapeau d'Árpád noué dans les barreaux. Je m'interroge. Mon grand-père l'enlève difficilement et file mettre ça dans son coffre. On entre, ma mère a comme deux cocards sous les yeux, elle n'est pas si belle que ça. Je file dans ma chambre pendant qu'elle ferme à double tour derrière elle : clac, clac.

Le lendemain, peut-être la veille ou le surlendemain, il faut s'habiller dignement. Le médecin avec sa patte folle, le maire et l'homme au chapeau kaki sont là. C'est le branle-bas dans la maison où tout le monde se prépare. J'entends ma tante – la plus généreuse – prier. Je la regarde, elle se signe.

Le cortège pédestre s'approche lentement de la cérémonie religieuse. L'étroit clocher gris de l'église gréco-catholique – confession de ma grand-mère paternelle que je n'ai pas connue – crève le ciel. Je n'imaginais pas les murs de l'édifice aussi blancs. Un nid de cigogne a été construit à son sommet. Dessous, l'église est noyée dans une marée humaine, un millier de personnes selon les forces de l'ordre. Je n'ai jamais vu ça, même à la télévision. Il y a carrément des types perchés dans les arbres pour nous apercevoir. Des motos ronflent de partout. Maman avait souhaité la plus stricte intimité. András me dit qu'il n'est plus à nous : il appartient à la Hongrie. Alors, bêtement, je lève le menton à la manière d'un dictateur italien. C'est ainsi que s'ouvrent les vacances d'automne de l'an 2006, deux cent trente-six ans, dirait papa, après Beethov.

LE MIGRANT

Assis sur un banc, le jeune homme tape dans un sachet de chips jusqu'à ce qu'il n'y en ait plus. Il va au bout du bout, renverse le sachet dans sa gueule, plonge ensuite son index dans sa bouche pour se curer les dents, laisse enfin la poche au trou béant à côté de lui, se lève et se barre. Je me dis que c'est une fin du monde potentielle.

Je suis sur le banc d'en face, plus ou moins derrière mon portable, je candycrushe. J'attends Laci en croisant et décroisant mes jambes que dessine mon jean stretch. De temps à autre, je vais voir sur Facebook au cas où il se passerait quelque chose dans le monde et dans mon dos. Une vedette s'est tuée, c'est un flot de commentaires sur la peine, la surprise et la loi des séries. On s'émeut dans des parfums de surenchère. Les gens meurent, c'est nouveau.

Les rayons du soleil prennent doucement le dessus sur la brise matinale. Cette chaleur qui s'invite sur le visage et les avant-bras est agréable. Autour de moi, les oiseaux s'en donnent à cœur joie, passant du saule pleureur à l'érable – et inversement – sous un ciel bleu, un bleu ciel immaculée conception. J'hésite et je me décide à lever mon cul pour aller mettre ce sachet de chips dans la poubelle qui se situe à deux mètres d'où se trouvait le type (il n'avait qu'à tendre le bras).

— Tu manges des chips le matin, toi, maintenant ? se moque Laci en débarquant avec son chien et son sourire.

— Avec de la mayonnaise et du Pepsi-Cola.

Kuruc me renifle au niveau de l'abricot. On s'embrasse puis Laci se met en retrait.

— Bienvenue dans mon univers de travail, c'est beau hein ? Les locaux sont en pleine nature, ça déborde de vie, ici ! Prête pour la visite ? me dit-il en ouvrant les bras.

— Je suis impatiente…

— On va commencer par un bon café. Tu sais, j'ai pas négocié mon salaire mais seulement deux choses : que je puisse avoir mon chien dans les locaux et une vraie cafetière avec du grain pour faire de vrais italiens. C'est la base, non ? Je reviens.

Laci sait où il va. Je ne parle pas du moment présent alors qu'il se dirige vers une cafetière dans ses bureaux parés de bois à l'architecture écolo mais dans la vie en général. Il a voulu bosser dans les oiseaux, façon de parler, il a enchaîné des années de biologie jusqu'à un stage de fin d'études dans un centre de recherche ornithologique s'achevant en ce mois d'avril 2019 par la création d'un poste alors qu'il épétale les mois de sa vingt-deuxième année. Il semble ne pas y avoir de virages dans la vie de mon frère. À croire qu'ils ne sont que pour moi.

— La plupart de mes supérieurs sont autodidactes, me dit Laci en revenant avec ses deux cafés fumants dans les mains. Les types se sont formés sur le tas, ma génération est la première à être titulaire d'un diplôme et on n'en sait bien moins qu'eux… J'ai pas pris de sucre.

Il s'assoit, je fais de même. Le soleil inonde désormais notre banc. Une légère mousse couleur crème forme une corolle autour du liquide noirâtre. Des parfums d'épices douces, de chocolat noir et peut-être de cuir nous enveloppent. Nous tenons le gobelet en carton au niveau du petit bourrelet à son extrémité haute. Laci a pris soin de mettre des touillettes pour gagner quelques secondes en remuant le café. J'approche mes lèvres, souffle doucement, de fines vagues forment un sillon, je respire bruyamment quelques larmes qui viennent me réchauffer le palais et le corps. Je peux tenir le gobelet en son centre, la température du café devient très vite idéale pour me fouetter le palais d'une gorgée. Je l'achève d'une nouvelle lampée. Nous sommes coordonnés, Laci renversant le contenu de son gobelet au dixième près. Il prend mon gobelet vide, l'emboîte dans le sien et jette l'ensemble avec les touillettes dans la poubelle – qui va ainsi rejoindre le sachet de chips (il me vient l'idée de plonger une perche à selfie dans la poubelle et de tenter de réaliser une photo d'art contemporain… Non, c'est ridicule).

J'observe mon frère. De dos, il a de plus en plus le squelette de papa, sans les kilos en trop. Je remarque qu'il est drôlement sapé, avec ses grosses pompes, son épaisse parka et son pantalon faussement treillis muni de poches sur les côtés. Pas de doute, il a la dégaine d'un chercheur dans une réserve naturelle.

— Toujours à fond dans tes entraînements ? dit-il en revenant vers moi.

— Je crois que c'est une drogue…

Je me lève et j'ajoute.

— En natation je déchire tout, je dose mon effort et pas grand-monde ne me suit. Remarque, vaut mieux être devant, sinon t'es dans le banc de saumons et c'est la guerre, tu bouffes une énergie pas possible. À la course à pied, je m'en sors à force d'entraînement, ce ne sont pas des grandes distances, sur le S, c'est cinq kilomètres, c'est pas méchant, le bordel, c'est le vélo entre les deux, j'ai pas les jambons pour dégager de la puissance, les côtes, ça va…

Laci me regarde bizarrement. Laci, quand il n'a rien à dire, il ne dit rien. Moi, il faut que je m'étende. En même temps, c'est lui qui a posé la question, alors je poursuis.

— … avec mon gabarit de crevette, j'ai pas grand-chose à emmener, mais dès qu'il y a du plat, dès qu'il faut rouler, j'en chie, et je te dis pas s'il y a du vent de face, j'ai l'impression de faire du surplace. Mais je bosse, bon, faut pas trop prendre de cuisses non plus, sinon après tu coules dans l'eau et tu te traînes à la course à pied. Je vise d'ici la fin de l'année le M, 1-5 de natation, 40 sur la selle et 10 patates en courant. Tu devrais essayer, toi qui es sec comme un coucou !

— Ouais mais non… Je vais te montrer mon sport tout à l'heure…

— Après t'inquiète, ils se disent tous triathlètes parce qu'ils ont une licence au club mais la plupart traînent une charrette…

— Ni inquiétude ni envie, ma sœur.

Et encore, je ne lui parle pas de la douche qui succède à l'effort, cette eau qui vient dégouliner sur ton corps chaud et dans ta gueule grande ouverte, le mitigeur que tu modules pour descendre en température, la fraîcheur du gel qui se glisse partout, partout, et l'odeur du propre, les quelques étirements supplémentaires avec le jet sur les reins, cette douche qui cesse enfin, les dernières gouttes qui viennent encore claquer sur le sol, et la serviette épaisse, le silence de la serviette… Merde, il m'attend.

On prend sa Trabant break. Notre grand-père maternel a fini par partir un soir, comme prévu, comme ça, d'un coup, du cœur. Depuis, grand-mère se laisse mourir – je les revois dans les gradins –, de toute façon, elle n'a pas le permis. Laci a souhaité récupérer la voiture. Le chien s'installe sur la banquette arrière, il a ses habitudes. Je mets mes grosses lunettes noires avec lesquelles je ressemble à une mouche, Laci me fixe une seconde et la voiture démarre.

J'ai entendu dire tellement de fois que le parc national de Hortobágy se confondait avec l'histoire de la Hongrie. C'est une immense plaine sauvage où les Magyars peuvent partager la même vue que leurs ancêtres qui vivaient là il y a un bon millénaire. Je sais Laci davantage sensible à la richesse de l'écosystème qu'à la mythologie nationale de la steppe, mais elle est une réalité. Pour ma part, en regardant par la fenêtre de la Trabant et malgré les cahots, Hortobágy m'évoque les histoires de veillée avec des sorcières tsiganes dissimulées dans le marais les nuits de sabbat, qu'on éloigne avec du fenouil. Et les poèmes de Petőfi, le soir, dans le bureau de papa.

— Comment va Dani ? me demande Laci, les mains posées sur le haut du volant avec les épaules qui dansent.

— Ça va, c'est l'idylle en ce moment.

— C'est un mec bien…

— Il sera avec nous le week-end prochain pour la fête du vin. Y aura Krisztina aussi, docteur Krisztina…

— Cool. Dani pouvait pas venir aujourd'hui ?

— Là, il est à Sarajevo, il bricole sur la mémoire conflictuelle de l'Attentat en 14, quelque chose comme ça… À moins qu'il soit en train de me tromper dans un sous-sol de Budapest avec une vieille cougar qui sort du brandy de son bar mappemonde en tirant sur un fume-cigarette, qui sait ?

— Regarde ! me dit Laci en tendant le doigt.

Devant nous, une grande étendue d'herbes hautes d'où s'envolent des cigognes – dérangées par le bruit de la voiture – pour revenir au bout de quelques secondes à leur endroit initial. Cet oiseau pourtant sauvage a la particularité de s'habituer à la présence de l'homme, il entretient même un lien avec les humains, m'explique Laci avec des mots plus compliqués – commensalisme – en chuchotant. On sort doucement du véhicule sans faire claquer les portières. Kuruc reste dans la voiture sans broncher, il est bien dressé.

Elle est assez digne sur ses fines pattes orangées qui l'élèvent à plus d'un mètre, mais elle me regarde de travers : ça me dérange. On s'avance courbés comme si on marchait sur des œufs. J'observe Laci dans cette position, on dirait papa qui tient la selle de notre vélo auquel on a retiré les petites roues.

Dans son nid, un spécimen paraît enroulé comme une clef de sol. J'apprends que c'est ainsi que dorment les cigognes. Laci, à pas de loup, tient dans sa main une paire de jumelles. On peut suivre sa trace qui sillonne les hautes herbes. Ses grosses pompes sont vilaines mais plus adaptées que mes Converse déjà détrempées. Je viens à hauteur de Laci. L'animal dont on s'approche est un symbole de fécondité.

— Si la légende veut que la cigogne apporte les bébés, c'est parce qu'elles viennent se reproduire au printemps. Certains échassiers sont déjà là depuis deux mois. Autant ils partent à l'automne en vol groupé, autant ils reviennent en ordre dispersé.

— Ah bon…

— Oui, chut. Les cigognes utilisent les ascendances thermiques pour monter dans le ciel, tu connais le principe de la montgolfière…, chuchote mon frère.

— Sans plus.

— Eh bien c'est pareil, elles montent grâce à la chaleur, elles tournoient, et elles disparaissent progressivement…

Comme András.

— … elles sont en vol plané.

Décidemment, encore comme András, devant le McDo, il y a quelques années.

— … elles peuvent monter jusqu'à deux mille mètres dans les airs. Quand elles étendent leurs corps de tout leur long, les ailes déployées, elles dépassent les deux mètres d'envergure.

Laci écarte les bras et poursuit.

— Il existe aussi quelques spécimens sédentaires, le plus souvent des oiseaux blessés, ajoute le professeur.

On reste à distance, à l'arrêt. Des dizaines de pylônes ont été plantés pour leur servir de nid. Sur l'un d'eux, je devine qu'une cigogne fait sa toilette en allant chercher des saloperies dans son plumage avec le bout de son bec. Leurs nids sont de vraies prouesses architecturales. Laci me tend ses jumelles kaki. Je mets la mire sur la base du pylône, je remonte le long du piquet, le nid apparaît, la cigogne tord son cou comme c'est pas permis.

— L'espèce a failli disparaître. Il a fallu une vraie politique dans toute l'Europe pour la protéger, notamment en entretenant leurs habitats, me dit Laci.

— Comment on distingue les mâles des femelles ? je demande tout doucement.

— Très difficile à différencier… Généralement, le mâle est légèrement plus gros. Quand ils s'accouplent, le mâle s'accroupit sur le dos de sa partenaire qui reste debout.

— D'accord, et ça bouffe quoi ? dis-je en lui repassant les jumelles qu'il positionne devant ses yeux.

— Ça chasse le jour comme la nuit au clair de lune. C'est carnivore, ça gobe des vers, des mollusques, c'est pour ça que son environnement, ce sont les zones humides, les marais saumâtres…

Laci grimace.

— … Des insectes en pagaille, aussi… Voire un poisson ou une grenouille dans la rivière, si l'occasion se présente, why not. La cigogne est opportuniste. Comme Orbán…

— T'es con…

— Regarde comme elle nous surveille, celle-ci, du haut de son mirador. Les cigognes se perchent pour échapper aux prédateurs terrestres, pour protéger leurs cigogneaux.

— Et lâche-moi avec Orbán ! Je bosse pas pour lui, mais pour un cabinet juridique qui fait des missions pour son parti, c'est différent… C'est dans le cadre du centenaire de Trianon[1]…

— Ah… Trianon…

— L'injuste Trianon, dis-je.

— Aussi injuste que le traitement des minorités slovaques, ruthènes, roumaines ou serbes dans

1. Viktor Orbán avait programmé pour 2020 une grande célébration visant à rappeler l'injustice qu'a subie la Hongrie.

ta Hongrie d'avant 1920[1]. Et pour une féministe comme toi, bosser pour le Fidesz, c'est comique…

— Justement, il y a des progrès à faire dans ce parti, on ne combat pas dans son canapé devant la télé, on va là où il y a des guerres à mener. Bon, y aura jamais de Femen au Fidesz…

— Ah non, ça c'est sûr…

— … mais ça progresse, je t'assure. Bon, on retourne aux cigognes ?

— Promis, dit-il en s'extasiant sur je ne sais quel volatile.

— Et elles reprennent la même baraque chaque année ? je demande.

— Le plus souvent, c'est le mâle qui revient en premier pour retaper le nid, puis la femelle. On pense que la femelle est plus fidèle à son nid qu'à son partenaire…

— Ah ?

— Un animal européen qui fait le grand écart entre le monde sauvage et notre civilisation moderne, perché sur un mirador, avec une vraie politique familiale, et blanche en plus…, souligne Laci.

— …

— Eh ! Éva ?

1. À partir de la fin des années 1870, une sévère politique de magyarisation est mise en place dans le royaume de Hongrie à l'endroit des minorités.

— Quoi ?

— Tu laisseras pas traîner mes travaux sur les bureaux du Fidesz, pas vrai ?

— Putain, t'es chiant... Pourquoi tu dis ce genre de choses ?

— Bah, je veux pas les retrouver sur ses affiches de campagne. L'avantage, c'est qu'elles sont migrantes, mes cigognes ! C'est un problème pour lui ! L'animal fuit l'Afrique pour une vie meilleure, et ça, c'est pas glamour en ce moment pour un type qui tire à vue du mirador.

— Tu veux accueillir toute la misère du monde, toi ? Laisse Orbán où il est...

Une voiture arrive par le chemin que nous avons pris. On se relève doucement. Laci me devance mais je continue de chuchoter pour moi-même.

— C'est facile de se foutre de tout. Moi, je crois à l'engagement, de droite comme de gauche d'ailleurs, j'ai besoin de combattre.

L'autre voiture vient se garer près de la nôtre. Kuruc lâche un seul aboiement, et grave. Au fur et à mesure qu'on se rapproche de la Trabant, on se redresse et on remonte le son de nos voix. On aperçoit désormais clairement le couple de visiteurs qui sort un trépied du coffre. Ce sont des étrangers. Je m'étonne d'entendre dans leur bouche le mot « tsigane » et j'en fais part à mon frère.

— Ils sont Français. En français, le nom de ces volatiles se prononce *cigogne,* c'est pour ça qu'on dirait qu'ils disent *tsigane*[1], m'explique Laci.

Chacun se salue d'un mouvement de tête. Laci s'assure d'un regard que les visiteurs n'ont que de bonnes intentions. On monte dans la voiture, Kuruc est content. Le spécimen mâle du couple de Français me regarde et lève son appareil photo devant son visage. Je souris, Kuruc aussi, à l'arrière. J'entends la mise au point automatique et la prise.

— C'est la voiture qu'ils prennent en photo, Éva, dit Laci en allumant le moteur.

— …

— On repasse au bureau vite fait, je règle un truc, on s'envoie un autre café et on file ailleurs. Tu vas vivre une drôle d'expérience…

Les cahots reprennent. Je m'endormirais presque. Laci regarde partout, il s'enthousiasme de cette immensité vierge, il est libre. Ce parc, c'est sa piscine. On croise un 4 × 4, Laci baisse sa vitre et sort son bras pour saluer un collègue qui lui décroche un large sourire.

Des posters d'animaux tapissent la salle de pause. Je découvre la cafetière. Elle ronronne à deux reprises pour broyer le grain. Laci et Kuruc me devancent dans les couloirs. Mon frère pose les deux cafés sur

1. En hongrois, « tsigane » se traduit *cigány*.

un coin de son bureau et se penche sur son ordinateur. Je l'entends pianoter pendant que je regarde autour de moi. Dans la bibliothèque murale traînent quelques livres, des bibelots et une photo encadrée. Je m'approche, j'ai l'impression de me reconnaître.

LE CAUCHEMAR

Mes pieds battent à peine pour m'entraîner au fond, c'est fluide, facile, je pisse et je me laisse remonter en toupie. L'eau douce est mon élément, mon exil. J'ondule avec les bras le long du corps. Je distingue l'ombre des lignes d'eau qui se déforment sur le fond. Soudain, j'aperçois une masse sombre dans les profondeurs, je me plie pour descendre d'un battement, je m'enfonce, m'enfonce, mes oreilles bourdonnent, je décompresse et tombe nez à nez avec une épave d'un vert rouille éclatant. C'est une voiture cabossée, la voiture de mon père avec les pneus crevés et un rétroviseur qui pendouille. Je me tiens debout à côté, comme en apesanteur, mes pieds battent, c'est bien sa voiture. Le pare-brise est éclaté, j'approche ma main, un banc de poissons s'en échappe. Il y a toujours un trésor dans une épave. J'essaie de voir au travers des brisures, en vain. Je contourne l'amas de ferraille oxydée et tombe sur une portière sans vitre. Un mérou m'effraie et m'empêche de passer la tête. J'y retourne. Merde, il neige, c'est le bouquet. Laci attend à l'intérieur de l'habitacle, il a mes fleurs dans la main, je lui fais signe, il ne répond pas. Je contourne le véhicule, de nombreux policiers encagoulés sont postés devant moi, l'eau sent la mort, des Tsiganes crachent dans mes lunettes pour interdire à la buée de s'y développer, l'un d'eux porte des menottes, il joue au ping-pong avec papa, deux points d'écart, je veux respirer mais un plafond de verre couvre la surface, de l'autre côté de la plaque de verre, mon entraîneur me demande de faire le huit cents en apnée, un record, une médaille d'or, je veux respirer, juste un peu, je donne des coups de poing pour briser la vitre, j'entends quelque chose, on m'appelle, je regarde vers le fond, un mannequin est allongé sur le sol, il est entouré d'une dizaine de personnes, je trouve l'énergie de foncer vers lui, je veux qu'il se lève, qu'il vienne vers moi, m'enlace, m'embrasse, on n'en parle plus, il ne s'est rien passé, « Tout ça c'est du cinéma », me dit papa couvert de ketchup, les autres ce sont des acteurs, des catcheurs, tout le monde applaudit, j'ai besoin d'air, je fonce d'abord récupérer toutes les dents qui dansent sur le carrelage bleu ciel, j'ai perdu l'épave, un jeune homme me fait un doigt, c'est celui que j'ai accusé d'avoir frappé, peut-être à tort, je m'excuse, je ne sais plus qui a fait quoi, le juge d'instruction parle dans son tuba, il me pose la même question quatre fois, c'est important de savoir qui a fait quoi, des chiens reniflent, il faut que je remplisse mes poumons d'air mais on crucifie le mannequin, les clous lui déchirent les tissus, mes yeux sortent de leurs orbites, Laci est dans l'épave, elle est loin, il faut que j'aille le chercher coûte que coûte, je dois choisir entre mon père et mon frère, je fonce en faisant bien mes gestes lentement pour ne pas gaspiller trop d'oxygène, le jeune homme me rattrape, il veut qu'on aille à la rivière, dessous ses amis simulent des coups de pied dans le mannequin, je fais demi-tour vers mon père, je vais mourir asphyxiée, ma mère crie au côté de l'entraîneur, ils me disent de sortir, mais il n'y a pas d'issue, ma mère éclate de rire, les gens s'en vont, c'est le blanc de la mort qui me porte vers la surface, ma dernière chance de respirer. Respire, Éva !

Je me réveille en suffoquant, mon cœur bat à tout rompre, je secoue mes mains pour chasser les fourmis qui m'engourdissent. C'est toujours le même cauchemar avec des variantes tout aussi absurdes et macabres, ça me casse les berles. L'air me fait du bien. Je suis trempée. J'ai les jambes coupées. Je sors du lit et me regarde dans la glace. Je me tire les cheveux sur le côté, j'ai une tête de folle. Laci débarque dans ma chambre, il m'a entendue crier son prénom. Je le serre dans mes bras et je lui dis qu'il a rêvé. Je ne vais pas lui expliquer que j'étais sous l'eau et que sous l'eau, on ne peut pas crier distinctement un prénom. Il découvre la petite moustache que j'ai griffonnée sur le portrait de Manaudou placardé sur mon mur. Il sait désormais pourquoi il lui manque une fléchette. Elle est dans le front de la nageuse française. Il me regarde avec pitié, je ne connaissais pas ce regard. Je réalise qu'il ne me croit pas, qu'il ne me croit plus. Il est grand dans mes bras, plus grand que dans l'épave, aussi grand que moi, en fait. Je réfléchis et je me dis qu'il a douze ans. On ne se parle pas. Je le croise tous les jours sans le voir. Ma souffrance est égoïste. L'épave, c'est moi. C'est lui qui m'embrasse avant de sortir en fermant la porte derrière lui. Comme une claque. Respire, Éva. Ce cauchemar n'est pas pire que la réalité.

Je me réjouis de retrouver mon petit ami cet après-midi et de la fête organisée ce soir chez Krisztina avec l'ivresse à la clef. L'idée de ne pas avoir à dormir me réconforte. Chez Krisztina, c'est cool, ses parents se barrent toujours crécher ailleurs pour nous laisser tranquilles.

J'entends des notes de saxophone qui proviennent de la chambre d'à côté. J'évite ma mère dans le salon. J'entre dans la cuisine. J'ouvre le frigo. Ça pue le fromage qui pue. Je l'aperçois du coin de l'œil, elle est dans mon angle, plantée devant la télévision, la main sur la bouche. Une vedette du handball a été assassinée. Le handball, c'est du water-polo sur la terre ferme. Ma mère a bloqué, plantée, figée, scotchée. J'en profite pour piquer le flacon de solvant. Je presse le pas sur la pointe des pieds jusqu'à ma chambre – Laci est toujours sur son saxo –, je verse un peu de solvant dans une fiole et ramène le flacon dans la cuisine, sous l'évier, entre la serpillière et les pastilles pour le lave-vaisselle. J'ouvre à nouveau le frigo, il n'y a pas de lait au frais, je ne supporte plus cette baraque de merde. Ma mère est toujours devant la télé. Ses deux jambes la tiennent. Le flash info montre désormais un type à poil qui court dans un stade pour échapper aux mecs de la sécurité. À un moment de leur vie, les hommes doivent avoir besoin de montrer leur bite : Narcisse. Je me rabats sur un jus de fruits multivitaminé qui me laisse un goût de bonbon chimique dans la bouche. Derrière la fenêtre, le vent affole et brouillonne une multitude de flocons, il neige à l'envers. Une couche de deux centimètres recouvre la barre transversale du vieux but de foot. Le filet danse et le téléphone sonne. À cette heure, je songe à András. Ma mère décroche. Je me pose dans l'embrasure de la porte entre la cuisine et le salon. J'écoute en portant mon verre à ma bouche. Je trempe mes lèvres sans boire.

— Oui, bonjour madame.

— …

— Je suis au courant, je suis devant la télévision.

— …

— Ça ravive, bien sûr… Toute cette violence est insupportable… Chère madame, je ne veux plus être citée dans un journal, je ne veux plus servir de faire-valoir ou de porte-drapeau.

— …

— Je suis fatiguée, fatiguée de décrocher, fatiguée de parler, fatiguée de penser.

— …

— Mais contactez le Jobbik directement, je ne parle pas pour eux. Excusez-moi mais je dois raccrocher.

Je m'efface d'un demi-tour sur moi-même en rentrant dans la cuisine. Ce n'était pas András donc je m'en fous.

La lame me caresse la peau. Je la fais glisser le long de mon tibia, sur mon mollet, sur mes cuisses. Je suis précise, efficace. Elle épouse les formes de mon corps, rôde autour de mes veines, flirte avec l'artère fémorale, je regarde mes poignets, il se raconte que ce n'est pas douloureux, on s'endort dans un bain bien chaud, la mousse devient rouge, une sensation d'évanouissement s'empare de toi, on part sans rêve, sans rien, libre, libéré du bonheur des autres, des regards, des vautours et des rats.

Je me rince, m'essuie les jambes et me glisse dans mon lit, le drap devient doux et frais, la couette aussi, c'est une illusion. Dans cinq heures, je me casse.

J'entends un mot gentil de ma mère juste avant de fermer la porte d'entrée derrière moi. Les flocons crépitent partout. Seuls mes yeux sont brûlés par le froid. Je presse le pas et attrape le bus pour le centre de Pest. Le véhicule tangue, je m'accroche, tout le monde est emmitouflé. Les portes s'ouvrent et se ferment dans un souffle strident. Le bus fait un arrêt plus brutal devant un passage piéton, mon père, lui, n'aurait pas dû s'arrêter, trop bon trop con, il aurait même dû accélérer. Le froid sec s'engouffre dans l'habitacle, le chaud revient à la fermeture des portes et mon corps fait culbuto jusqu'à l'arrêt du Parc des Statues[1]. Je descends et aperçois dans le paysage féerique Dávid, mon homme, enfin l'homme de ma vie. Il est sous les bottes de Staline qui disparaissent sous la neige. Il est beau, putain – Dávid, pas Staline ! Avec le vent, il a du mal à allumer sa cigarette. Il abandonne, j'arrive à sa hauteur, on s'embrasse. Le son de sa voix est ouaté par la neige.

---

1. Ce lieu regroupe une quarantaine de monuments de la période communiste dont les restes d'une statue de Staline qui fut déboulonnée en 1956.

— Il caille trop, on se barre, me dit-il une fois nos lèvres décollées.

On arrive plus tôt que prévu chez Krisztina où, devant chez elle, la neige se transforme en boue. Elle est ravie. Je vois qu'elle lit *Bánk Bán*[1] en ce moment. J'attrape le livre.

— Chiant à mourir et has been. Mais on doit le lire pour l'école, me dit-elle.

— Je suis pas d'accord, c'est une leçon de nationalisme…

Krisztina n'insiste pas. Ses parents sont déjà partis. Je suggère de commencer à taper dans la bière.

— Pour tuer le temps.

On regarde nos portables et on sirote. Je sens venir une légère ivresse à la troisième canette, je me retiens de pisser car après la première pisse, je retourne aux chiottes toutes les vingt minutes (c'est le problème avec la bière). La maison se remplit de copains sans que je m'en rende compte. Il commence à y en avoir dans toutes les pièces. On oublie les portables. Il y a des types un peu plus âgés que nous – sans doute majeurs – qui ont apporté une boîte de capotes – ils sont hilares – et du shit afghan. Ils parlent du handballeur assassiné. On nous montre quelque chose. On veut essayer. Avec Dávid, on s'applique à placer un bouchon

1. József Katona, *Bánk Bán*.

de liège sur la table avec une aiguille plantée et à la deuxième extrémité de l'aiguille on place une boulette de shit. On chauffe la boulette jusqu'à ce qu'elle devienne rouge et on recouvre l'ensemble avec le verre. Il s'emplit d'une fumée épaisse de la couleur de la chicorée. On soulève légèrement le verre pour placer le bout d'une paille et on aspire. J'ai la sensation d'asphyxier quelques secondes, je recrache la fumée et mes yeux rougissent instantanément. Je me marre, tu te marres, il se marre, nous nous marrons. Nous sommes quelques-uns à danser. D'autres rigolent en regardant par la fenêtre. Je jette un œil dehors. Un type défoncé ne cesse de s'effondrer dans la neige marron. On dirait Raspoutine quand je ne sais plus quel prince lui tire dans le dos à plusieurs reprises. J'ai perdu Dávid. Je le cherche, il n'est pas dans la cuisine où ça se paluche sévère, pas dans la première chambre du couloir où ça se paluche aussi, je remarque que le carrelage du sol est dégueulasse, je croise un zombie qui me demande combien il faut de temps pour aller loin. Je lui réponds :

— Tu y es presque.

Dávid est dans le garage, là où sont stockées les bouteilles d'alcool – le père de Krisztina est sympa mais il a tout de même verrouillé son bar. Cool, un portable crache le rock de Dalriada. Top, Dávid et un inconnu – un voisin de Krisztina, il me semble – jouent à la vodka-pong sur la moitié d'une table de ping-pong. J'ai déjà joué à ce jeu mais uniquement avec de la bière.

— J'en suis, dis-je, tout excitée.

Aussitôt, chacun notre tour, on essaye d'envoyer une balle de ping-pong dans un gobelet en plastique mais avec un rebond avant. Il y a plusieurs gobelets. Chacun d'eux correspond à une ou plusieurs doses de vodka orange. Des gobelets indiquent que tu choisis le buveur, d'autres que c'est pour ta pomme. Je propose le gobelet du Juif qui permet d'achever un adversaire en quatre doses. C'est parti, manifestement, le voisin n'est pas juif – ceux-là sont susceptibles. La vodka-pong est un jeu de précision qui rend très vite imprécis. C'est drôle et efficace. Les garçons s'acharnent sur moi. Je vois que Dávid commence à être sérieusement touché. Je fais une pause pour aller pisser. Je titube clairement dans le couloir. J'enjambe le zombie de tout à l'heure qui me demande en pleurant pourquoi les Turcs servent le thé du balcon. J'entre dans les chiottes déjà allumées. Il y a de la pisse sur la lunette, je ne m'assois pas. Je ressors et la musique m'attire dans le salon. Ça gueule dans tous les sens. Krisztina danse à fond, son justaucorps lui fait une sacrée paire, elle a de la poitrine pour quatre. Les plus âgés sortent de la coke et la posent sur un meuble. On s'affaire, je découvre. Un type m'embrasse sur la joue et me dit que Freud – un gars de Vienne qui travaillait sur les rêves – en prenait. Krisztina s'arrête de danser pour taper une crise, elle ne veut pas de ça chez elle. Le propriétaire du sachet remballe. Moi, je suis tentée d'essayer mais je flippe. Je songe soudain à ma fiole de solvant. Je vais la chercher dans mon sac. Je la débouche et je la snife pendant quelques minutes, puis je fais passer à mon voisin. Nous sommes dans le canapé, ça tourne. C'est comme un évanouissement. On rigole sans savoir pourquoi, on se prend en photo en tirant la langue. Les joints tournent aussi. Tout tourne en fait. La vie est belle.

Dávid ? Où est Dávid ? J'ai un moment de solitude. Je fonce dans le garage. Je croise le voisin, on dirait qu'il va dégueuler. Il y a déjà un peu de vomi dans l'entrée. Je retrouve Dávid. On s'embrasse comme des malades. Nos portables bipent, on s'en branle. Dávid lèche mes lobes d'oreille et mon cou de nageuse. La libido se met en action.

— Je crois que je t'aime, me dit-il avec ses yeux défoncés.

Je ne réponds rien mais j'entends mon cœur battre. On s'affale dans un vieux canapé qui doit dater des années Kadar – j'imagine mes grands-parents de Kimle dedans, on verrait juste leurs visages et leurs mains car leurs habits seraient du même ton. On se donne des coups de langue, un peu comme des clébards. Ça sent bon la vodka.

Je n'ose pas aller plus loin. Tout le monde peut entrer dans le garage. Je crois qu'on va squatter une piaule.

— Tu fumes, chez toi ? me demande-t-il.

— Non, ma mère m'a grillée, elle a gueulé, et elle se doute pour les joints aussi…

— Pas cool.

— Ouais, pas cool, de toute façon je vais me barrer de chez moi, ma mère est azimutée.

— Pour aller où ?

— C'est bien le problème, à quinze ans, où tu veux que j'aille ?

— Peut-être que tu pourrais crécher à la maison, faut voir avec mes parents. Moi tu sais, je veux t'aider…

— Eh, je suis pas handicapée, non plus…

— Je sais mais je peux t'aider…

Je m'écarte légèrement de son visage et je le regarde curieusement.

— Tu veux m'aider de quoi, exactement ?

— Éva, t'excite pas, je sais que c'est pas facile.

Je me relève, il commence à m'énerver, j'espère qu'il ne veut pas me parler de ça.

— Quoi, qu'est-ce qui est pas facile ?

— Krisztina m'a raconté… ton histoire…

La salope ! Je pensais qu'il était le seul à ne pas savoir, et ça m'allait bien.

— Quelle histoire, bordel de merde ? T'en as pas, toi, des histoires ?

— Écoute, pas de soucis, si tu veux on parle d'autres choses… J'ai pas de mauvaises intentions, dit-il vautré, et en zozotant clairement sous l'effet de l'alcool.

— Tes intentions, tu te les fourres au cul !

Je mets un coup de tête dans la partie de la table de ping-pong relevée. J'attrape une bouteille de bière et la lui balance à la gueule, le contenu d'abord puis la bouteille. Comme je vise bien, il prend le contenu en plein visage puis le contenant au même endroit. Il met sa main sur son nez puis la regarde pour voir s'il saigne – quelle petite chatte ! Je l'attends, il se lève et m'attrape l'épaule. Je lui crache au visage, il me gifle. Je me taille du garage en l'injuriant. Il fait partie de ces enculés qui frappent les femmes. J'entends qu'il me suit dans le couloir, il attrape son blouson et se barre. Qu'il aille finir la soirée chez les rats, ce connard !

Un copain comprend qu'il se passe un truc, il me questionne. J'évite le sujet. Mon mec s'est tiré, c'est tout, et puis c'est plus mon mec, il est trop con. Dávid 0. Le salon commence à se vider. La moitié de la nuit est pliée. Les plus vieux sortent en boîte. Áron, que je connais depuis toute petite – plutôt beau gosse –, joue dangereusement avec le sabre du père de Krisztina. Il a beaucoup respiré de solvant, si l'idée lui passe par la tête de décapiter tout le monde, les parents de Krisztina vont halluciner en rentrant. Des copines font un peu de rangement.

J'ai une amie en chien de fusil dans un coin du salon. Quatre ou cinq loques dansent encore, Krisztina est très, très bourrée, elle se tortille à fond. Son amoureux me propose une bière. Je n'ai pas du tout envie de dormir et encore moins d'une bière. Je veux une vodka, je lui dis qu'il en reste dans le garage. Il trouve mon idée excellente. On part tous les deux. En fait, il est sympa, le mec de Krisztina, avec ses cheveux orange, ses dents blanches – on dirait des fausses – et ses points noirs. Je lui explique que j'aime me balader seule la nuit, que j'ai comme l'impression de sentir une présence derrière moi, c'est flippant, ça m'excite. On se colle quelques vodkas, il va chercher des clopes dans le salon. Il me dit que Krisztina vient de dégueuler ses tripes, qu'elle est dans le coma. Je lui réponds que j'ai pris la décision de me faire un piercing.

— Où ça ?

— Là ! je réponds en lui montrant.

Il trouve que c'est classe, les piercings. Et puis on se rapproche et on s'emballe. Comme ça. Et puis je suis libre, libre de ma beauté, libre d'être une salope, libre de faire bander, libre de rire, libre de faire, défaire, vivre un peu, libre de me tromper, libre comme la nage. De toute façon, on finira tous à la Maison de la Terreur. Il dit qu'il serait capable de me faire l'amour. Je pense qu'il veut surtout me baiser. Je dis que ça se discute s'il va nous chercher deux dobos, j'en ai vu dans le frigo.

— Un dobos et puis l'amour, dit-il en se levant dans une embardée qui le cogne au cadre de la porte.

Il est marrant, celui-là. Il revient avec les pâtisseries sur deux petites assiettes. Elles déchirent. Avec de la vodka pure, c'est trop bon. Le chocolat se marie à merveille avec la vodka et la crème adoucit le feu de l'alcool. On s'emballe à nouveau en se tripotant. Il n'a pas de préservatif, moi non plus. Les autres connards, tout à l'heure, ont apporté une boîte. On se dirige dans le salon, les derniers rescapés ont gonflé les capotes pour en faire des ballons qui flottent dans la pièce. Krisztina est couchée dans la salle de bains, inerte. Son mec me prend par la main et me tire jusque dans une chambre. Je sais que c'est celle des parents de Krisztina. Il ferme la porte à clef et me coince sur le lit. Entre la photo dédicacée de Jean-Paul II sur la table de chevet et les points noirs sur le tarin du copain de Krisztina, j'ai connu plus excitant. Je vais écarter les jambes quand même : juste pour la faire chier.

LA DISPARITION

Le génocide est derrière nous. Une silhouette aux longs cheveux volants apparaît soudain. C'est surtout Laci qui valdingue quand mon père appuie sur la pédale tandis que ses grosses mains serrent à mort le volant. Les pneus crissent à mort aussi, pendant de longues secondes, et la fille qui traverse la route en courant est devant nous, là, juste derrière le pare-brise, des cheveux, un visage. Un léger bruit de choc, la fille disparaît de notre vue au moment où la voiture part se perdre sur notre droite, la roue avant suspendue au-dessus d'un fossé.

— Merde, merde, merde, dit mon père.

Laci, qui s'est écrasé sur le dossier de papa, pleure en s'excusant de ne pas avoir attaché sa ceinture. La mienne m'a compressé tout le buste et je me suis accrochée à la bouteille. Prenant conscience en un éclair que nous sommes tous intacts, papa fout son frein à main, coupe le moteur et ouvre la portière. Au moment où il pose son pied gauche sur la route – en regardant si une voiture arrive derrière lui –, une fille sort avec une grande agilité du fossé, s'arrête une seconde en nous regardant d'un air apeuré puis s'enfuit à toutes jambes et se perd entre les baraques qui bordent la rue Kossuth.

— Pourvu qu'elle n'ait rien, lâche papa.

Il ferme sa portière et fonce derrière elle. Par réflexe, il s'arrête, se retourne, positionne sa clef, condamne les portes de la voiture, repart de plus belle et disparaît entre deux maisons. Entre la leçon sur les Juifs et l'effrontée qui traverse hors des clous sans regarder, on va finir par être sérieusement en retard. Papa devrait appeler. Ce n'est pas sa priorité.

Laci s'est arrêté de pleurnicher, il s'est rassis et a mis sa ceinture tout seul, sans qu'on le lui demande. Et puis c'est un étrange silence, épais et dense, pur et vertigineux, comme celui de l'eau, en profondeur, vous transportant quelque part ailleurs, à vous déchirer les tympans.

— Il est parti où, papa ? dit Laci qui n'a pas vu la fille tomber dans le fossé puis s'enfuir – il avait le visage dans le repose-tête de son père.

— Il revient…

— Pourquoi il est parti en courant ?

— Pour voir.

— Voir quoi ?

— Une fille est passée devant la voiture, on a failli l'écraser.

— On a écrasé quelqu'un ?!

— Non, on a failli, et papa est parti voir si elle ne s'est pas fait mal.

— C'est qui, cette fille ?

— J'sais pas moi, j'habite pas là, arrête avec tes questions !

Laci croise les bras et fronce les sourcils. Il a eu peur et il sent bien qu'il se passe quelque chose d'anormal – il a raison. Le silence reprend le dessus. Je ne vais pas lui décrire la fille, ça n'a aucun intérêt. Je dirais à son allure et à sa peau mate que c'est une Tsigane. Elle paraissait fluette, assez belle, à peu près mon âge. Et des cheveux longs, oui des cheveux longs dans tous les sens.

Ce con de Laci commence à me communiquer son angoisse. Où est papa ? J'ai eu la même sensation l'été dernier sur une plage croate. C'était un voyage prévu de longue date, papa, il est comme ça, il prévoit, du coup il a l'impression de goûter en avant-première aux charmes de l'évasion. Il regarde des documentaires à la télévision, se prend le bouquin d'histoire qui y fait référence – avec des putains de notes de bas de page partout – et il lit les romans qui sont devenus des classiques de ce pays. Son globe – qui s'allume – ne suffit pas. Il va jusqu'à acheter des cartes qu'il étale sur la table de la salle à manger pour qu'on visualise ensemble le trajet jusqu'à la Croatie, puis toute la descente de la côte adriatique jusqu'en bas, à Dubrovnik. D'ailleurs papa avait expliqué qu'en géographie, il n'y avait pas de haut ni de bas, pas davantage de gauche et de droite, qu'il fallait dire le nord et le sud, l'est et l'ouest, donc on longerait la côte du nord au sud avec une légère inclination vers l'est. Maman avait bien cherché des hôtels sur Internet – il y avait des photos pas possibles avec des piscines, des transats autour, des cocktails et des réductions de malade – mais ça coûtait toujours une blinde pour les Magyars car les Américains, les Chinois (maman n'aime pas les Chinois, on le sent dans sa prononciation de « chiNOIS ») et les Européens de l'Ouest s'étaient pris de passion pour cette destination.

Alors, à cause des Américains, des Chinois et consorts, papa avait dû sangler des affaires sur le toit de l'Opel puisqu'avec les tentes, la table et les chaises pliables, le coffre ne suffisait pas. Je l'entends encore pester quand il avait retiré les affaires du toit : de son doigt mouillé, il frottait les rayures. En attendant, il avait fallu montrer nos passeports tout neufs à la frontière[1] – c'est excitant, les passeports et les frontières – pour foncer vers notre première escale, un camping, juste après avoir dépassé Zagreb. Il y avait un lac où nous nous

1. La Croatie intègre l'UE en 2013.

étions baignés avec des cygnes, je revois maman en train de nager la brasse et, pour ne pas se mouiller les cheveux, se tenir bizarrement, très cambrée, comme si ses seins gonflés d'air la poussaient au-dessus de la surface. Son sourire plus large que le visage dépassait de l'eau. Sans surprise, le patron du camping lui avait fait du gringue, papa s'était énervé, plus tard, sous la tente – qu'il avait montée comme un chef.

On allait voir la mer à la prochaine étape, à Fiume. Papa et maman se plaignaient du dos et on ne risquait pas de prendre des auto-stoppeurs sur la route, l'Opel étant pleine comme un œuf. La couleur de la mer pareille aux cartes postales, et chaude en plus. À la tombée de la nuit, on avait marché avec papa, les lumières du port scintillaient sur la mer d'huile. La température de l'air était délicieuse, nos pieds s'imprimaient quelques secondes dans le sable. Papa m'avait parlé d'un poète italien qui avait fait la guerre contre les Autrichiens et qui s'était emparé par la suite de Fiume pour y créer un État, un État où les femmes étaient en tout point égales aux hommes.

On avait regagné le camping, papa chuchotait, il éclairait le sol avec son portable pour savoir où on mettait les pieds. Des rires résonnaient dans les caravanes, des ombres s'agitaient sous les tentes. Ma sensation d'angoisse fut pour le lendemain. En filant vers le sud, on s'était arrêtés aux abords d'une immense plage où le sable était blanc et la crique renfermait une lagune turquoise. Il avait fallu du temps pour trouver une place de parking. À quelques pas de la voiture, papa avait acheté à Laci un couteau artisanal – avec une lame qui se replie dans le manche. Il le garderait toujours dans sa poche. Maman trouvait ça ridicule et dangereux. Moi, on ne m'avait pas proposé de couteau : en termes d'égalité, papa n'avait pas encore tiré toutes les leçons du poète. Et sur la plage, ce fut la panique. D'abord, on s'était baignés et des adolescents – qui avaient vu comment je nageais – m'avaient proposé de jouer au polo. Un but flottait, il était relié par deux ancres au fond de l'eau pour ne pas dériver. À la piscine, je n'avais jamais essayé. Le ballon était plus gros qu'au hand mais il accrochait bien à la main. On se faisait des passes avec les Croates, je me faisais draguer – avec mes tresses afro – mais il n'y en avait que pour papa.

À cet instant, c'est lui, justement, que j'ai entendu hurler. Il était sur la plage, à la limite de l'eau, les pieds dans la bave que rejette la mer, il y avait un monde fou, je n'ai vu que lui. J'ai compris qu'il avait perdu Laci. Je me suis mise à nager le crawl polo – c'est-à-dire la tête hors de l'eau – pour rejoindre la plage. Maman courait dans un sens, mon père dans l'autre. Ils gueulaient le prénom de mon frère. J'ai rejoint papa, quelqu'un lui expliquait en anglais que les enfants se perdent souvent dans le sens du vent. J'ai senti comme un drame dans mon ventre, on nous arrachait quelque chose, on n'allait plus jamais le revoir. Et puis, quelques longues minutes plus tard, Laci est réapparu au travers de la foule, une banane au milieu du visage, tenant fièrement dans sa main un moulin à vent multicolore. J'ai cru que mes parents allaient l'étouffer tellement ils le serraient. Quel petit con !

On s'inquiète souvent pour rien. L'angoisse n'est qu'une création de l'esprit, une faiblesse inutile. Papa va revenir d'une seconde à l'autre et nous dire que la gamine est au top. Ce sera tout, et en avant le goulasch avec maman et les Machin et le jeune homme à qui je n'exclus pas de faire une déclaration cash. Voilà le programme. J'ai définitivement très envie de pisser. J'inspecte pour voir si un endroit s'y prêterait.

Papa est parti d'un bord et c'est de l'autre côté de la route que je vois débouler un homme, puis deux, puis dix. Ils regardent un peu partout, nerveusement. Notre voiture les intrigue particulièrement. C'est strange. Ils brisent le silence, se mettent à gueuler de plus en plus fort, à lever les bras en l'air. Avec leur accent, je ne les comprends pas. Devant la baraque près de laquelle mon père a disparu, une vieille semble les engueuler. D'aucuns sont trempés, pieds nus, torse nu. Des types entourent la voiture, certains mettent leurs mains pour se protéger des contre-jours et nous regardent comme des bêtes enragées. Un homme essaie d'ouvrir la portière côté pilote, en vain. Un coup de poing vient taper sur le plafond. Papa va être fou : sa voiture. Laci me regarde, il est terrifié. Mes yeux ne doivent pas le rassurer. C'est qui, c'est quoi ces connards ? Ils paraissent tous adultes. Ils continuent de taper dans la voiture, des coups de pied, des coups de poing pleuvent. Il y en a un qui semble devenir fou, un autre s'agenouille au milieu de la route, les bras ouverts, les paumes vers le ciel, comme les Ottomans. Un type se positionne devant la voiture et attaque le capot. Un rétroviseur explose. Laci pleure. Un homme vient à la hauteur de ma fenêtre en enjambant le fossé. Son regard est violent.

— Où est-il allé cacher le corps de ma fille ?! Où ?! Ouvre ! Ouvre ! On va vous en faire autant ! hurle-t-il.

— Mais non, mais non, elle s'est enfuie ! je lui dis.

— C'est ça !

Il met un coup de pied ou un coup de poing dans ma vitre, une toile d'araignée se forme. Je veux me déplacer mais la ceinture me bloque. Je me détache, la bouteille tombe à mes pieds sur le bouquet de fleurs et je saute sur le volant de papa. Et j'appuie, je klaxonne, klaxonne. Des cigognes s'envolent et tournoient dans le ciel. Les Tsiganes sont rouge écarlate. La voiture s'affaisse sur un côté. Il faut que papa revienne. Il faut un homme fort. Soudain papa réapparaît de derrière une maison, il presse le pas vers nous en levant les bras en l'air. Ouf ! J'entends Laci renifler de soulagement.

— Il va les atomiser, papa, tatatatata !

LA FÊTE

Je conduis avec la plus grande souplesse, j'épouse, comme on dit, les virages dans une légère illusion de lévitation facilitée par un soleil généreux qui fait rire la campagne du Zemplén. Somme toute, je maîtrise. Mes trois passagers ont sans doute remarqué que j'ai contourné le village d'Olaszhalom mais n'ont rien dit. Olaszhalom, on y va ou on l'évite. Sur Waze, j'ai vu que le détour faisait perdre quatorze minutes. On n'allait pas pourrir cette belle journée qui nous emmène à la fête du vin dans le village souabe d'Hercegkút. D'autant que sa réputation est fameuse. Je me répète que nous ne sommes pas là pour exorciser quoi que ce soit. Derrière, Krisztina lutte pour ne pas s'endormir. Les rayons du soleil viennent de temps à autre éclairer son visage d'ange. Dans mon rétroviseur, je contemple cette amitié qui a commencé voilà plus de vingt ans. Laci est aussi à l'arrière, de l'autre côté. Il a l'air perdu dans ses rêves. J'ai un frère lunaire. Le plus attentif à la route est Kuruc, au centre, la langue pendante, immense et rose. Dani est mon copilote. À force de ruptures et de réconciliations, on a fini par construire une sorte de mi-temps permanent. Depuis quelques semaines, j'ai la sensation qu'il aimerait un enfant mais qu'il n'ose pas me le demander : ça m'arrange. Quoique je me méfie des sensations, c'est un ascenseur à illusions. Je suis plutôt encline à faire des bébés pour de faux. En attendant, ce matin, je sens mon corps comme rarement. J'ai mal à peu près partout, aux épaules, aux cuisses et dans le bas du dos. Je me suis pourtant bien hydratée mais sans doute pas assez étirée. Il faut dire que je suis allée puiser très loin.

Une antenne vient pointer le mont Tokaj que nous doublons. Tout autour, la végétation renvoie un vert criard. Le printemps imprime aussi la rivière Bodrog que nous laissons, gonflée d'eau, derrière nous. La fête est indiquée sur des pancartes de fortune. Il faut se garer dans un champ délimité par des banderoles, en enfilade, à la suite des autres voitures. Je laisse un peu de distance pour l'ouverture des portières.

— Avec le frein à main, c'est mieux, me dit Laci en sortant.

C'est vrai qu'on est sur un faux plat.

Une centaine de mètres nous mènent aux stands des vignerons et au chapiteau où des musiciens installent leur matériel. L'un d'eux essaye le micro et un autre tient sa guitare en appuyant sur les pédales. Les balances m'intriguent toujours, en général il y a beaucoup de silence, des notes bizarres, des mélodies décousues, des phrases à la con et quelques larsens. J'essaye de deviner le style de musique à la dégaine des types (facile).

Sur notre droite, des dizaines de toits pointus sortent de la colline. Ce sont des entrées de caves souterraines, elles sont à touche-touche. Elles laissent entrevoir des kilomètres de galeries creusées dans la roche volcanique où les vins reposent depuis des siècles. C'est intrigant. Elles laissent surtout entendre des périodes très fastes qui faisaient rayonner la culture magyare au temps des Rákóczi. Une grande majorité des vignerons du village sont des Souabes[1], je ne sais pas s'ils sont toujours habillés comme ça mais derrière leurs stands, on dirait des Bavarois.

On se mêle à l'agitation. Kuruc est content d'être de la fête. Krisztina se poste devant une guérite, elle achète des tickets de boissons pour tout le monde. On nous distribue des verres à vin vides.

---

1. Les Souabes appartiennent à une communauté originaire du sud de l'Allemagne venue s'installer dans la région pour la production de vin.

— Pas pour moi, je conduis, dis-je.

— Ça ne t'empêche pas de boire un verre, réplique Krisztina.

Laci et Dani savent que c'est plus compliqué que ça et je ne me vois pas expliquer à la fête du vin que j'ai arrêté de picoler.

— Avec le triathlon, c'est incompatible, je vais me contenter de sentir les vins.

Une petite dizaine de vins sont à déguster dès le premier stand avec des cépages différents et des méthodes d'élaboration diverses. J'entends parler de 5 puttonyos, de szamorodni, de furmint ou de hárslevelű. Je savais que Dani était un amateur mais je découvre que Laci s'intéresse sérieusement au sujet, lui aussi. Le nez dans le verre, ils parlent de fleur blanche, de litchi, de pétale de rose et de pêche de vigne : c'est drôle. On passe en revue cinq ou six cuvées avant d'avancer tranquillement vers la seconde caburote tenue par un vigneron qui doit approcher de la retraite.

— Le tokaj, c'est l'orgueil de la Hongrie, dit-il en remplissant nos verres.

— Comme Orbán, ironise Laci en portant le verre à ses lèvres.

— Pourquoi pas..., répond le vigneron un peu surpris.

Laci a l'air en forme.

— Il paraît que son plombier[1] a aussi investi dans la région ? surenchérit Laci.

Dani et Krisztina regardent le fond de leur verre.

— Il a sans doute des vignes pour le compte d'Orbán, c'est ce qui se dit, répond le vigneron. Vous savez, la femme d'Orbán a aussi été propriétaire de parcelles dans les années 2000, je ne sais pas qui les possède aujourd'hui, un fidèle sans doute… Mais le plombier, comme vous dites, il s'est offert un hôtel tout près d'ici, faut voir ça, un truc de luxe sur Tarcal, le spa est démentiel.

— Normal pour un plombier ! On n'est plus à ça près. Orbán qui se faisait le grand défenseur de l'intégrité… Faites ce que je dis, pas ce que je fais. Il détourne les subventions européennes pour enrichir son ami d'enfance, son père, son gendre… Pour faire des stades de foot et des petits trains touristiques qui ne vont nulle part pendant que des gens crèvent de faim.

— Ce ne sont que des rumeurs, sulfate le vigneron.

— Ça commence fort, dis-je à l'oreille de Krisztina.

— Des rumeurs ? Je peux vous emmener faire un tour de petit train quand vous voulez. Et son gendre qui gagne les appels d'offres pour foutre des lampadaires dans les villes… Son plombier

1. Lőrinc Mészáros est un ami d'enfance de Viktor Orbán. Simple chauffagiste, il est devenu milliardaire, à la tête de près de deux cents sociétés qui décrochent des marchés publics en pagaille.

a amassé la plus grosse fortune du pays. En rapport au PIB, on est le territoire le plus subventionné d'Europe. C'est une rumeur, ça ?!

— Vous n'aimez pas votre pays ou quoi ? s'agace le vigneron.

— Non, ce sont les gens qui ferment les yeux qui n'aiment pas leur pays. Orbán nous entraîne doucement mais sûrement dans un régime autoritaire et corrompu où on censure les journalistes.

— Moi, à sa place, j'en ferais autant…, dit le vigneron.

— Ah bravo !

On pousse Laci vers un autre stand avant que ça dégénère. Je ne sais pas si ce sont les 5 puttonyos qui l'ont fait monter dans les tours mais ça amuse beaucoup Krisztina. J'aurais bien dit pour déconner qu'il vaut mieux nourrir un gros rat que cent mille souris mais sur ce coup, je m'abstiens.

— T'exagères un peu, pour la presse, il existe des journaux contre Orbán, se permet d'argumenter Dani qui travaille pour un journal qui soutient le Fidesz.

— C'est vrai, dit Laci. Mais les types sont obligés d'aller faire imprimer leurs journaux en Slovaquie, c'est ballot. Les journalistes d'opposition ne peuvent plus travailler. Bon, en Turquie on les emprisonne et en Russie on les tue, c'est vrai que de ce point de vue-là, Dani, on n'a pas à se plaindre, du moins pour l'instant... Putain, t'as vu cette campagne électorale l'année dernière, avec ces affiches stigmatisant les origines juives de Soros[1] ? Ça te fait pas honte, à toi ?

— Dès qu'on a affaire à un Juif, on ne peut plus rien dire, ça va maintenant..., s'exaspère Dani.

— Et le discours d'Orbán qui traite son adversaire d'apatride, de sournois, de fallacieux...

— Il l'est peut-être, répond Dani.

— Arrête un peu. Orbán a fait dégager l'université qu'a fondée Soros. Non mais on va où ? Orbán doit avoir des problèmes de hanche, il penche de plus en plus à droite...

— Soros n'est pas tout blanc non plus et tu ne peux pas dire qu'Orbán est antisémite. Moi qui côtoie son entourage, j'en suis persuadée, dis-je.

Laci s'arrête, me fixe et brandit le doigt de sa main qui tient le verre.

— Oui Éva, en fait, c'est toi qui as raison. Et c'est ça le pire, il n'est pas antisémite, il copine avec Netanyahou, d'ailleurs, mais pour récupérer des voix sur ce champ-là, il est capable d'être ambigu... Il a même déclaré qu'Horthy avait été un homme d'État exceptionnel. Franchement, je préférerais qu'il soit antisémite, ce serait plus honnête. Quelle plaie, il n'a qu'un programme, être réélu. Il vendrait

1. Aux élections législatives de 2018, le principal adversaire d'Orbán était George Soros, milliardaire et philanthrope hongro-américain. Il a créé à Budapest l'Université d'Europe centrale.

sa mère pour deux voix. Orbán, Poutine, même combat : ce sont des suppositoires, si tu ne les éjectes pas dès le départ, après c'est trop tard, tu les as dans le cul ad vitam aeternam.

Krisztina est pliée en deux. Moi, je ne sais plus où me mettre. Kuruc voit bien que son maître est fâché. Dani a disparu.

— Remarque, Orbán, ajoute Laci, il me rend plus européen que jamais car je crois que seule l'UE a le pouvoir de l'arrêter. Les Magyars, c'est mort, t'as vu la réflexion de l'autre, c'est pas de l'ignorance, il dit qu'à la place d'Orbán, il en ferait autant. Non, c'est mort, le problème vient du peuple…

Dani est déjà accoudé à un autre stand, à croire qu'il a soif. Le vin sucré lui rougit les pommettes. On le rejoint. Le début du concert nous sauve, on ne s'entend plus parler. Les musiciens – entre guillemets – font le plus de bruit possible. Beaucoup de bruit pour rien : c'est du Nirvana mais sans Kurt Cobain. Krisztina, Dani et mon frère enchaînent les verres et ça me fait bizarre de les voir intégrer un autre monde que le mien. Ils goûtent tout et cherchent des parfums en regardant vers le ciel. Ils font rouler le vin dans leur bouche, ça m'énerve. Après tout, je peux bien déguster un verre, moi aussi. J'avale une gorgée avec des remords.

Entre les morceaux, on parvient à entendre les explications du vigneron. Il nous parle notamment de la crise que rencontrent les vins sucrés, le développement des vins secs et mousseux dans la région. Je m'en tape. Il nous tend la bouteille :

— Il faut tout goûter.

De la même manière, chacun tend son verre. J'ai l'impression qu'on perd Krisztina. Après chaque service, le vigneron pose ses mains sur ses hanches avec le ventre en avant, il est comme en bascule. Il attend nos commentaires et ponctue toutes ses phrases d'un rire aigu, sa lèvre supérieure laissant dépasser une épaisse gencive rose.

— Ici on livre à la cave d'État où on fait sa propre étiquette. Il y a aussi des cuvées associatives, ajoute-t-il avant de rire. À Olaszhalom, par exemple, pour redorer le blason du village, les vignerons ont conçu une cuvée spéciale. C'est une bonne idée et ça a bien marché. Et sans subvention, car la mairesse n'est pas Fidesz...

Naturellement, personne ne répond au vigneron. Un silence s'installe et quelque chose me foudroie à l'intérieur, quelqu'un me lacère les tripes au cutter. Le groupe reprend ses instruments. On passe à un autre stand, à autre chose. J'essaye de saisir le regard de mon frère. Il ne cille pas.

— Je l'ai trouvé acide, son furmint, dit Dani.

— C'était lequel, déjà ? bafouille Krisztina.

— Je suis d'accord, dit Laci, il troue les chaussettes.

Laci déplie son couteau. Nous nous sommes installés sous le barnum autour des longues tables dressées pour la fête. Il n'y a pas que des Magyars. J'entends parler anglais, allemand et peut-être français. Dani rapporte un plat de lard fumé et des assiettes en carton. Ça va sauver Krisztina, qui a quand même ramené une bouteille. Le batteur se lance dans un solo. Logiquement, le plat fume et ça sent le lard grillé. Kuruc mendie.

Le solo signifiait en fait la fin de la première partie du concert. Les types aux cheveux longs et gras posent leurs instruments avant de s'installer à table : ils vont eux aussi taper dans le lard. Deux violonistes tsiganes pénètrent alors sous le chapiteau en faisant grincer leurs instruments. Des frissons m'envahissent, une moto démarre dans mon ventre. Je dois être la seule à reconnaître qu'ils reprennent des airs de János Bihari[1]. Mes années passées avec Tibor le mélomane n'ont pas été totalement inutiles. Laci se lève soudain et conduit Krisztina sur le plancher pour danser. Des personnes les rejoignent avec des semblants de danses traditionnelles. Kuruc vient à mes côtés. Je regarde mon frère s'amuser, rire. C'est peut-être ça qui me maintient en vie. La mentonnière sous la joue, les Tsiganes s'excitent et leurs archets glissent comme des lames de rasoir. Laci

1. Violoniste tsigane de la fin du XVIIIe et du début du XIXe qui s'est produit devant Beethoven.

se persuade que ce ne sont pas les Tsiganes qui ont fait ça mais *des* Tsiganes. Je pense au contraire que le problème est plus profond, que tous les Tsiganes sont coupables, et plus largement que toute la société de notre pays est responsable.

Laci fait tourner Krisztina. Sur le plancher en bois, le bruit des pas résonne de plus belle. Retentit l'incontournable *Hymne à la joie*. Selon Tibor, Beethov se serait inspiré de János Bihari. J'en conclus que l'hymne européen est tsigane. Je n'ai pas assez bu pour danser. Dani rejoint la piste dans des mouvements maladroits. Krisztina, c'est la joie de vivre. Je profite du bruit pour lâcher discrètement un pet, et je me ressers. Le guitariste qui mange son lard tout près de moi aurait demandé le silence avant de péter.

Les Tsiganes disparaissent du chapiteau en reculant avec des billets dans les ouïes des violons. Les musiciens aux cheveux longs reprennent leur boucan. Le lard n'a rien changé. Krisztina et Laci reviennent, ils rient aux éclats. Je crois que Krisztina a écrasé le pied de Laci.

Mon frère veut prendre le volant. Avec Krisztina, nous entourons Kuruc. Le ciel est d'un bleu diaphane. L'horizon est dégagé jusqu'à Budapest. Dani ouvre légèrement sa fenêtre pour cracher la fumée et tapoter sa clope sur le rebord de la vitre, dispersant sa cendre au gré du vent.

— Ça aussi, ça a le don de m'énerver, peste Laci en fourrageant dans sa barbe.

La radio diffuse des informations sur la situation dans les camps de migrants et sur l'état d'urgence prolongé par Orbán. Le Premier ministre fait pression à Bruxelles pour sucrer les subventions accordées aux ONG qui portent assistance aux migrants.

— Que voudrais-tu qu'on fasse ? tempère Dani.

— Les migrants sont une aubaine pour Orbán, dit Laci, il gouverne en distillant la peur. Il a même récupéré des voix chez les Roms en déclarant que cette immigration allait leur nuire… C'est comme son plan antiterroriste, il n'y a jamais eu la moindre attaque sur notre sol. Quelle blague.

— Faudrait attendre de ramasser des morceaux d'innocents dans le métro ou de voir Krisztina se faire fusiller en terrasse de Gerbeaud ? Il anticipe, dis-je.

— Pourquoi moi ? sourit Krisztina, le teint couperose.

— Il anticipe surtout ses victoires électorales, poursuit Laci. En attendant, la situation dans les camps est à gerber… Entre ça et la caméraman qui fauche un migrant avec son enfant dans les bras[1],

1. Ces images dans le camp de Röszke ont fait le tour du monde. La journaliste, Petra László, travaillait pour la chaîne N1TV, un média proche du Jobbik.

l'image de la Hongrie n'a jamais été aussi lamentable...

— Ça nous dit toujours pas ce qu'il faudrait faire des migrants, intervient Dani.

— Tout sauf se contenter de s'émouvoir devant un enfant échoué sur une plage... Je crois qu'on peut se serrer un peu, donner des toits et du travail, bref, se regarder dans la glace.

— T'es un idéaliste mon frère, t'es notre Valuska[1]. C'est pour ça que je t'aime !

— C'est quoi, le programme du festival Sziget, cet été ? s'interroge Krisztina pour changer de sujet. On pourrait se prévoir ça, non ?

— Moi je peux prendre quelques jours en août, bonne idée, je regarde le programme, place Dani en pianotant sur son portable.

— Vous savez que j'ai fait la première édition de ce festival ? J'y étais ! dis-je.

— Déjà, Foo Fighters le dernier soir et..., ajoute Dani, le nez sur son iPhone.

— ... Dans tes rêves, Éva, cette année c'est la 27e édition de Sziget, me chambre Laci, concentré sur la route.

— Non, je te jure, papa et maman y étaient et moi, j'étais dans le ventre de maman.

---

1. Valuska est le personnage principal du livre de László Krasznahorkai, *La Mélancolie de la résistance* (Gallimard, 2006), adapté au cinéma par le réalisateur Béla Tarr sous le titre *Les Harmonies Werckmeister*.

J'ai bu deux-trois verres, c'est crétin, inutile. Laci a pris le chemin du retour le plus court alors nous y sommes passés. Les cigognes créchaient là, immobiles, sous un soleil de plomb. Il a fallu que je jette un coup d'œil sur la stèle, c'était plus fort que moi. On a deux heures à tirer, j'essaye de trouver le sommeil, ce n'est jamais simple de trouver le sommeil avec tous ces fantômes assis dans ma remorque.

LA STÈLE

On est passés ici l'année dernière, avec Laci, mais on ne s'est pas arrêtés. J'avoue qu'on ne s'est même pas posé la question. D'abord on n'était pas seuls, et puis ce n'était pas le moment… D'ailleurs, je ne sais pas si Laci vient te voir ici, je ne pense pas, on ne parle pas trop de ça. On a du mal à aborder le sujet… Tu vois, c'est con, c'est tabou… Même quand maman était là, on n'en parlait pas. Dès que le sujet est sur le tapis, c'est le froid, le silence, la gêne… On n'y arrive pas. Laci, je pense qu'il va plutôt au cimetière pour te voir. Depuis que maman t'a rejoint, c'est lui qui s'occupe de la tombe. Tu connais Laci, il prend les choses en main, il prend ses responsabilités, il fait le papa, quoi. András aussi, il s'en est occupé. Mais ça devient compliqué pour lui, tu sais. J'étais avec lui encore hier, à la maison spécialisée… Il est content de me voir ou de voir quelqu'un, de sentir une présence, mais il s'évapore, c'est rien de le dire. Il est de moins en moins dans le présent. Tu serais triste de voir ton papa comme ça. Pourtant ça aurait été logique que tu le voies comme ça. Tu sais, il est de plus en plus sur un char soviétique, à brandir un drapeau du pays, quelque part en 56, mais il est surtout dans un fauteuil, alors ta tombe, il ne peut plus y aller… Et puis de toute façon, depuis que la mairie a été prise par le Jobbik, Laci m'a dit qu'elle était entretenue, fleurie et tout le bazar, à quatre épingles… Ça nous dépasse. András me l'avait dit à ton enterrement : tu ne nous appartiens plus.

Moi, tu le vois bien, je n'y vais pas, sur la tombe, je me jure d'y aller, et puis tu me connais, je trouve toujours un bon prétexte pour reporter. Ça me brise tellement… Après, ça ne m'empêche pas de penser à toi, tout le temps. Ça fait quatorze ans, quatorze ans et je crois qu'il n'y a pas une seule journée pendant laquelle je n'ai pas pensé à toi, sans que je te parle. C'est une obsession.

Ici aussi, y a un paquet de trucs sur ta stèle, il paraît que des gens viennent que pour ça, encore aujourd'hui, juste pour déposer des fleurs, des rubans tricolores ou allumer une bougie… Et puis vos amis qui habitent là, ils viennent aussi, je le sais. Dis-moi, ta photo s'abîme un peu, c'est le soleil, ça.

Je ne sais pas pourquoi je m'étais promis de venir un jour ici, dans cette putain de rue… T'as vu, ta fille est vulgaire. Je te revois dans ton bureau à m'expliquer la vie, comment il faut parler, respecter les autres… Mais c'est vrai, ici c'est glauque, c'est désert, les logements de tes bourreaux sont pour la plupart fermés. Enfin, je te rassure, en ce moment, c'est glauque partout, y a un foutu virus qui est tombé sur la planète. Les gens portent des masques. Faut rester chez soi, y a des couvre-feux, c'est dément… Partout dans le monde, c'est de la science-fiction. Du jour au lendemain, tout ce bordel… Y a comme un parfum d'apocalypse, c'est fascinant. La Terre s'est figée. Je me demande ce que tu aurais pensé de tout ça… Toi, le prof d'histoire qui aime réfléchir sur le temps long. Je donnerais cher pour t'entendre, pour que tu me donnes ton avis et me prennes dans tes bras, juste ça. Tu te rends compte, une fin du monde. Tous les concerts, tous les événements sportifs, tous les rassemblements ont été annulés. Je travaillais sur les cent ans de Trianon. Le Premier ministre avait promis des commémorations grandioses et tragiques, elles n'ont pu être que tragiques. Dans le même temps, ça m'a évité de me faire chambrer par Laci. Dès que je travaille pour le Fidesz, il me bâche. Il déteste Orbán. Mais il n'y a plus que lui pour défendre la Hongrie. Quitter Orbán ? Pour aller où ? Il est gentil, Laci ! Tu l'as connu comme Premier ministre vers 2000, je crois que c'était pas trop ta came, c'était le candidat d'András et maintenant ça fait dix ans qu'il est à nouveau aux manettes. Il tient la route, je te jure… J'sais pas ce que t'en penses. C'est vrai que je pourrais m'en foutre, de la politique. Mais faut que je m'accroche à quelque chose. J'ai besoin de lutter. Et je ne me fous pas de notre pays, de notre histoire. Tu m'as peut-être légué ça. Tu sais, je m'en imagine, des héritages… Je me torture toujours pour savoir ce que tu penses de mes choix, de ma vie, ou de ce qu'il en reste.

À propos d'histoire, la synagogue au bout de la rue a été sacrément retapée. Je me suis garée devant. Tu nous l'avais dit, avec Laci, tu nous avais raconté l'holocauste et ce que les hommes, parfois, sont capables de faire. Ils ont construit un beau monument en respectant les fondations de la synagogue, il paraît que ça fait venir des gens des États-Unis, d'Israël, des gens qui avaient sans doute de la famille ici, avant la catastrophe. Ça en fait, du tourisme glauque, à Olaszhalom… Orbán devrait faire un petit train de la mort, tchou-tchou, avec une faucheuse qui conduit la locomotive. Tiens cette idée plairait à Laci. Ça fait beaucoup de monuments pour une seule rue. C'est la rue du souvenir. Ou de l'oubli, je ne sais plus, moi… Entre la synagogue et nous, Kossuth préférerait que cette rue s'appelle autrement, tu ne crois pas ? Ben oui, tu vois, toi qui aimais l'histoire… T'es d'dans papa, jusqu'au cou. Bon, y a toujours pas ta trogne au musée de Buda, mais t'es une vedette en Hongrie. Toi, le prof d'histoire, t'es dans les livres, désormais, et t'as ta stèle, et une tombe de star, une rue dans notre ville qui porte ton nom, j'te jure, et puis un centre de formation et le mémorial de Kis-Tisza. Et puis t'as fait naître des études de sociologie sur la mémoire de ce traumatisme, sur le rôle des médias, sur la récupération politique… De notre histoire, un type a conclu que l'Amérique était arrivée chez nous, que l'État n'assumait plus la sécurité des Magyars, qu'il y avait des zones de non-droit… La Hongrie serait devenue un eastern. De notre tragédie, on a même fait une pièce de théâtre, jouée à Katona[1], rien que ça, pas n'importe où. Je n'ai pas eu le courage d'aller la voir, mais j'ai lu qu'elle était pleine d'enseignements sur le manque d'humanité de notre société, et sur l'innocence. Ils ont utilisé des textes du poète Szilárd Borbély que t'aimais bien. J'ai appris qu'il avait aussi été victime d'un drame insensé : sa mère a été assassinée et son père gravement blessé par des cambrioleurs un soir de Noël, quelque chose dans le genre… Il n'a pas vu la pièce, il s'est suicidé en 2014.

La mort rôde partout, papa. Tu vois, t'es imbriqué dans l'Histoire, des dizaines de salauds nous ont inscrits dans la frise. Il ne me reste plus qu'à faire un roman de tout ça, un roman pour les bien-pensants, bien sûr, grotesque et populaire,

1. Prestigieux théâtre de Budapest.

dans lequel je pardonne, je m'engage à gauche, je me marie à un Tsigane, avec qui j'ai beaucoup d'enfants, à patauger dans une mare de larmes, il y aura des daims sous la neige, un feu d'artifice sur Buda et puis maman qui se sera laissé mourir et Laci en happy end, en bon cliché, qui se fait ma meilleure amie. Non, mieux, qui fait son coming-out, forcément homo… et altermondialiste… Bon altermondialiste, c'est vrai.

À ce sujet, j'ai du nouveau. Krisztina a aperçu Laci dans les rues de Pest. Main dans la main avec une jolie fille. Je ne pense pas que ce soit pour jouer aux échecs. Ou pas que… Une jolie brune aux yeux noirs, Krisztina parierait que c'est une Espagnole, après je te dis ça mais tu sais peut-être déjà qui est cette fille, toi, je suis sûre que Laci est capable d'en parler à maman, et à toi, avant moi. Laci, il est secret. Il faut décoder ses messages à chaque fois. Un jour, il m'a dit qu'il évitait de prendre les routes bordées de platanes. J'ai rien répondu. Chacun trimbale ses démons comme il peut. Finalement, j'ai compris, et j'en ai fait quelques nuits blanches. Je ne veux pas entendre ça.

Je me suis même surprise à prier. À prier pour lui. Tu sais, j'aime bien entrer dans les églises, comme toi. Toi, c'était pour ton goût de l'histoire, moi, c'est parce que j'ai envie de croire. Ça m'aide. C'est pas du luxe, c'est du soin. Ma part de fragilité. Il me faut une béquille. Me dire qu'il y a une aide, quelque part. C'est toujours mieux que le fascisme. J'ai donné. Trop donné. Je m'étais inoculé le venin. Tu m'as vue, j'en suis sûre. Je suis déjà venue ici, en 2011. Oh, la gueule… Je ne me suis même pas approchée de la stèle. Mais j'étais là, avec toute l'extrême droite des quatre coins du pays. Et les motards et les drapeaux… J'étais dans les bras d'un type. Après je me suis rendu compte que ça ne te ressemblait pas, tout ça, pas du tout, même. Mais j'en ai eu besoin. En fait, papa, la haine et la drogue m'ont sauvée. C'était ça ou je faisais en sorte de te rejoindre avant l'heure. Y en a qui prennent des autoroutes en sens inverse et d'autres qui ravalent leur salive. J'ai ravalé. Il faut dire que j'étais qu'une gamine, et puis ça a pris des proportions, notre histoire. Une quarantaine de Tsiganes ont été tués dans le pays à la suite du drame, des innocents. Comme toi, en fait. Et toutes ces familles meurtries… Les victimes tsiganes ont aussi leur monument. Tout était hors de contrôle dans le pays, à fleur de peau, le FBI est même intervenu pour choper les tueurs en série. L'Europe, le monde nous ont regardés, c'est sorti dans le scandale de WikiLeaks. Les services de renseignements du pays ont été accusés de laxisme, voire de complicité avec les tueurs. Des dossiers impliquant des agents ont été classés secret d'État pour des dizaines d'années. On est en 2020, et maintenant ce sont les tueurs en série en prison qui demandent des comptes aux services secrets… On les aurait laissé agir pour entretenir un climat de guerre civile à des fins électoralistes. C'est du grand n'importe quoi. Ou c'est fou. Et notre procès, il est encore revenu sur le devant de la scène l'année dernière, un type a été libéré sous condition pour bon comportement, ça m'écœure mais c'est la loi, et toi t'es sous terre. Il y a des pages sur les réseaux sociaux pour qu'on se souvienne de toi.

Moi, j'étais fascinée par ceux qui pensaient te venger. J'ai même correspondu avec un tueur en prison. Tu sais, un jour, j'ai failli tuer. Je n'avais qu'à appuyer sur la détente. Toute cette histoire m'a démontée. Il m'a fallu du temps pour me désintoxiquer. J'ai même arrêté de picoler. Ma dernière cuite, c'était après l'enterrement de maman, avec Laci. Je crois qu'on a choqué la famille. Y'a qu'András qu'a rigolé. C'est drôle, je te dis des choses que je ne t'aurais sans doute jamais confiées si t'étais vivant…

Ici, le village est marqué au fer rouge. C'est devenu le syndrome d'Olaszhalom, le nom est devenu synonyme de culpabilité collective. Il paraît qu'il y a une vraie ligne de démarcation entre le village et cette rue. Les maisons sont éteintes, ici. Avant, il y avait du chômage et de la misère. Maintenant, c'est le chômage, la misère et le sacrilège. À part ces barbares, les habitants du village n'ont rien demandé, et ils sont stigmatisés. Encore des victimes, toujours des victimes, ça fait beaucoup pour un dimanche. Mais je sais aussi que des gens s'accrochent ici, comme moi là-bas, comme Laci quelque part, chacun à sa façon, avec ses médicaments, ses rires, ses mouchoirs… Tiens, regarde ce couple sur leurs chevaux. La vie continue. Enfin, pas la tienne. La vie continue, c'est l'expression la plus conne que je connaisse.

Au fait, j'ai des nouvelles d'une autre vie… Celle de la petite. Tu sais, la petite Tsigane que tu as cherché à éviter. Elle a fini par sortir du bois… Elle a grandi, elle est maman d'une petite fille, elle revient de temps en temps ici pour voir sa famille, mais elle n'y dort jamais. On pourrait parler toutes les deux, je m'y connais en insomnies… Des journalistes l'ont retrouvée, j'ai lu l'article, son visage était flouté, elle avait l'air d'avoir encore de longs cheveux noirs, les cheveux que j'ai vu voler derrière le pare-brise. C'est pas n'importe qui, pour moi. C'est la dernière personne dont tu as pris soin. Avec nous, bien sûr. Elle a déclaré que si elle le pouvait, elle changerait le passé. Oui mais c'est impossible ça, faudra que je lui explique aussi. Elle se dit désolée. Désolée de quoi ? On a à peu près le même âge. Elle a parlé de son frère en prison qui doit toucher des dommages et intérêts pour mauvais traitements. On croit rêver… Elle évoque un putain de moment. Tu vois, elle est vulgaire comme moi. Elle vit de petits boulots, c'est la galère, la galère tsigane… Elle dit que sa fenêtre d'enfant donne sur la stèle. Donc c'est l'une d'elles, là… Et elle aussi, elle parle d'oubli nécessaire. Mais j'ai pas de gomme, moi. Et j'ai pas envie d'oublier. J'ai pas envie d'oublier tes cours d'histoire, j'ai pas envie d'oublier nos parties de ping-pong, j'ai pas envie d'oublier tes poèmes, tes fous rires, tes gratte-gratte dos, et tes encouragements au bout de la ligne d'eau… Je te disais que je n'entendais pas, je mentais, je t'entendais, ça me poussait, poussait… Et en Croatie, papa, je me prenais un peu pour ta femme, ce soir-là. Des gens nous regardaient, je pensais ça. Tiens, je vais te montrer mes cheveux courts.

J'ai pas les cheveux épais de maman, alors… Et puis la coupe garçonne, on me dit que ça me va bien. Et c'est pratique le matin. Tu te rappelles mes tresses afro ? J'avais négocié sévère, c'est toi qui avais fini par dire oui. Parce que j'étais bonne élève. Y avait que ça qui comptait. Et une poignée de paumés t'a interdit de connaître les études qu'on allait faire, avec Laci, et nos métiers, et nos enfants, peut-être, Laci sans doute… Laci, Laci, votre messie, eh bien vous aviez raison. C'est un poète avec ses oiseaux, je crois qu'il a chopé ta gentillesse, ta bienveillance et un sourire grand comme un château. Et puis, ah… Y avait autre chose, je voulais te dire autre chose, mince, j'ai oublié… Je peux te le dire de partout, de toute façon. C'est l'avantage. Embrasse maman, oui, embrasse-la fort, j'ai pas toujours su le faire… Tiens, t'entends… écoute bien… il est dix-neuf heures, je ne vais pas tarder papa, le soir tombe et il fait froid.

Je remets ma capuche et quelque chose m'alerte. Je tourne la tête et aperçois un masque bleu avec deux élastiques blancs au travers de l'obscurité. Par de petits soubresauts, il vient vers nous. Il arrive de la synagogue. Le vent le pousse, il ricoche sur la route, roule sur l'herbe avant de s'accrocher dans la clôture qui entoure la stèle de papa. Je l'enlève et le glisse dans la poche de ma veste : c'est dégueulasse, l'humanité est à gerber. J'en profite pour ramasser quelques petites branches mortes que je brise en deux pour jeter le fagot dans le fossé. Le vent me gifle le nez, il caille à mort, c'est un cauchemar. Je n'ai pas envie de laisser papa là, dans cet enfer. Il fait froid, en enfer. Mes jambes me lâchent, je suis comme saisie de tremblements, mes os sont glacés. Et si je m'étendais là, sur la route… En cherchant un peu, je trouverais peut-être des traces de sang ou de craie. Depuis le temps, il faudrait gratter le goudron à me déchirer les ongles, puis me bouffer les doigts jusqu'à l'épuisement et me mettre en chien de fusil dans le crépuscule. La caméra sur moi prendrait de la hauteur, mon corps rétrécirait dans le soir pour attendre qu'une voiture me piège entre ses feux d'un jaune malsain et me percute dans un bruit sourd, sordide et définitif. Mais il faut se ressaisir, sans cesse, se tenir à la rambarde, s'accrocher à la bouée, respirer. On n'a pas fini de souffrir : mourir, c'est facile.

DIX-HUIT ANS DANS UN GYMNASE

Ce visage au fond de l'eau me dit quelque chose... C'est dingue, mais oui, je le remets, l'empaffé, c'est le troisième. Il m'avait fait des avances au bout de la deuxième consultation. J'étais toute fraîche, j'avais à peine seize ans, c'était attirant, et surtout j'étais fragile, ça le faisait bander. Il était prêt à me réconforter en me baisant, à me soigner en me léchant... Quitte à zapper les honoraires, ce n'était pas un problème. Après tout, je le sucerais sans doute en retour ? Merci docteur. Il me prenait pour une pute ou quoi ? Le problème, c'était lui.

J'ai le temps d'apercevoir d'autres visages car je peux tenir trois lourdes minutes sous l'eau, surtout si mon corps, alors immobile, ne consomme pas d'oxygène. De fait, j'ai le loisir de me poser des questions, d'ailleurs je ne sais plus si c'était avant ou après ce psy que maman m'avait envoyée me ressourcer tout un été chez mes grands-parents. Les grandes vacances à Kimle et la camisole chimique. J'avais bêché le potager avec mon grand-père et préparé des bocaux de coulis de tomates – destinés à la cantine du village – avec ma grand-mère. J'aurais préféré le goulag. J'aurais pu les attacher, les torturer, les enterrer – avec la bêche, dans le potager –, et fuguer. J'ai pris sur moi, tout ça est resté à l'état d'idées déplacées. À quelques jours de la rentrée scolaire, j'étais revenue dans ma chambre, à la case départ, suicidaire. J'étais une pendue vivante mais je me soignais… quand les psys restaient à leur place.

Je sors la tête de l'eau avec une extrême lenteur, tel un hippopotame – ou un crocodile –, j'ouvre un œil puis l'autre, des gouttes perlent sur mes cheveux ras, ça fait marrer Tibor, agrippé au bord du bassin à une dizaine de mètres. Son torse rachitique dépasse de la surface, il a passé ses bras derrière la margelle et cette position lui sort les épaules vers l'avant. L'eau des bains fume sur trente ou quarante centimètres. C'est ténébreux. J'approche lentement de ma proie. Je mets machinalement de l'eau dans ma bouche pour la recracher devant moi dans un jet courbe d'une précision chirurgicale. La température extérieure de ce mois de décembre est largement négative et l'eau doit être à 35 ou 36 degrés. Mon sang fait des allers-retours salvateurs qui me permettent d'éliminer les toxines de la veille. Je repars sous l'eau et tente d'attraper comme je pêcherais un poisson le bout du pied de Tibor qui vient dans le même temps me poser les deux mains sur la tête pour m'empêcher de saisir ses orteils. Je ris et des bulles s'échappent de ma bouche, soudain je vois son visage apparaître sous l'eau, ses deux mains sont désormais sur mes joues, nous nous embrassons en nous laissant remonter à la surface : c'est romantique, c'est l'amour.

On se positionne l'un à côté de l'autre, je passe mes bras derrière la margelle. Ce n'est pas le volume qui attire le regard des autres, mais le tatouage qui dépasse de mon maillot de bain échancré. J'en ressens un sentiment de fierté doublé d'une certaine euphorie, c'est ma journée, on n'a pas tous les jours dix-huit ans, expression débile dont je suis curieuse de savoir qui va me la sortir. Tibor a plaqué ses cheveux en arrière. On regarde les gens se détendre, errer entre le froid et le chaud, on imagine leurs professions, leurs tendances sexuelles, leurs positions favorites et la mort la plus conne dont ils pourraient être victime (chute de noix de coco sur la tête, asphyxie avec une saucisse, indigestion au gâteau comme le roi de Suède Adolphe-Frédéric qui s'était resservi treize fois…). Mon amoureux a une imagination débordante, ses propositions sont crédibles, en adéquation avec le profil des gens, j'en ai mal aux abdominaux.

Une dame passe calmement devant nous, elle a conservé ses lunettes de vue et galère avec la buée qui se forme sur les verres. Son mari ou son amant tente de la charmer en faisant le poirier mais il n'est pas foutu de tendre ses jambes. Il persévère, en vain. À chaque fois qu'il revient à la surface, il secoue, comme Kuruc, ses longs cheveux grisonnants. En les voyant disparaître dans la brume, côte à côte, dans une brasse au ralenti, je me demande s'ils sont au courant de mon histoire puisque toute la Hongrie la connaît. D'un coup, Tibor se retourne vers l'extérieur du bassin, se pince une narine pour souffler énergiquement de l'autre en éjectant un peu de morve. Quelle surprise me réserve-t-il ?

— On branle quoi ? dis-je (je déteste buller, il faut toujours que je fasse quelque chose).

— Je sais que t'as envie d'un autre sauna, vas-y, je vais me mettre dans le hammam. On se retrouve sur les transats. Et puis j'ai envie de pisser, répond-il avant de m'embrasser.

Tibor part aux toilettes – il ne pisse jamais dans l'eau, il est raccord avec ses principes, il est pour une Hongrie propre. Il s'enfonce dans le bassin et rejoint à la brasse les bâtiments jaune clair. Ses mouvements de jambes sont dissymétriques. Je pars à mon tour avec cette sensation de ne pas savoir nager dans l'eau chaude.

Tibor n'aime pas le sauna, il a l'impression d'étouffer avec son petit cœur. Je rejoins la partie couverte des thermes, je retrouve mes tongs. En regardant au travers de la porte vitrée, je choisis la cabine la moins bondée. Je retire mon maillot que j'accroche à un porte-manteau. J'entoure une petite serviette autour de mes reins, m'assois et jette un coup d'œil sur le niveau du sablier dans l'idée de faire un quart d'heure. Personne ne parle. Des regards se jettent sur mon sein. C'est assez jouissif. La chaleur me saisit progressivement. Le thermomètre indique 90 °C. Je me suis installée sur la partie la plus haute de la pièce. Le bois est brûlant. Une employée ouvre la porte et verse plusieurs louches d'eau sur les pierres volcaniques. Un long crépitement prévient la montée imminente de la température. Des parfums d'eucalyptus impriment l'odorat. L'intégralité de mon corps est saisie. Je m'écoute. Mon cœur tape contre la paroi. De fines larmes apparaissent sur mes avant-bras. Des gouttes de sueur se forment au sommet de mon front, certaines viennent se perdre dans mon piercing avant de glisser le long de mon visage jusqu'à mon menton qui finit par perler. J'adore transpirer, j'ai la sensation de me dégager d'un mal. Le sable – on dirait du curry – se faufile par l'entonnoir dans un débit constant et imperturbable. Mon cœur se débat de plus en plus. Les dernières minutes sont longues, j'ai la sensation que le curry s'écoule moins vite. Le dernier grain tombe, je sors et me verse un seau d'eau glacée sur la tête et le corps. Je prends une gifle et je remets mon maillot. Je me sens comme neuve.

Mon petit nazi est en train de lire en peignoir sur le transat. C'est l'heure du massage qu'il m'a offert. Je l'embrasse.

— On se retrouve dans une bonne heure dans l'entrée, je t'aime, dis-je.

— Je sais déjà que ça va dégénérer avec la masseuse, plaisante-t-il sans me regarder.

— Il y a tes rêves et la réalité…, je réponds pendant qu'il tourne une page.

C'est vraiment un truc de mec. Un masseur m'attendrait, il ferait moins le malin.

La musique avec ses sifflements de dauphin est malsaine mais les mains de la femme en blouse blanche sont en or. Je ne m'endors pas, pour autant elle m'engourdit le cerveau en me malaxant les pieds, les mollets, les cuisses, le dos, l'extrémité des doigts. J'en oublie mes démons. Ses mains roulent sur mon corps, elle met beaucoup d'énergie dans ses gestes que l'huile facilite. Elle me trouve contractée pourtant je me laisse aller. Je me retourne, elle aussi porte un regard sur ma croix et me décroche un sourire. Je ne sais pas comment lire ce sourire. Qu'importe, c'est ma journée. Je ferme les yeux. Ses mains attaquent ma nuque en soupesant mon crâne. J'entends son souffle. Elle malaxe.

Le sol du vestiaire est en damier, il faudrait d'énormes pièces d'échecs pour jouer dessus. Ou des êtres humains. Je serais le Fou, Tibor le Cavalier, András le Roi. Et une pièce renversée sur le côté. Je pose la petite serviette au sol pour marcher dessus car le carrelage est glacé. Devant le miroir, je pose une main sur ma tête, l'autre sur ma joue et m'adresse un regard provocant. Je me rhabille et découvre plusieurs messages sur mon portable.

Bon anniversaire ma grande sœur et plein de bises.
Laci

Je réponds :

Merci Laci, j'enregistre ton numéro.
Avoir un téléphone, c'est le début de la liberté.
Je t'embrasse fort

Le deuxième message est de maman.

18 ans c'est fabuleux, profite ma chérie !
Si tu le souhaites, nous pouvons organiser
quelque chose le week-end prochain…
Ta maman qui t'aime. PS : tu me manques.

Mon cœur s'accélère et je réponds en hésitant sur le nombre de points d'exclamation :

Bises !!!

Le troisième message vient d'András.

Malgré tes 18 ans, tu restes ma petite fille,
tu n'as pas le choix ;) Ma porte est toujours ouverte
pour discuter, rire ou faire la guerre ;)
Bon anniversaire Éva ! Ton vieil András

Il maîtrise les emojis, András. Je réponds que je l'aime « tellement », j'ajoute un smiley qui envoie un cœur avec la bouche. J'ai aussi un message vocal, je reconnais la provenance, c'est le numéro de téléphone fixe de mes grands-parents. Je suis sûre qu'ils ont noté mon anniversaire sur leur grand calendrier placardé dans la cuisine. J'écoute : ils chantent en chœur.

Ez a nap más mint a többi, ezt te is jól tudod
Másként kelt fel reggel a nap és másként járt a hold
Köszöntünk hát téged, ha már így együtt vagyunk
S ajándékul fogadd el vidám kis dalunk
Boldog, boldog, boldog születésnapot !

Je rejoins Tibor à l'entrée des bains. Il est vautré sur une banquette avec un verre genre jus de bouleau. Il a le teint frais. L'eau l'a revigoré. Il est sur son portable. Je regarde au-dessus de son épaule, il mate le biathlon féminin, je sais qu'il adore la position suggestive de la tireuse couchée. Je reconnais qu'elles sont très athlétiques, précises et endurantes. Mon portable m'avertit d'un autre SMS. C'est Tamás. On ne m'oublie pas. Ce sont des attentions qui comptent.

Tibor a choisi un restaurant à Ráckeve, sur les bords d'un bras du Danube, pour aller visiter ensuite le château du prince Eugène de Savoie. Après quoi, en fin d'après-midi, on se gare sur le parking d'un supermarché dans les faubourgs de Pest. Un ami de Tibor y travaille en tant que caissier. Mon chéri le désigne furtivement quand nous entrons dans le magasin. Il porte un polo noir à liseré jaune boutonné jusqu'à la pomme d'Adam. Tibor pousse le caddie et m'explique qu'Ákos partage nos idées, qu'il est droit, loyal, généreux. En attendant de le croiser, Tibor remplit le caddie avec de la bouffe, des bouteilles de bière et de brandy. La lumière du magasin est aveuglante. Piégée par l'ultralibéralisme, je me sens claustro. J'ai la sensation d'être dans un jeu vidéo, je dois mettre le plus d'articles possible dans le caddie pour gagner le droit de les payer. Il n'y pas de chaises pour s'asseoir, on ne peut se poser nulle part. Cette sensation de vitesse m'effraie. C'est paradoxal, moi qui ai peur du vide, moi qui m'auto-harcelle avec mon portable, là je refuse.

Où est Tibor ? J'ai perdu Tibor ! Je choisis l'allée centrale pour passer en revue les rayons. Je n'en crois pas mes yeux quand j'aperçois, face à une tête de gondole, Krisztina. Je mets quelques secondes à m'en rendre compte. Qu'est-ce qu'elle branle là ? Mon cœur s'accélère. Je constate qu'elle est encore avec un rouquin. Ils ont l'air amoureux devant les paquets de pâtes. D'après ma mère, Krisztina fait des études de médecine. Elle tourne son visage vers moi, je baisse la tête et m'efface. Avec mon épais manteau remonté jusqu'au col et mon crâne rasé, elle n'a pas pu me reconnaître. Je retrouve Tibor qui s'interroge, les mains sur les hanches, devant les bocaux de cornichons allemands. On dépose le tout sur le tapis roulant. Ákos reste de marbre, il nous salue à peine, scannant une seule bouteille de brandy sur les trois et un pack de bières sur les deux. Tibor ajoute sur le tapis des chewing-gums pour l'haleine. Ákos a une tête de smiley : chauve, grosse, ronde, jaune et triste avec un regard transparent de myope. Il scanne un paquet de chewing-gums sur deux. J'observe les autres caisses pour voir si Krisztina se pointe. Tibor paye en liquide. Je dépose tous les articles dans le caddie. On a de quoi tenir un siège. Ça ressemble à un dîner d'anniversaire, sans le gâteau.

Il pourrait m'emmener et me prendre n'importe où. On roule. Comme par magie, la nuit est tombée le temps de notre voyage dans l'hystérique supermarché. C'est une nuit sans étoiles, d'un noir profond dans lequel de la fumée sort des cheminées. Le village que nous pénétrons n'en est que plus intrigant. Des lumières poussent une église vers le ciel. Je cherche des indices. Dans un virage, nos phares balaient des maisons pavillonnaires quelconques. Une pancarte indique une aire de baignade. On prend de l'autre côté, la zone paraît davantage industrielle. La voiture cahote en entrant sur le parking d'un gymnase dont la seule luminosité provient de l'intérieur de deux voitures garées côte à côte. Je vois aux gaz des pots d'échappement que les voitures ronronnent – sans doute pour le chauffage. Comme sur les lunettes de la femme qui était aux bains, de la buée tapisse les vitres. Je ne vois pas qui ça peut être. On descend, ils descendent. Je reconnais le caissier Ákos, il tape dans ses mains recouvertes de gants de laine en expirant de la fumée par les naseaux. Le smiley sourit désormais d'un trait en arc de cercle qui va d'une oreille à l'autre. Il est accompagné. Ákos me présente sa femme.

— Eszter, salut !

Eszter dépasse le mètre soixante-dix et sa langue est poinçonnée d'un piercing.

— Éva !

— Alors bon anniversaire, si je comprends bien…

— Merci, dis-je un peu gênée.

Le couple est skinhead, ils le portent sur eux. Les chances de passer une bonne soirée augmentent à vue d'œil. Un couple s'extrait de l'autre voiture. Je fais la connaissance de Bandi – un grand échalas blond – et de Nóra, aussi du bon côté du mirador. Ils étaient au défilé le 15 octobre dernier. Chacun va chercher des choses dans son coffre quand une nouvelle voiture vient se garer à côté de nous. En me passant les packs de bières, Tibor me prévient qu'il s'appelle Nocturne en raison de son mode de vie. Il vient de se réveiller et il ira se coucher au lever du jour. Il est pété de diplômes en physique et en informatique. Il met ses compétences au service de la lutte et aucun signe extérieur ne peut laisser suggérer son engagement. Il passe son temps sur son ordinateur à fédérer les groupuscules de l'ultradroite européenne, notamment des skinheads suédois rejetés par Jansson[1] à la fin des années 1990, les partis xénophobes des pays baltes ou encore des ultra-communistes de l'Europe de l'Est reconvertis. Petit homme pâle avec des lunettes freudiennes, il ressemble au pote de Bart Simpson. C'est lui, Nocturne, qui ouvre le gymnase avec un gros trousseau de clefs. Tout le monde le suit en silence, les bras étirés par les provisions. La lumière du gymnase s'allume toute seule.

— C'est comme pour les frigos, sauf que ça va pas s'éteindre quand je vais refermer la porte, dit Nocturne.

J'entends des rires étouffés.

— Dans le genre insolite…, chuchote Tibor.

Je suis tout excitée. Mon cœur bat comme dans le sauna.

— Tu peux parler normalement, m'informe Nocturne. Y a pas d'habitants dans ce quartier et les flics sont au courant, je les ai conviés à prendre un verre s'ils le souhaitent…

---

1. Leader des démocrates de Suède jusqu'en 2005.

On le suit, il nous mène dans un vestiaire où il allume le chauffage. Ce n'est pas du luxe même si je me fous d'avoir froid. On déballe la bouffe et les boissons sur une table qui se trouve au centre, là où j'imagine que d'habitude, il y a plutôt des bouteilles d'eau, de l'huile camphrée et des quartiers d'orange. Nocturne ôte son blouson, il porte un pull au col roulé et zippé digne d'un randonneur.

— Bière, brandy, pálinka ? dit Tibor à tout le monde.

— Une seule chose : on sort du gymnase pour cloper, prévient Nocturne.

Sur un tableau noir, un schéma de jeu griffonné à la craie. Eszter sort son enceinte bluetooth – je me demande toujours pourquoi ça s'appelle comme ça – et met les Ramones.

— On pourrait se faire des tirs de hand ? suggère Ákos en levant son verre avant de le fusiller.

Chacun fusille et on finit la bouteille dans la grande salle. Nos voix résonnent. Dans un angle, se trouvent des tapis et un cheval d'arçon. Nos semelles crient sur le parquet. Ákos sort d'une petite pièce avec un ballon. Il part en dribblant se mettre dans les buts. Avec ses rangers, il ne semble pas tellement à son aise. Tibor m'explique en substance qu'Ákos est un partisan de la nouvelle droite depuis son adolescence. Il arrondit ses fins de mois en faisant des piges pour le Jobbik. Sans entrer dans les détails, Tibor me fait comprendre qu'il a eu une enfance très difficile, c'est un autodidacte. Il va souvent en Roumanie où il a tissé des liens étroits avec des membres ultras de Transylvanie. Son corps est recouvert de passages du Livre des Maccabées. Avec le triskell qui pend à son oreille droite et ses cheveux noir corbeau, Eszter serait davantage néopaïenne. Virée de l'université pour les conclusions de son mémoire sur la résonance de la République de Salò, elle traduit désormais des auteurs négationnistes slaves en magyar. C'est un grand cheval, elle doit faire du hand compte tenu de la praline qu'elle vient d'envoyer, le ballon chassant la toile d'araignée dans la lucarne de son mec. Sur le point de pénalty, c'est Bandi. Spécialiste des langues anciennes, il travaille sur les identités linguistiques basque, finnoise et hongroise. Il est membre de la Szebb Jövőért Polgárőr Egyesület[1] qui vient d'en découdre avec cette salope de commissaire européenne à la Justice au sujet des Roms. Après deux feintes de tir, il tente une roucoulette, mais l'effet ne ramène pas assez le ballon qui vient s'écraser sur le poteau.

— Sans colle, c'est la merde, rit-il.

Nóra est assise à côté de Tibor et moi sur le banc des remplaçants. C'est la seule ce soir qui peut me faire concurrence. Ses grands yeux verts et sa

1. Association de patrouilles civiles pour un meilleur avenir.

bouche à pipe la rendent graphique et solaire. Elle est statisticienne de formation et travaille sur le taux de natalité chez les Roms. Ils sont tous plus proches de la trentaine que de la vingtaine. Tibor a choisi ce lieu car j'avais dit un jour que j'aimais bien les gymnases – c'est vrai, ils abritent une odeur et des sons. Ákos, Eszter et Bandi s'amusent comme des enfants en riant aux éclats. Le smiley a pris un ballon en pleine poire. Eszter se défend en expliquant que son bras n'est pas assez chaud. Ça a ripé.

La température du vestiaire a bien monté et c'est inversement proportionnel au niveau des bouteilles. Tout le monde semble ivre sauf Nocturne qui ne boit pas. Il me confie qu'il déteste perdre le contrôle. Je réponds :

— C'est drôle, moi c'est l'inverse.

Beaucoup de tendresse se dégage de son sourire. La soirée passe comme un songe. Tibor, enchaînant les rails, regarde de temps à autre son portable. Soudain Eszter baisse le son de son enceinte. Tibor me tend un paquet-cadeau qui a la forme d'un livre. Je l'embrasse et je retire le papier. Je découvre une vieille édition des *Raisins de la colère.*

— Tu m'avais dit que tu ne l'avais pas lu. C'est une édition originale, je ne te raconte pas la fin mais elle est incroyable d'un point de vue anthropologique et elle se déroule dans une sorte de gymnase…

Je suis émue, d'autant que Nóra et Eszter me donnent deux nouveaux paquets. Je les embrasse comme si elles étaient mes sœurs. Je déballe un recueil de poèmes d'Albert Wass et un exemplaire du journal danois *Jyllands-Posten* avec des caricatures de Mahomet.

— Wass devrait être étudié dans les écoles, m'assure Nóra.

— Je connais mais jamais lu, dis-je.

— Encore du patrimoine de Transylvanie que la Roumanie nous a volé avec la règle et le crayon de Clemenceau…

Ces cadeaux de personnes que je ne connais pas me touchent. Je retiens mes larmes quand des coups violents retentissent dans la portière en tôle du gymnase.

— Merde, pour taper comme ça, ce sont pas les flics, dit Nocturne qui sort un flingue de son blouson et part faire disjoncter le bâtiment.

On se retrouve dans le noir. Chacun éclaire avec son portable. Nóra paraît fébrile. Tibor me prend sous son aile. Curieusement, je n'ai pas peur. J'aime le danger, la Faucheuse, je l'attends, je l'ai déjà vue, dans les chiottes du lycée, elle remontait ses chaussettes Sergio Tacchini. Je l'ai vue aussi dans les yeux de mon père. Je n'ai plus peur de rien. Et je ne détesterais pas qu'il faille se débarrasser de Tsiganes ou d'un élu du Fidesz. On se planque et on attend. Les coups retentissent encore. Eszter respire fort. Que fait Nocturne, cet animal à sang froid ? J'essaye d'emballer Tibor qui, en bad trip, m'éconduit. Ákos me prend la main pour sortir du vestiaire. On se trouve dans la grande salle à raser les murs, longeant le banc des remplaçants. La lumière qui revient me fait plisser les yeux. Dans mes fentes, je vois Tamás, mon cousin Tamás, planté devant moi, avec un gâteau dans les mains.

— J'ai vu de la lumière et je suis entré. Bon anniversaire Éva !

— Je ne sais pas quoi dire…

Là, je pleure. Tout le monde rit.

— On n'a pas tous les jours dix-huit ans, ajoute Tamás.

— J'ai eu la frousse comme jamais !

Avec un sourire complice, Nocturne s'en va ranger son flingue. Je comprends pourquoi Tibor matait son portable. On trinque. On trinque pendant des heures, jusqu'à pas d'heure. Au cœur de la nuit, on improvise une séance de spiritisme. Bandi et Nóra (qui, un moment, ont baisé sur le matelas du saut en hauteur, lui debout, elle allongée, on a vu le cul poilu de Bandi et, sur ses épaules, les pieds imberbes de Nóra : ce sera l'image de mes dix-huit ans) sont des spécialistes en la matière, ils ont un guéridon dans le coffre. C'est du sérieux. On s'investit, on invoque les esprits, le verre retourné finit par bouger. Chacun cherche à parler avec un mort. Je choisis mon père. Même Nocturne, qui semble le moins superstitieux, est grave. Il me fixe ; je pense à ce moment que la coke me rend belle. On a fini par souffler dans le verre pour sonner la fin de l'histoire et chasser les mauvais esprits. Il reste des bières en pagaille.

Le jour commence à se lever derrière les Everites transparentes du plafond. C'est surtout Nocturne et Eszter qui s'assurent que nous laissons les lieux dans l'état – nickel – où nous les avons trouvés. Tamás, Tibor, Ákos et Bandi discutent dans un coin du gymnase, sur des tapis de sol, le contour des yeux rouge sans que les écrans y soient pour quelque chose. À côté, les espaliers le long du mur me rappellent des séances d'abdominaux du passé. Dans le feu de la soirée, j'avais songé à m'y accrocher pour faire l'amour debout. Mais tout est allé si vite. Avec Nóra, nous sommes dans le but de hand. Elle m'éclaire sur les complots que les milliardaires, les Youpins et les pseudo-démocrates organisent dans notre dos. C'est affligeant, je comprends de mieux en mieux le monde qui m'entoure. Je lui explique que ma mère n'a jamais voulu que je serve de porte-drapeau pour le Jobbik. Je lui dis aussi que j'ai vu ma souffrance sur la photo de la jeune fille brûlée au Napalm, pas dans la petite mais dans le frère, au premier plan, la bouche déformée de douleur. J'ai vécu une sale période, je dormais beaucoup pour échapper à la vie. Après, ce fut le temps des insomnies. Tout ou rien.

— Je restais au lit toute la journée, dis-je d'une voix étranglée. Le pire, Nóra, ce n'est pas ce que j'ai vu, c'est de savoir ce que mon père a vu avant de partir : ses enfants seuls, vulnérables... Il a pu tout imaginer.

À ce moment-là, Nóra me prend dans ses bras. Un poème de la bouche de mon père me gardera debout toute la journée.

Et si nul n'en veut, ma foi,
Le diable, lui, me les prendra.
Le cœur pur, j'irai voler,
S'il le faut, assassiner.
On m'arrêtera, me pendra,
En terre chrétienne m'enterrera,
Et une ivraie homicide
Croîtra sur mon cœur splendide[1].

Nocturne veut aller se coucher. Il disjoncte.

1. Extrait de « Cœur pur », *Ni père ni mère* de József Attila, Éditions Sillage, Paris, 2010 pour la traduction française.

LA RÉAPPARITION

— Allez papa, pète-leur la gueule !

À cet instant précis, je suis moins confiante que Laci. Mon père est costaud, c'est sans doute un héros, mais je joue moins aux jeux vidéo que mon petit frère. Et j'ai douze ans, presque treize, alors je doute et pour tout avouer : j'ai peur.

— La peur a-t-elle pu trahir votre vision des faits ? En d'autres termes, êtes-vous certaine de bien reconnaître tel ou tel Tsigane sur ce trombinoscope, et pouvez-vous me préciser qui a fait quoi, à quel moment ? Prenez votre temps, me dira un enquêteur, puis un autre et encore un autre.

Certains Tsiganes sont en short, d'autres en jeans troué s'achevant sur des pattes d'éléphants, ou encore en bas de survêtement vintage, beaucoup sont torse nu ou simplement vêtus d'une chemisette ouverte. Ils encerclent papa. On dirait un jeu d'écolier comme lorsque j'étais petite – je suis une grande, maintenant. Les Tsiganes l'entourent mais ne dansent pas comme dans une fête de village. Que font-ils ? Où est la petite que mon père est allé retrouver ? Je ne la vois nulle part. Laci n'a que le front et les yeux qui dépassent de la vitre. Papa grimace, son regard est celui d'un chien battu, je ne lui connaissais pas ce regard. Les Tsiganes le poussent. Mon père valdingue d'un homme l'autre. C'est violent, de plus en plus violent.

— Comme je vous comprends… mais essayez d'être la plus précise possible, me priera un juge, le doigt dans le nez, concentré sur une croûte collée contre la paroi.

De la voiture, je n'entends que des bribes, des insultes de la part des hommes et des cris qui proviennent de la femme postée devant une maison. Oui, on dirait qu'ils lui promettent une raclée. Normalement, ce sont les Magyars qui encerclent un Tsigane pour lui mettre une rouste, car le Tsigane, il a volé une poule ou des légumes. Là, mon père avance, recule, et soudain un Tsigane le fauche par-derrière. Papa tombe méchamment sur le dos. Un autre le relève par les cheveux. Je reverrai cette image à travers la toile du Caravage, David tenant la tête de Goliath. Mon père se débat en jetant un coup d'œil vers la voiture. Avec Laci, nous sommes à trois mètres.

— Lesquels ont tapé dans la voiture ? Que disait cette femme ? Est-ce bien elle sur la photo ? Qui a fauché votre père ? Qui l'a relevé ? Qui a fait quoi ? Il en dépend des années de prison, dans le doute, il faut les charger, me confiera un enquêteur compatissant en regardant son enregistreur et en faisant glisser son alliance sur son annulaire.

J'en vois un, nerveux, avec ses grosses paluches. Et puis je vois la tête de mon père projetée en arrière d'un coup de poing pareil à un coup de massue. Un Tsigane lui entoure le cou avec le bras, un nouveau coup de poing touche la bouche de papa. Je suis impuissante. Je songe à passer derrière pour poser ma main sur les yeux de Laci. Et puis dans un élan de survie, mon père fait lâcher la prise, bouscule deux ou trois hommes et se rue vers la voiture, met sa main dans sa poche – j'entends les portières se décondamner. Je vois une bouche en sang entourant des dents serrées, un visage qui exprime : ne rien lâcher, jamais.

« Ne rien lâcher, jamais. » La dernière phrase que mon père a prononcée sur les bords du bassin olympique de Debrecen – les articles des journaux sont dans le secrétaire – avant que je me jette à l'eau. C'est une journée écrasante de chaleur comme le printemps magyar et orageux en a le secret. La compétition a lieu au mois de mai de cette année 2006. Il s'agit d'en découdre avec les meilleures nageuses du pays. De chez nous jusqu'à Debrecen, j'ai fait comme si de rien n'était. Dans l'Opel, Laci s'en foutait royalement, maman ne prenait pas la mesure de l'événement, seul papa dégageait une forme de stress en tirant sur sa clope et je refusais qu'il me le communique, ce foutu stress. Mon entraîneur est sur le parking, on est à l'heure, il me fait un signe de la main, mon ventre se crispe, la pression monte. Avec lui, c'est fusionnel. Je le déteste pendant l'entraînement et l'adore en dehors. C'est un bourreau et un grand frère. Il me fait marrer avec son nez rouge qu'il essuie du revers de son poing – il est enrhumé toute l'année. Il prend mon sac et on s'avance vers le ring.

La toute nouvelle infrastructure en impose, mais c'est le parfum du chlore qui me file le caca mou, la rage aussi, l'envie, l'impatience avec cette sensation étrange d'avoir les dents qui poussent. Je connais mes adversaires, ça fait quelques saisons qu'on se rencontre. C'est toujours les mêmes, dont cette fille du club de Pécs : Klára. Dans les vestiaires, je les défie une par une pour leur faire comprendre qu'elles, elles nagent, et que moi, je gagne. C'est une différence notable, fondamentale. La Klára ne me regarde pas, sirotant sa bouteille et pliant ses affaires en quatre comme si elle allait les ranger dans son armoire. À chaque fois, c'est pareil.

De la musique résonne dans l'enceinte, on nous annonce comme des stars à un public parsemé dans les gradins – un jour ils seront bondés. Des filles du club de Sofia ont été invitées pour l'occasion. À chaque appel, les spectateurs tapent des pieds. On est plantées le long de la grande piscine où les lignes d'eau sont multicolores. Avec le survêtement du club, quand je m'avance d'un pas au son de mon nom, je vois Laci se lever et crier.

L'ancienne championne Krisztina Egerszegi signe des autographes mais moi j'aurais préféré la Française, mon modèle. Laure Manaudou, elle explose tout. En nageant plus lentement que les autres, elle va plus vite. Avec papa, on les a regardées en boucle, ses courses aux JO d'Athènes.

— Dix-sept ans… Dix-sept ans, disait papa en tenant sa télécommande pour faire des arrêts sur image.

L'an passé, elle a raflé l'or sur le quatre cents libre aux championnats du monde à Montréal et trois autres médailles d'or aux championnats d'Europe en Italie en petit bassin, dont un record du monde sur le huit cents, ma discipline. Huit minutes, onze secondes, vingt-cinq dixièmes : boum !

C'est mon tour. Les qualifications se font au chrono alors j'en ai gardé sous le pied. Un parent peut rester au bord du bassin aux côtés de l'entraîneur. Si je n'entends pas l'un des deux, c'est que je suis dans les temps. Si ça gueule à la culbute, faut que j'en remette un coup. Le midi, on s'était goinfrés de pâtes et de compote. Et puis Laci s'était endormi dans les gradins pendant que papa cherchait du café pour maman.

C'est un réflexe de se mouiller la nuque en indoor, on ne risque pas l'hydrocution mais cela fait partie de mon rituel pour le coup de fouet, pour garder l'influx, sentir la température de la gagne. Il reste vingt nageuses en début d'après-midi. Les autres ont rejoint les gradins ou sont rentrées chez elle. Je lâche les chevaux pour la demie ; je veux pouvoir choisir ma ligne en finale et ne pas me retrouver dans les couloirs de merde sur les extrémités, à prendre les vagues. Je leur dame le pion. La Klára est dans ma demie, elle finit à mon cul.

Ensuite, le cœur, il commence à battre dans mon maillot moulant : boum ! boum ! Il ne faut pas douter. Le pire, c'est l'attente à regarder les connes du ballet aquatique avec leur pince-nez disparaître synchro au fond avant de remonter une jambe, puis l'autre, enfin le pince-nez. Ça, c'est pas possible. L'entraîneur n'a plus rien à me dire, je sais ce qu'il me reste à faire. Papa aussi, ne rien lâcher, jamais. Et puis go. Je me mouille la nuque et je monte sur mon plot – elle est à ma droite –, cale mes lunettes, un pied légèrement devant l'autre, mes bras ballants vers le plot, à l'affût du premier signal. Quand celui-ci retentit, mes mains viennent toucher mes pieds avant de pousser dès le coup de sifflet. L'événement se mesure à son intensité, c'est la finale. Sur le huit cents, le départ a son importance, mais il n'est pas crucial. Le risque d'un faux départ n'en vaut pas la chandelle. Je suis dans le grand bain et je sais parfaitement où sont papa et mon entraîneur.

Ma coulée est bonne, je crois sortir devant d'un coup d'œil lors de mes respirations, mon premier deux cents est au train, en application sur les prises d'oxygène et les culbutes. Le second deux cents est, comme à mon habitude, plus laborieux, à me poser des questions à la con sur ce sport à la con. Nous ne sommes plus que quatre ou cinq dans la course. Et l'envie de gagner me saisit dans le troisième deux cents, mes bras travaillent davantage, Laure Manaudou, avec son grain de beauté sur la joue et son papillon sur l'épaule, me tire, elle ondule sous moi au fond de l'eau. Nous ne sommes plus que deux en tête, avec la Klára, je la vois, à hauteur, je mets le moteur dans les jambes plus tôt que prévu pour l'asphyxier, elle tient, ça gueule de partout, mais je n'entends plus rien, elle me bouffe, il reste cent mètres, un putain d'aller-retour. L'oxygène se fait rare, très rare, ma dernière culbute est un succès, nous ressortons ensemble de la coulée, elle est sur ma gauche. Je veux la tuer, la laminer, je pioche, je pioche. Il n'y a plus personne au fond de l'eau. Mes épaules, mes jambes, mes poumons prennent feu. Seul mon cerveau sprinte pour aller droit dans le mur. Avant même de toucher le bord, je sais. Je ne ressens plus aucune vibration. Je sors la tête de l'eau, l'événement est clos. En décollant mon bonnet, je vois mon entraîneur de l'autre côté du bassin. Il reste serein. Je ne fais pas danser mes cheveux. Les battements de mon cœur redescendent très vite. Où est mon père ? Le voilà tout fier près de l'échelle avec mon peignoir.

Il faut monter sur le podium. Papa est tout sourire et brandit son pouce. Quel aveu de faiblesse. Qu'en adviendrait-il mentalement des prochaines compétitions ? Était-ce bien la peine de me dire de ne rien lâcher pour ensuite se satisfaire d'une deuxième place ? Moi je fais la gueule. Quand on ne termine pas en haut du podium, on fait la gueule.

C'est ce même papa – parce que j'en ai qu'un – qui, cinq mois plus tard, entouré de sauvages, parvient d'une ruade désespérée à monter dans la voiture en hurlant pour que nous condamnions nos portières en appuyant sur les taquets. Laci obéit à la seconde – c'est une première. Je m'occupe des deux portières de mon côté. Non loin de là, le goulasch mijote toujours et maman regarde l'heure. Moi, je me retourne vers mon père ; je veux qu'il allume le moteur et appuie coûte que coûte sur le champignon, quitte à écraser ces enragés. Il ne parvient pas à fermer sa portière. Un Tsigane a mis la main dans l'ouverture. Je distingue des doigts, ils sont effrayants.

— Éva, dites-moi si vous reconnaissez cet homme sur cette planche ? me suppliera un enquêteur.

Papa force avec ses deux mains pour fermer, je vois la montre qu'on lui a offerte pour sa fête. Avec la bouteille, je pourrais taper sur les doigts du Tsigane mais je suis tétanisée. Tout comme je suis incapable d'attraper le téléphone portable qui sonne dans la poche du pantalon de papa. La bagnole est rouée de coups.

— Celui pieds nus, le jeune, celui-là, là ? m'interrogera-t-on.

Je n'ai plus envie de pisser. Mon père crie d'effort dans des filets de bave et de sang. Règne cette sensation de dernière chance.

LE PROCÈS

8 décembre : J'entame mon carnet intime, cadeau d'András.

Dans la périphérie de Miskolc, un vieillard a été battu à mort par trois hommes qui habitent dans un bidonville voisin. Les agresseurs ont été surpris en train de voler un arbre de Noël. Le vieil homme a voulu les en empêcher. Il est décédé des suites de ses blessures à l'hôpital. On fait référence à Olaszhalom. À la maison, Laci ne parle toujours pas. Il dessine beaucoup. Noël est prévu à Kimle chez mes grands-parents qui paraissent congelés depuis l'ère socialiste.

15 décembre : Treize ans aujourd'hui. András est arrivé très tôt le matin avec des viennoiseries. Un incendie a eu lieu dans le quartier rom d'Olaszhalom. Des fenêtres sont régulièrement brisées par des jets de pierres. La maison est

désormais inhabitée, elle est entourée de mauvaises herbes à « hauteur d'homme ». Krisztina est venue à la maison. On a fait des jeux de société.

16 décembre : Reportage télé. Des adolescents jouent aux skinheads dans les écoles.

L'eau ramène toujours à la surface, la nature est bien faite. Le club de natation m'offre un cadeau : un nouveau peignoir. Il est rose et horrible.

19 décembre : Premier entraînement à la piscine depuis plus de deux mois. On me regarde beaucoup. Maman est retournée sur les lieux pour allumer une bougie. Discussion cet après-midi avec András. L'expert médico-légal évoque des souffrances supérieures à la moyenne et mentionne près de soixante-dix traces de coups. Huit arrestations. Laci pleure. Papa est en voyage.

5 janvier : Le Jobbik propose d'équiper les enfants roms de battes de base-ball et de leur donner des cours gratuits. Le gouvernement autonome national des Tsiganes porte plainte contre le Jobbik pour incitation à la haine raciale et appelle le Fidesz à se désolidariser clairement de ce parti. Je retourne à l'école le 7. Pétition contre la violence. Laci a un jeu de fléchettes. On l'essaye. Il est doué pour les jeux d'adresse, surdoué.

9 janvier : Parmi les personnes arrêtées se trouvent le père, la mère et le frère. Pourquoi on ne tue pas ces gens-là ? Maman ne sait pas. À l'école, tout le monde veut m'aider. Je ne veux plus y aller. Trois Tsiganes sont poursuivis par une voiture dans le sud du pays.

2 février : « Esprit d'Olaszhalom » selon la télé. Un vieil homme rom retrouvé écrasé sur la route à Tiszanána. Maman éteint la télé. Elle prend beaucoup de médicaments. Mon meilleur temps sur huit cents nage libre, j'ai nagé avec les dents. Je voudrais être toujours dans l'eau. Première cigarette avec une copine du club. Paquet de papa.

1er mars : Maman a reçu une lettre de l'autostoppeur. Un suspect tente de se suicider en prison. J'ai tapé « rien » dans Google, pour voir.

11 mars : Week-end chez András avec Laci. András nous dit que la vie mérite d'être vécue. Pas d'amoureux. Pas envie.

25 mars : Compétition. Victoire. Je suis connue. Je ne veux plus jamais y aller. On étudie le poète Ady, il a des faux airs de papa.

1er avril : Clôture des championnats du monde de natation en Australie. Deux médailles d'or, deux médailles d'argent et une de bronze pour Laure.

2 avril : Reconstitution. Doigt d'honneur d'un accusé aux photographes. Cauchemar.

10 mai : Laure quitte son entraîneur.

13 juin : Première de la classe. Concert de charité prévu sur le stade de foot d'Olaszhalom pour changer l'image du village. Maman ne s'y rend pas. Maman est tout le temps triste. Haine.

20 juin : Le concert fait la une des journaux télévisés. Une vidéo sur YouTube. « Aux États-Unis, les Noirs font du sport et deviennent même présidents. » « Ici les Tsiganes puent, ce sont les ennemis des Magyars. » Les gens sont ivres, ils appellent à la vengeance. Tatouages. Solidarité. Haine. Drapeau d'Árpád. Croix-Fléchées. La plupart portent des treillis. Devant la gare d'Olaszhalom, des jeunes sont interviewés, ils veulent chasser les Juifs et toutes les autres minorités. Ils accusent les pouvoirs en place de ne rien faire. Le parti libéral et l'église catholique sont contre la peine de mort. Les journalistes filment ce qu'ils veulent. Laci dort avec maman. Solitude.

1er juillet : Fête chez Krisztina. On a bu de la bière en cachette. J'ai adoré la sensation, je n'étais plus timide. Comment tuer un psy ? Je regarde sur le Net.

26 juillet : L'agresseur, mineur au moment des faits, porte plainte contre l'État depuis sa prison. Je ne comprends pas. Son avocat demande 100 millions de forints[1] pour ses conditions de détention, pour l'utilisation du mot « lynchage », et demande 1 milliard pour préjudice à l'égard de la communauté rom. La presse parle d'huile sur le feu. Je ne comprends rien. Maman me dit de ne pas m'occuper de ça. András m'explique l'inexplicable.

27 juillet : Une plainte vise aussi les médias pour l'utilisation du terme « lynchage » qui n'est pas celui de l'accusation. L'argent servira à financer des programmes éducatifs pour les enfants roms. Demain, soirée chez Krisztina. Bière et pálinka. Vivement.

28 juillet : Randonnée avec Laci et András. Piquenique.

2 août : Les parents de Krisztina lui ont demandé de ne pas me parler du drame et des conséquences dans tout le pays. Elle ne tient pas l'alcool. Vomi.

---

1. Environ 385 000 €.

12 août : Événement de sensibilisation à Olaszhalom. Cinq cents enfants ont été réunis sous le signe de la réconciliation. Parents de Krisztina absents. On a fumé de l'herbe en regardant *Psaume rouge*. Génial.

21 septembre : Changement d'école. Les journalistes se demandent quand le procès aura lieu. Selon le Jobbik, « la ghettoïsation est aussi répandue dans l'est de la Hongrie que dans la bande de Gaza ».

12 octobre : Anniversaire de Krisztina.

15 octobre : Anniversaire. C'est drôle d'appeler ça comme ça. Reçu une lettre des élèves de papa. Un vomi de compassion.

20 décembre : On fait du mal à Laure.

19 janvier : Début du procès. Tribunal de Miskolc. Avec Laci, on n'y participe pas. On m'a donné le choix. À la télé, huit prisonniers marchent dans un couloir. Les rats arrivent. On dirait la délégation magyare se rendant sous escorte au traité de Trianon. Les assassinats de Roms se multiplient. Un spécialiste écrit dans son livre qu'« il n'y a plus d'espoir de réconciliation ». « Un Magyar est

capable de tirer dans le dos d'un Tsigane de 5 ans. »
« Il existe également un racisme anti-Magyar. »

21 février : J'ai sorti la table de ping-pong. Il neige dessus.

9 avril : Violente altercation à Nyirkáta. Un petit garçon traverse devant une voiture. Il est renversé. Conducteur ivre. Les parents molestent le chauffeur qui hurle : « Gitans puants ! Mourez tous ! Olaszhalom ! »

Première fois. Ivre, contrainte, brutal.

30 avril : Poursuite du procès. András vient chercher maman. Mes grands-parents de Kimle viennent nous garder. Complice, instigateur, écoutes audio, cruauté particulière. « Ma fille avait disparu ! » « Pulsion incontrôlable. » « Certains n'avaient rien à faire là. » « Jusqu'à détruire le cerveau. »

Deuxième fois. Un gros con. J'ai quand même pris du plaisir.

10 mai : Tribunal de Miskolc. Un homme de soixante-trois ans est condamné pour avoir lâché treize chiens sur des enfants qui jouaient sur un terrain de foot. Un enfant démembré est mort dans les bras de sa mère. Comté de Borsod-Abaúj-Zemplén.

4 juin : Reprise du procès. Juge. Photos. Avocats. Le chauffeur voulait-il s'enfuir ? La boîte de vitesses était-elle enclenchée ? Témoignages. J'aurais dit : « Papa, ne meurs pas, je serai une bonne fille ! »

17 juillet : Kimle. Potager avec grand-père. Bocaux de coulis. Vomi. Goulag.

23 août : Mes grands-parents sont très gentils avec moi, et moi horrible avec eux. Parfois, ma grand-mère pleure. Cata pour Laure aux JO de Pékin.

25 septembre : Audience repoussée. Avocat malade, l'accusé est drogué. N'importe quoi. Et si je faisais du droit ?

18 octobre : Retraite nocturne aux flambeaux du Jobbik, de la garde nationale et de la Magyar Gárda dans les rues d'Olaszhalom. Un demi-millier de personnes et autant de forces de l'ordre. Les images de la procession sont superbes. De leurs maisons, des Tsiganes ont provoqué les manifestants en leur demandant de revenir sans escorte. La réponse : « Nous reviendrons. »

6 novembre : Cinéma avec Laci et András. Le jeune homme en prison envoie des lettres de menace à ceux qui ont témoigné contre lui. Il est

idiot à mourir. Un journaliste écrit que le professeur n'aurait pas dû s'arrêter après avoir percuté l'enfant.

25 décembre : Noël mortel.

2 janvier : Une calèche roule au milieu de la route sans éclairage. Une voiture croise la calèche, les feux mettent en panique les chevaux, les deux véhicules se percutent. Le conducteur de la calèche extrait le chauffeur, l'étrangle avec les rênes et le laisse dans la neige. L'agresseur était en sursis.

18 janvier : Les supposés tueurs en série vengeurs d'Olaszhalom pourraient en être à leur cinquième victime. Ils demeurent introuvables. D'autres assassinats de Tsiganes ont lieu dans le pays.

9 février : Un coup de couteau en plein cœur. Hier, le handballeur roumain Marian Cozman a été mortellement poignardé dans une boîte de nuit à Veszprém, ville où jouait la victime[1]. La presse craint que le meurtrier soit un nationaliste magyar, qui aurait voulu se venger du traité de Trianon. En réalité, les auteurs sont deux Tsiganes. Le fantôme d'Olaszhalom plane sur la Hongrie. « Le tueur a crié : *Tuez les Magyars du sperme.* » Rupture possible avec Krisztina si son mec lui raconte.

1. Une statue sera érigée au complexe sportif de Veszprém.

13 février : Roumanie. Un millier de personnes accompagnent la dépouille du handballeur.

7 mars : C'est la sixième victime : 1 à 6. Échec et mat.

11 mars : Nouvelle audition sur les lieux du crime à Olaszhalom. Toutes les rues avoisinantes fermées, mesures de sécurité extraordinaires. Les huit accusés sont enchaînés les uns aux autres, mains et pieds liés. Vingt gardiens sont aussi enchaînés avec eux. Les Roms regardent la reconstitution depuis leurs paliers. Le vent fait danser les fanions tricolores sur la stèle.

2 avril : Les Roms de la colonie sur la frontière serbe sont terrorisés.

9 juin : Dans la résonnance du procès, un motard a renversé un enfant à vélo. « Il est probable que ce ne soit pas un accident. »

23 août : L'étau se resserre sur les héros qui ont vengé mon père.

17 septembre : La nuit dernière, six cents membres de la garde nationale entièrement vêtus de noir se sont rendus devant la stèle de papa. Le Jobbik estime

que cet événement doit éveiller les consciences magyares. C'est aussi un hommage aux forces de l'ordre, impuissantes face à la violence. Le Jobbik milite pour une police de proximité comme au temps de la vieille et grande Hongrie, cette époque où le gendarme du village portait un chapeau avec la plume du coq. Il faut éliminer les voleurs de poules et rétablir la peine de mort. Discussion de ces sujets avec Laci. Je dois lui expliquer, il est grand désormais. Je le trouve absent. Le Jobbik fait de notre ville de 10 000 habitants le laboratoire de l'extrême droite magyare. « Les Tsiganes qui veulent se sortir du monde criminel et élever dignement leurs enfants seront les bienvenus. » « Posez vos violons et travaillez. » « Quand un Magyar est blessé, c'est un accident, quand un gitan ou un Juif est attaqué, c'est du racisme. » Une couronne a été déposée.

20 septembre : Krisztina m'énerve. Elle ne comprend rien. Elle vit dans un monde de gentils, un monde qui n'existe pas. Elle est naze. C'est une enfant. Elle ne veut plus se défoncer. Qu'elle aille au diable. Laure arrête la natation.

28 octobre : Procès en deuxième instance au tribunal de Debrecen. « Les Tsiganes ont été traumatisés par un enfant écrasé suivi d'un délit de fuite douze ans auparavant. » « Faux, les auteurs ne connaissaient pas ce fait divers. » « La femme a crié :

il faut tuer le Magyar ! » « Saviez-vous que votre fille était en vie ? » « Ils pensaient leur fille morte, c'est l'engrenage, l'irrationnel. » « Cinquantaine de coups de pied au niveau du cou et de la tête. » « Je ne suis pas coupable de ce qu'on me reproche. » « Un enseignant doux comme un agneau. » « La négligence des enquêteurs. » « Les vrais coupables n'ont pas été traduits en justice. » « Ma mère est innocente ! » « L'aînée sait que je n'ai pas frappé. » « Les dommages au rétroviseur ne proviennent pas de la collision avec la fille. » « Comment peut-on menacer des enfants ? » Un commando militaire cerne le tribunal. « La fille refuse de témoigner contre sa famille. » « Massacre. »

30 octobre : Le jeune homme porte un jean déchiré, des tennis et un haut de survêtement. « Nous nous excusons auprès des orphelins, de la veuve et des parents, nous nous excusons auprès de la Hongrie. » Qu'ils crèvent.

13 novembre : Cent cinquante-sept ans de prison. Le mineur bénéficie de la peine la moins lourde. « Les Tsiganes condamnés à payer 46 millions de forints, somme délirante dont on sait qu'ils ne pourront jamais s'acquitter. » Une rue porte le nom de mon père. Comme Kossuth. Je ne sais pas quoi offrir à Tamás pour son anniversaire.

14 novembre : Discours d'un député du Jobbik au Parlement. Il déplore l'absence de membres de la ligue des Droits de l'homme et de journalistes, de la presse hongroise comme internationale, devant la porte de la famille au lendemain du drame. « L'intelligentsia libérale a manqué à ses devoirs et il a fallu attendre trois ans pour obtenir un verdict. » « Sur les quarante lyncheurs, seuls huit ont été condamnés et seulement trois à la réclusion à perpétuité. » Le visage du mineur est dans tous les journaux, avec ses oreilles décollées.

Je retrouve mes affaires dans le cagibi : le sac, les lunettes, le bonnet, les tongs, les bouchons d'oreilles pour éviter autant que possible une sale otite. Le maillot risque d'être un peu étroit. Dans la pièce, il y a encore des affaires de papa suspendues à une tringle mais plus son odeur. Maman devrait peut-être tout balancer.

András arrive. Je l'adore. Je le regarde se garer et descendre de sa voiture. Il m'a convaincue de retourner à la piscine. Au moins pour les entraînements. Les compétitions, je ne sais pas. Je vais lui ouvrir avant qu'il ne sonne. Il a ce sourire rassurant. Je saute pour m'agripper à son cou ; c'est un roc. Il me kidnappe pour le week-end. Ma mère lui adresse quelques mots en catimini. Qu'elle me foute la paix.

Je me sens adulte dans la voiture à ses côtés. On roule sans se parler, c'est agréable. Il propose de me déposer, d'aller chercher de quoi faire des pizzas maison et de revenir à la piscine pour regarder la fin de l'entraînement. Cet après-midi, il y a une séance au Cinéma City à seize heures. Ce programme me donne envie de nager.

Des copains et copines du club ne me questionnent pas sur mon absence. Il y a des nouveaux. Mon maillot est en effet un peu court. Il va se détendre dans l'eau. Je pose ma serviette sur une énorme caisse qui déborde de frites multicolores.

Je me mouille la nuque machinalement et je plonge. Je rentre très vite dans le dur. Quatre cents avec pull-boy. Mes bras me font mal, les poumons me brûlent. Je m'accroche au train et compense avec la technique. Je me dis que je vais les tuer. Je trouve mon deuxième souffle à la fin de la séance. Je me lamine sur le dernier deux cents. Le prof me félicite, je l'emmerde. Je suis accrochée à un flotteur de la ligne, j'aperçois András dans les gradins. Un garçon est assis sur le plot, à deux mètres, les mains entre les cuisses. Une mèche lui tombe dans l'œil. On ne s'est pas vus de l'entraînement. Il me dit bonjour. Je lui réponds sèchement et m'enfonce sous l'eau pour passer sous les lignes et rejoindre l'échelle. Il a disparu. Ma douche déconne, il faut appuyer constamment pour avoir de la flotte. C'est la galère pour me laver les cheveux. Je m'habille mais je transpire encore. En sortant du vestiaire, je tombe sur le jeune homme qui pianote sur son téléphone. Je passe devant lui, il lève la tête et me dit que je nage drôlement fort. On monte ensemble pour rejoindre les gradins. Il me demande quand je reviens. Je lui dis la semaine prochaine. Il veut savoir dans quel collège j'étudie. Je lui réponds. Il ne me connaît pas, alléluia. Une fois dans les gradins, il me laisse son numéro et un sourire irrésistible. András regarde au plafond pour voir s'il y a des gouttières.

14-15 novembre : Piscine. András. Nouveau maillot. *Avatar.* Amoureux ? Je n'ai pas ressenti ça depuis longtemps. Yeux bleus, même fossettes que moi, châtain, intelligent. Pas de prénom mais un numéro. Heureuse. Demain j'enterre mes notes ou je brûle tout. Vivre ?

LA RIVIÈRE ET LA FAUX

Grâce à l'accès aux auditions et aux rapports d'enquête, j'ai eu le temps, je dirais même la torture, de reconstituer cette matinée d'été « des vieilles dames », le soleil en sursis, celui qui éclaire et réchauffe ce paysage aux nuances d'ocre dans des parfums de vendange et d'indolence. Quand chacun profite de ces douces et belles journées le temps d'une sortie en famille au bord de la rivière que l'été a saquée.

Ce dimanche 15 octobre 2006, c'est la fête sur les berges du Bodrog. On a laissé les soucis un peu plus haut, dans les maisons délabrées alignées le long de la rue Kossuth. Le plus drôle est sans doute celui qui danse avec sa faux à long manche pour faire plier les herbes hautes mêlées d'orties afin d'y poser son cul ou d'y étendre une nappe à carreaux. Dans de grands gestes circulaires, vifs et précis, le faucheur fait le ménage. Il achève son show en plaçant sa faux telle une guitare électrique. Il faut dire que le poste radio balance un rock entraînant qui lui fait plier les jambes, cambrer le buste, dans un sourire abîmé vers le ciel, dévastant, l'espace de quelques secondes d'euphorie, le chômage, la misère et l'ennui.

L'eau est froide, glacée même. Alors, ce dimanche midi, la baignade relève du défi. Sur ce coup, une vieille Tsigane n'a pas tort de gueuler aux gamins de se mouiller la nuque. Il fait chaud.

— Tu risques de t'électrocuter ! postillonne la vieille à qui l'on a pris soin de donner une chaise et dont les rides semblent avoir été lacérées au cutter.

— De t'hydrocuter, mamie ! rigole une petite qui doit avoir mon âge.

D'aucuns glissent un orteil en hurlant. Les plus téméraires s'élancent du ponton de fortune qui sert à amarrer les barques et les canoës. Ils courent comme des forcenés, prennent appui des deux pieds à l'extrémité du ponton, se lancent en l'air légèrement vers l'avant, attrapent leurs genoux au point d'équilibre, les corps tournent pour un saut périlleux avant que l'eau ne les saisisse. La bouche entrouverte remplie d'eau de la rivière, les plongeurs ressortent subitement à la surface en se secouant les cheveux, et foncent vers la rive. Parmi la troupe qui éclabousse les plus anciens restés sur la berge, un jeune homme aux oreilles décollées se contorsionne pour se gratter le milieu du dos. Il darde. Sa cicatrice sur l'épaule laisse penser à une opération de l'acromio. Il a un certain charme. Au soir de mes douze ans, en imaginant que nous nous soyons rendus sur les bords du Bodrog dans l'après-midi, le Tsigane aux larges épaules armé d'un sourire innocent aurait pu attirer mon regard et faire tambouriner mon petit cœur de pré-ado. Après des minutes d'approche, il aurait fini par me propulser au-dessus de l'eau à l'aide de ses deux mains sur lesquelles je me serais appuyée. Ma capacité à faire des saltos comme les garçons ne l'aurait pas laissé indifférent, on se serait chamaillés, attrapés sous l'eau et qui sait, embrassés sur le coin de la bouche derrière les roseaux en fleurs. Je vois déjà mes parents – maman surtout – grimacer à l'idée qu'il soit différent, pourtant charmant, tsigane quand même et avant tout.

En attendant notre hypothétique venue, presque toute la colonie est descendue sur les bords du Bodrog : János, György, József, Ferenc et puis Béla, Kálmán, Tóni, Robi et Imre, Géza et Gyula, Károly, Menyhért et les autres. Deux jeunes Tsiganes s'éloignent des remous de l'eau pour tendre en amont leurs cannes à pêche en bambou. Des perches auraient pu mordre à l'hameçon si des kayakistes en goguette – vêtus de combinaisons compte tenu de la saison – n'étaient pas venus se prendre dans les lignes. Chacun défend son territoire, des insultes ricochent sur l'eau.

— Vermines !

— Et ta mère la pute !

— Épaves !

— Parasites de Tsiganes ! Rentrez chez vous !

— On est CHEZ nous, sale pourriture de Magyars !

Ça sent la baston. L'altercation – « passablement épidermique », selon la juge – longe la berge en aval jusqu'au campement dominical des Tsiganes. Les plongeurs nagent alors jusqu'aux canoës pour mettre une raclée aux kayakistes. Des coups de rame évitent un abordage. C'est dans les rires et sous une pluie de cailloux qui viennent claquer sur le plastique du canot, les gilets de sauvetage et les casques des Magyars que les canoës s'éloignent.

Pour les Tsiganes, passée la distraction, c'est l'heure de boire un verre. Un léger vent frais pousse certains à enfiler des frusques, les moins frileux préfèrent montrer leurs muscles. Deux jeunes autres Tsiganes débarquent à vélo. Des fous rires éclatent à nouveau de toutes parts, l'un d'eux tenant par le cou un poulet encore vivant. Un adulte s'époumone et promet une raclée. Le gamin qui vient d'essuyer un coup de pied au cul jure que c'est un poulet évadé qui n'appartient à personne. Une femme l'attrape – le poulet –, sort son couteau, l'égorge et le plume. La police n'enregistrera aucune plainte, pas un villageois ne déclarera un vol de poulet ce jour-là.

Seuls les kayakistes témoigneront de la pluie de cailloux ainsi qu'un paysan qui a passé son dimanche matin à labourer son champ de l'autre côté de la rivière. Il se souviendra de quelques cigognes qui s'agitaient derrière sa charrue, de gamins bronzés qui sautaient du ponton un peu plus loin et d'une épaisse fumée qui montait vers le ciel à l'endroit de la berge. Bref, « pas mort d'homme ».

Avec le bout de sa cigarette, l'homme qui maniait tout à l'heure la faux allume un tas de branches mortes d'acacia auxquelles il a ajouté les herbes fauchées, ayant pris soin d'arroser l'ensemble de kevert[1]. Le feu prend subitement au contact de la cigarette et ne tarde pas à faire crépiter l'acacia. Il doit tourner autour du foyer à cause du vent. Cet homme qui frotte ses mains avec des feuilles de menthe est le représentant de la colonie, en quelque sorte le chef. C'est lui, la raie séparant ses cheveux gominés en deux et le nez méchamment fracturé, qui fait le médiateur quand il y a des problèmes entre Tsiganes ou avec les Magyars. Il a la réputation de connaître parfaitement l'histoire de sa communauté, qui prend sa source pieds nus dans le nord de l'Inde pour atterrir des siècles plus tard nu-pieds à Olaszhalom. Il tient ce grand voyage des anciens. Cette histoire orale est leur unique

1. Alcool de base qui peut être élaboré clandestinement.

propriété, leur unique trésor. Parfois, le soir, le chef raconte aux enfants que les ancêtres, dans la magie de l'errance guidée par le cosmos, sont passés par la Bulgarie avant de s'installer dans l'est de la Hongrie. La communauté, dit-on, était réputée pour l'élevage des chevaux, la réparation de la vaisselle en étain ou la fabrique de maisons en terre. Et le chef rappelle alors que les Tsiganes ont combattu lors de la Première Guerre mondiale aux côtés des Magyars, ces mêmes Magyars qui, des années plus tard, pousseront les Tsiganes dans des wagons. Se dessinent alors dans la tête des enfants des gendarmes aux visages barrés d'une moustache avec des chapeaux ronds à plume de coq. On dirait papa qui me raconte. C'est la même histoire que celle des Juifs, celle qui me fait imaginer des barbelés, des miradors et des trains en partance vers une destination inconnue.

De sorte que lorsqu'on referma sur nous les portes des wagons crépis de frais, la légère anxiété que nous avait causée la présence des soldats s'envola d'elle-même. Nous finirions bien par être débarrassés d'eux, comme nous l'avions été des gendarmes. Le principal, c'était de pouvoir travailler et manger, le reste on s'en arrangerait[1].

---

1. *Couleur de fumée, une épopée tzigane* de Menyhért Lakatos, Actes Sud, Arles, 2000 pour la traduction française.

Sous le régime communiste de Kádár, le héros de mes grands-parents, la colonie s'est sédentarisée. Contre leur nature, les Tsiganes ont quitté les putris pour des maisons en dur, les enfants ont été scolarisés avec les Magyars. Le rapport au cosmos s'évapore. Le chef explique que l'immobilisme est un grand malheur, qu'il ne faut pas s'y laisser prendre, les Tsiganes restent des Tsiganes, sujets au mépris des nantis, soumis à une ascension sociale impossible, soumis, oui, des sous-hommes réduis à la marge. Poussés d'un village à un autre quand des maisons se libèrent, ils sont désormais à Olaszhalom où des tâches à la vigne donnent quelques subsides. C'est de la main-d'œuvre bon marché pour les propriétaires des domaines environnants. Tout juste peut-on se plaindre qu'ils ne travaillent pas le lendemain des jours de paye car la boisson coule à flots. Les élus, eux, s'attachent à bien se faire voir de la communauté tsigane qui représente de plus en plus de voix. À l'approche des élections, les candidats leur promettent du bois de chauffage. Ça, c'est Laci qui me l'a dit.

Devant le barbecue, le chef surveille les escarbilles qu'il écrase du pied pour éviter un départ de feu. La fumée lui pique les yeux. Il chique et crache des glaviots noirâtres. Un homme se rapproche de lui avec des galettes et de l'alcool de maïs. Il a rejoint la colonie sur le tard avec sa mère, sa femme et ses huit enfants. Il raconte qu'il est de la famille de Charlie Chaplin – il s'en vantera à la police.

Soudain un Tsigane sort un couteau de sa poche et l'envoie se planter dans un arbre. La petite est bouche bée. Celui-là vise comme personne. À deux pas, autour de l'unique table, les cousins jouent aux cartes. La vieille rebouteuse est aussi descendue au bord de la rivière. Elle est célèbre dans la communauté tsigane. On raconte que son père lui aurait coupé le clitoris et qu'elle a pendu son mari qui lui tapait dessus. Pendant l'audition, elle préviendra la police qu'elle peut jeter des sorts, un don qu'elle a reçu de sa mère et qu'elle transmettra à sa fille. En attendant, c'est la fête. Les plus jeunes sont intrigués par l'accordéon qu'un homme tient dans ses bras. Un Tsigane venu des Balkans et qui veut rejoindre de la famille à Londres. Il est de passage à Olaszhalom. Il est là depuis trois ou quatre mois. On veut entendre son foutu engin. Alors il range la croix qui pend à son cou derrière sa chemise, se pose sur une souche et commence à plier et déplier son imposant bordel. Les premières notes poussent d'autres musiciens à saisir leurs instruments. Il se passe toujours quelque chose lorsqu'un Tsigane touche un violon. On serait là, papa et maman danseraient.

D'ailleurs nous ne sommes pas si loin que ça ce 15 octobre, confortablement installés dans la voiture, en route pour retrouver nos amis. J'imagine que la musique commence au moment précis où mes parents éclatent de rire dans la voiture. J'ai mes écouteurs mais je sais ce qui les rend aussi hilares. C'est au sujet d'András, au lendemain de leur mariage. Pour faire rire les petits, András avait mis une jambe derrière sa tête. Je connais l'histoire par cœur. Le problème est venu de la seconde jambe. Là, il est resté bloqué. Alors, mes parents, à chaque fois qu'ils y pensent, ils pleurent. Je serais bien restée quinze ans, vingt ans dans cette voiture, tous les quatre, une éternité, même, à pleurer.

Environ trois quarts d'heure plus tard, chez les Tsiganes, la musique cesse le temps d'un nouveau verre. Il fait soif. Tout le monde trinque en espérant que la déesse du destin offre de belles journées comme aujourd'hui pour le temps qui reste à vivre. Ça mérite un immense selfie. À l'écart, derrière des arbres, un adolescent – le lanceur de couteaux – tripote la jeune fille qui doit avoir mon âge. Il la coince contre l'arbre pour lui peloter le cul et essayer de lui coller un doigt au passage. Son haleine pue l'ail. Elle se débat et échappe aux mains baladeuses. Elle peste et décide de quitter la fête pour rejoindre sa mère qui est restée à la maison. C'est à trois cents mètres à peine, il faut monter jusqu'à la route et la traverser. Le jeune homme aux oreilles décollées ne prête pas attention à sa sœur qui part à toute allure. Il jongle avec des pommes. Elles sont vertes. C'est un détail troublant dans le rapport d'enquête. Aussi, le jongleur est pieds nus, il avance, il recule par petits pas en ouvrant la bouche pour se concentrer. On dirait qu'il danse la salsa. Les plus jeunes le trouvent adroit. Ils essayent même de le déstabiliser en lui flanquant des gnons dans les abdos. On rigole beaucoup, ce dimanche midi, sur les berges du Bodrog, on peut même philosopher sur le rire qui est une arme contre le mépris, la misère et l'ennui. Alors les musiciens reprennent leurs instruments.

Mais, tout d'un coup, le bruit d'un crissement de pneus fait tomber les pommes vertes sur l'herbe fraîchement coupée. Le son provient de la route vers laquelle la petite est partie pour rentrer chez elle. Un homme, puis deux, puis dix se mettent à courir, le chef en tête, pour se déporter en manade vers la rue Kossuth. L'accordéoniste serbo-croate, lui, ne se lève pas de sa souche et se remet à faire danser ses doigts, joue, joue de plus belle, toujours de plus belle, pour finir en transe.

LA BAGUE

C'est bien moi sur la photo. Alerté par une sonnerie émanant de son ordinateur, Laci se tourne vers son écran, répond à un mail, ou deux, qu'est-ce que j'en sais, moi. Alors je me penche un peu plus sur le cadre qui trône sur l'armoire-bibliothèque de son bureau. C'est bien moi avec mes tresses. Au musée. Laci tire la langue. Il porte un cardigan et je n'avais pas fait attention à l'époque qu'il avait boutonné mardi avec mercredi. C'était la veille. Mes treize ans approchaient et j'avais les hormones qui tapaient partout comme des boules dans un flipper. Je suis heureuse que cette photo ne se soit pas perdue dans le néant, dirait Dan, du stockage numérique. Je regarde papa qui m'enlace et je serre les dents. Cette époque, c'était le paradis.

— C'est quoi, cette petite fiole de cognac Monnet dans ton étagère ? je demande en la touchant.

— Oh, maman me l'a filée. C'était à papa, je crois qu'il l'avait rapportée de leur voyage en 1990…

— Ah… Chouette.

Moi, maman ne m'a rien donné dans le genre. Je n'ai rien de papa si ce n'est son dernier paquet de cigarettes et c'est moi qui me suis servie. Bon, je m'écarte de l'étagère pour me rapprocher de Laci. Mes ongles viennent claquer sur la plaque de verre dépoli du bureau sur laquelle traîne une belle barquette de fraises.

— Ils sont sympas tes collègues, t'as souvent des cadeaux comme ça ? Je peux t'en piquer une ?

— Tu peux toutes les manger, je ne mange pas de fruits.

— Tu te fous de moi, tu en mangeais des seaux… Je revois encore les parents râler. Maman était à peine revenue du magasin que tu engloutissais tout…

— C'était avant, Éva, avant. Sérieux, si j'avale un fruit, je gonfle et j'ai des lèvres de femme d'oligarque… C'est comme ça.

Les yeux toujours rivés sur son écran, il semble contrarié. Il relève son nez, Kuruc itou. Ils sont coordonnés.

— T'as vu les actus ?

— Non, pourquoi ? dis-je avec une fraise dans la bouche.

— Notre avocat vient de m'envoyer un lien sur un article en ligne… Ça y est, on vient de libérer un des assassins de papa… L'avocat est furieux de ne pas avoir été prévenu.

— C'est celui qui était mineur au moment des faits.

J'ai des trémolos dans la voix. Laci poursuit :

— Ouais… Ce nodocéphale est libre… Il aura fait que treize ans…

Je regarde par-dessus l'épaule de mon frère. La photo me glace le sang. Je vois ses pieds, il porte des baskets Umbro, et un jeans troué au niveau des genoux, il se dérobe aux photographes, il dissimule son visage avec un blouson en cuir. Il tient un sac en plastique blanc, je reconnais ses mains bronzées. On dirait qu'il sort d'une porte du palais de justice, c'est le n° 13. Des journalistes l'assaillent. Il est sous escorte. C'est une star. Il m'a tout pris. Quand je pense qu'on aurait pu se croiser au bord de la rivière. On aurait eu notre aventure, on serait restés en contact, mes parents auraient fait la gueule parce que c'est pas un Magyar… Tsigane de merde.

— Oh ! Éva ! Décroche, laisse tomber, allez, ça change rien.

— Ça me bouffe de voir ça !

— C'est comme ça… Allez go, je te réserve une surprise pour finir la visite.

— Laci, t'imagines si l'auto-stoppeur avait accepté d'être conduit jusque chez lui, et si papa s'était arrêté pour rendre le sac à l'auto-stoppeur, on aurait perdu quelques secondes et…

— S'il te plaît… Et si on ne s'était pas arrêtés devant la synagogue, et si elle avait pensé à acheter du vin, et si la Sainte Vierge avait accouché une demi-heure plus tard, et si on arrêtait de penser à ça, Éva ? Allez viens ! conclut-il en sortant du bureau.

Quand Laci me parle, j'ai mal au ventre, j'ai envie de chialer. On n'a pas partagé grand-chose mais on a partagé l'enfer. Kuruc ne lâche pas mon frère d'un centimètre. Je les suis dans le couloir. Je crois que Laci m'aime malgré ce que je suis ou ce que j'essaye d'être. Ma poitrine m'oppresse.

Il fait chaud dans la Trabant.

— J'aime la mer des plaines infinies / La steppe est mon pays, mon univers ! / De sa prison s'échappe mon cœur d'aigle / Dès que je vois son horizon immense, je récite.

Laci enchaîne dans un sourire lumineux.

— Alors je sens qu'emporté de la terre / Je puis voler à la hauteur des nues / Et j'aperçois, de la Theiss au Danube / La plaine qui me regarde et sourit[1]…

---

1. Sándor Petőfi, *La Basse Hongrie,* Lacroix – Van Meeren-Pagnerre, 1860.

Je n'imaginais pas à quel point déclamer des poèmes avec papa était une définition du bonheur. Laci se dit peut-être la même chose au volant de sa Trabant. Cette voiture me rappelle des souvenirs, j'ai la sensation que les fantômes de mes grands-parents sont avec nous. Mais mon grand-père n'aurait pas supporté de voir un chien dans son automobile.

La Trabant s'engouffre dans des kilomètres de fleurs sauvages. Tout est ouvert vers le ciel. Face à nous, la lune est imposante, on dirait notre planète. Au loin, le vent fait frissonner des peupliers. On approche d'un cours d'eau. De l'autre côté, trois chevaux s'excitent soudain pour galoper à notre hauteur. Avec le reflet sur la rivière, j'en vois six avant qu'un souffle ne vienne froisser l'image – on dirait un puzzle de mille pièces de l'époque de mes parents. Sur notre gauche, une forêt de troncs blancs. Quelques boules de coton de la même couleur sont figées dans le bleu du ciel.

— La prochaine fois, il faudra que j'amène Krisztina pour lui faire voir cet endroit…, dis-je en ôtant mon blouson.

— Bien sûr, venez à l'automne, c'est sublime. Comment va-t-elle ?

— Elle prend son métier très à cœur, tu la connais…

— Prendre soin des autres lui va bien, observe Laci.

Mon frère enfile un chemin blanc sur la gauche. Et puis sur la droite.

— Je vais te confier quelque chose.

Laci me jette un regard, lève les sourcils et je poursuis.

— Krisztina a chopé la maladie de Lyme durant la période où on s'était perdues de vue, je ne connaissais pas ce truc.

— Merde, c'est la plaie, ça. Nous qui bossons dans les bois, on fait hyper gaffe à ça.

— Une vraie saloperie. Elle est suivie, elle ne veut pas que ça se sache, tu le gardes pour toi.

— Bien sûr… Je suis vraiment content de la voir la semaine prochaine.

Laci avance son nez vers le pare-brise. Au loin, on aperçoit un camion rouge garé à l'orée d'un bois.

— Toma est déjà là, dit Laci. Il nous attend. Ce type est élagueur-grimpeur et on le fait bosser dans la réserve pour baguer les cigognes. Il a tout le matériel pour grimper en haut des nids. T'es partante pour aller à la rencontre des cigogneaux ?

— Ça veut dire quoi baguer ?

— On met une petite bague autour de leur patte, pour la sauvegarde de l'espèce et sa compréhension. Le baguage permet de les observer sans les capturer. C'est une opération qui se fait à l'échelle européenne. Dans quelques minutes, nos cigogneaux vont devenir des Magyars, c'est noté sur la bague. Un passeport à vie, si tu veux. Alors j'ai un peu l'impression de les épouser…

— T'as pas peur que les parents nous attaquent en poussant des cris ?

— Crier, la cigogne, elle aura du mal. Elle n'a pas de larynx, elle claque du bec, elle craquète.

— Pourtant je suis persuadée d'avoir déjà entendu une cigogne crier…

On se gare. Toma est coiffé d'un casque et équipé d'un baudrier, de cordes colorées et de mousquetons.

On sort de la voiture et Kuruc doit à nouveau rester à l'intérieur. Il s'affale.

Laci fait les présentations. Je m'étonne de la barbiche de Toma : on dirait mon ticket de métro. Laci et son pote m'expliquent qu'on va s'enfoncer dans le bois, il y a des nids perchés jusqu'à quarante mètres. C'est sportif. Le mois dernier, Laci a repéré des nouveau-nés – une portée de quatre petits – dans un nid. Ils doivent désormais avoir autour de sept semaines. C'est le moment de les baguer.

Toma nous équipe et nous nous enfonçons. Il n'y a plus un filet de vent. Le soleil ne s'exprime plus que par faisceaux lumineux au travers de la frondaison, il fait briller les toiles d'araignée. On crapahute une vingtaine de minutes. Nous y sommes. L'arbre est majestueux. Le nid se trouve à une trentaine de mètres au-dessus du sol. On regarde, la bouche ouverte. Le couple nous repère. L'un des parents penche la tête en arrière. Laci me dit que chaque position exprime une émotion. Comme moi sur le podium. Parfois j'étais radieuse. D'autres fois, je collais le menton sur mon plexus.

Laci et Toma montent d'abord tous les deux. Toma passe devant pour fixer la cordée. Ils n'ont pas des culs à être célibataires. Les cliquetis du matériel de grimpe transpercent le silence de la forêt. Les cigognes restent méfiantes mais Laci leur rend régulièrement visite. Ils arrivent à hauteur du nid. Je devine leurs gestes lents. L'opération dure quelques minutes. Ils redescendent.

— Il reste un cigogneau à baguer, il est pour toi, me chuchote Laci – il est drôle quand il chuchote.

Toma vérifie mon baudrier. Il serre bien. Je grimpe avec lui. Il regarde mes pompes d'un air un peu désolé. On se lance. C'est assez physique dès les premiers mètres. J'aime le contact avec l'écorce du cèdre. Je ne me débrouille pas trop mal et je me sens en sécurité. Il y a des passages plus faciles où on marche sur d'épaisses branches. On est à une quinzaine de mètres. On fait une pause pour reprendre notre souffle. Je regarde vers le sol, Laci est de plus en plus petit. Le vide accélère mon cœur mais je n'ai pas le vertige, plutôt ce léger trac d'avant les compétitions. Je transpire sous mon casque. Une goutte vient me brûler l'œil. Il faut être souple sur certaines prises. Je répète les gestes de Toma qui m'assure. On arrive à hauteur du nid. Une cigogne adulte s'en va planer au-dessus de nous, l'autre se pose sur une branche pour évaluer nos intentions. Les cigogneaux se couchent et font les morts.

— Il ne sont que trois, dis-je tout bas.

— Oui, y en a un qui a dû se faire choper dans la semaine par un prédateur, ou bien s'étouffer avec des saloperies en plastique qu'on laisse dans la nature… Ça arrive que les parents prennent ça pour de la nourriture et les rapportent dans le nid, me précise Toma avec ses sourcils fournis qui dépassent de son casque.

J'apprends que les cigogneaux se mettent debout à l'âge d'un mois à peu près. Toma me prend les mains et me montre comment baguer le dernier cigogneau. L'animal se laisse faire. Il est majestueux. Les parents restent à l'affût. Je suis émue et je me dis que c'est une sacrée maison. Là-haut, loin des humains, on ne pense à rien. On redescend lentement. Laci est de plus en plus grand.

On reste debout quelques minutes en silence au pied de l'arbre. Les parents ont rejoint leurs petits. Toma se roule une cigarette. Je suis en nage. Laci est dans son espace, apaisé, serein. On rattrape la voiture. L'odeur de tabac blond nous poursuit.

— Tu pourrais bien t'entendre avec Toma, balance Laci dans un sourire.

— Ah bon ? dis-je, gênée.

— Il aime bien Orbán…

— Ben ouais, il est pas mal Orbán, confirme Toma en retirant son attirail.

— …

— On se suit ? ajoute-t-il, sa roulée entre les lèvres, en fourrant son matériel dans son camtar.

— J'ai des bières au bureau, et fraîches, dit Laci.

Pour moi, ce sera une orangeade. On se pose dans la Trabant. Kuruc vient réclamer une caresse à son maître. Laci allume le moteur.

— C'était magique là-haut, merci.

Laci fait sa manœuvre.

LE DÉBUT DE LA FIN

À quatre ou cinq kilomètres de là, une femme échine, échine, échine, faisant claquer son hachoir de boucher sur le billot de la cuisine. Maman l'observe, dubitative, son portable dans la main. Ici, papa lutte et les cigognes s'affolent. Mon père tire la portière comme une brute et, soudainement, parvient à la fermer dans un bruit réconfortant. Les doigts basanés disparaissent. Son abruti de propriétaire n'est pas prêt de refaire grincer un violon. Ça lui apprendra. Et nous, on se barre, et vite. Mais mon père n'a pas le temps de mettre la clef dans le Neman que la vitre de Laci se brise en mille morceaux. Je hurle en défaisant ma ceinture pour rejoindre mon frère quand j'entends un Tsigane hurler.

— Le Magyar, tu sors ou on sort tes enfants et on les viole !

À ce moment-là, mon corps est entre l'avant et l'arrière du véhicule, entre les deux sièges, mon regard traverse les pieds de Laci. Des éclats de verre et des peaux de mandarine jonchent le sol. Au même instant, mon père ouvre sa portière alors que son téléphone se remet à sonner. Il se livre.

— Je vous demande…, je vous supplie d'épargner mes enfants ! crie-t-il.

Je n'entendrai plus jamais mon père. D'un mouvement, je me retrouve à côté de Laci, je le prends dans mes bras. Les percussions contre la carrosserie cessent. Je lève la tête, j'aperçois papa se faire rouer de coups de poing avant de s'effondrer sur la route. Les types prennent désormais de l'élan pour envoyer des coups de pied. C'est à qui tapera le plus fort. Ils sont peut-être dix ou une vingtaine à frapper. C'est un lynchage, une mise à mort à laquelle les enfants ne semblent pas avoir le droit de participer. Du sang coule partout, un tapis de coquelicots s'étend autour de papa. Une mer Rouge dans laquelle gaugent les pieds d'un jeune homme, laissant ses empreintes éphémères sur la route. Il va et vient. Le Tsigane cogne ; ils cognent. Il cogne : ils cognent. Il cogne ; ils cognent. Il cogne : ils cognent. Combien de coups de pied, combien ? Papa ne tirait jamais de toutes ses forces quand j'étais dans les cages. Eux, oui. Le Tsigane cogne ; ils cognent. Il cogne : ils cognent. Il cogne ; ils cognent. Il cogne : ils cognent. Il cogne ; ils cognent. Ils cognent : ils cognent. Ils cognent ; ils cognent. Ils cognent :

ils cognent. Ils cognent ; ils cognent. Ils cognent : ils cognent. Je vomis : ils cognent. Ils cognent ; je vomis. Il faut dire la violence pour prendre la mesure de ce qui pousse dans mon ventre. Un jeune homme aux oreilles décollées s'acharne. C'est l'enfer.

— Pour ma fille, pour ma sœur ! hurlent-ils.

Certains sauvages montrent leurs muscles. Partout, des Tsiganes arrivent et observent le spectacle. C'est gratuit. Au loin, je distingue un homme en nage au visage de bronze dont la honte semble plus lourde que son accordéon. Un autre homme s'en va vers les maisons, je me persuade qu'il va retrouver la fille et que tout va s'arrêter.

Très vite, ce n'est plus papa. Son visage est méconnaissable. D'un point de vue cérébral, je n'ai pas d'autre mot que le chaos. Et puis c'est le blanc, le néant.

— C'est normal, me dira le psy qui a voulu me baiser, avec ses dents phosphorescentes et ses poils du torse dépassant de sa chemise flambant neuve.

Combien de fois je vois András venir au secours de papa, mais ses gestes sont lents, il paraît impuissant, comme ces deux poloïstes qui se tiennent devant la balle sans pouvoir l'atteindre. Parfois, au bout de la rue, l'auto-stoppeur apparaît. Il déboule avec ses grosses godasses, nous sommes sauvés. Il fonce, fonce, il louche sur la scène mais paraît indifférent. Il ouvre le coffre, prend son sac, referme le coffre et se tire. J'aperçois également la dame en fauteuil roulant que pousse son fils. Ils passent devant nous en faisant le bruit du moteur avec leur bouche. Orbán n'est pas plus efficace. Flanqué d'une armure un peu trop grande pour lui, il arrive par les airs mais se prend dans les fils électriques avant de finir au sol, à lécher le sang : on efface tout et on recommence. Je vois aussi les frères Kiss – des nains équipés de pulvérisateurs à Roundup –, le Christ avec sa hache dans un nid de cigogne, Beethoven sortant en flammes de la synagogue, un type déguisé en Führer qui marche au pas et un Irlandais au chapeau de feutre qui prend des notes. Seule Laure Manaudou, les cheveux détachés et mouillés, a tenté une clef de bras à un des hommes. Elle n'a rien lâché, c'est la classe, l'abnégation, la résilience mais. Mais ils étaient trop nombreux. Laure, elle en a pris plein la gueule.

La dernière chose que je sais de la réalité, elle vient de la grand-mère tsigane qui arrive à hauteur de notre portière pour nous sortir de la bagnole en priant les siens d'arrêter le massacre.

— Les salauds, dit la vieille.

C'est tout. En quelques secondes, les types, tels des somnambules, déguerpissent, chacun rentre chez soi en crachant par terre. Papa ne bouge pas d'un iota. Des secondes passent. C'est à nouveau l'épais silence bientôt trahi par le ronflement d'une voiture. Elle arrive, face à nous. Les cigognes tournoient. Sur le siège passager, on distingue une femme qui pose la main sur sa poitrine. Le véhicule vient s'arrêter à une dizaine de mètres de papa. Le jeune homme au volant et maman sortent au même moment. Avec sa chemise ouverte jusqu'aux seins, le beau gosse est debout, à l'arrêt, derrière sa portière. Maman s'avance d'un pas rapide. Je tourne mon regard vers le ciel. Une cigogne blanche me fixe. C'est l'insupportable. C'est ma mère qui le dit, ma maman, avec ce cri, mon Dieu, qu'elle lâche. Le volatile s'envole, peut-être pour l'Afrique. C'est fini. Il me reste à me mouiller la nuque, et vivre.

NOTES

Ce roman n'est dédié à personne.

Il est inspiré, seulement inspiré, d'un fait divers qui s'est déroulé dans un village de l'est de la Hongrie le 15 octobre 2006 et qui cristallisa toutes les haines que peut couver un pays.

Toute ressemblance avec des personnes existantes ou ayant existé n'est que pure coïncidence. Avant ce livre, Éva n'existait pas.

Tous mes remerciements vont à Krisztina et László, qui se reconnaîtront. J'ai aussi une pensée pour une famille éminemment sympathique de ce village dont je n'oublierai jamais l'accueil, l'émotion transmise à l'évocation de ce drame et cette volonté de rester malgré le traumatisme.

Par ailleurs, je salue l'aide et l'inconditionnel soutien d'Anouck, mais aussi les romanciers, historiens, journalistes ou encore réalisateurs qui ont pu me plonger dans la Hongrie, l'apaisante Syrah qui dort sur mon imprimante et mes Asics grâce auxquelles les situations se débloquent. J'ajoute Marina & Jean-Michel, Daniel, Marie Cardinaud, Gaël Réaux (avec une pensée pour Denis), Forgaill (pour le dérangement), le personnel de la médiathèque de la Haute-Saintonge et du musée littéraire Petőfi. J'en profite pour adresser une pensée à Nicole, Didine et Mario. Je mentionne enfin Charlotte de Prémare (du bonheur !), toute l'équipe de Robert Laffont, à commencer par Glenn Tavennec, l'éditeur de ce livre : comme quoi le festival du polar de Cognac mène à tout, il suffit juste d'en sortir.

DU MÊME AUTEUR

Mauvais Plan sur la comète, Marchialy, 2018
L'Affaire Zola, BD, Glénat, 2019
La Seconde Mort du général Boulanger, Geste, 2019
Du bleu dans la nuit, Marchialy, 2020
La Soucoupe et le Prisonnier, BD, Glénat, 2021

DANS LA MÊME COLLECTION

Antoine DOLE
Six Pieds sur terre

Séverine VIDAL
Le Goût du temps dans la bouche
(janvier 2022)

Ce livre existe grâce au travail de toute une équipe.

Communication : Caroline Babulle, Sandrine Perrier-Replein, Typhaine Maison, Adélaïde Yvert.

Coordination éditoriale et administrative : Céline Poiteaux, Martine Rivierre.

Studio : Pascaline Bressan, Barbara Cassouto-Lhenry, Joël Renaudat.

Fabrication : Muriel Le Ménez, Céline Ducournau, Bernadette Cristini, Phousa Chantharath, Isabelle Goulhot, Émilie Lapan (Canada).

Correction : Emmanuelle Coppeaux, Valérie Gautheron.

Commercial, relation libraires et marketing : Laetitia Beauvillain, Alexandra Profizi, Élise Iwasinta, Morgane Rissel, Aurélie Scart, Clément Vekeman.

Cessions de droits : Isabelle Votier, Benita Edzard, Lucile Besse, Sonia Guerreiro.

Gestion : Sophie Veisseyre, Chloé Hocquet, Isabelle Déxès, Camille Douin.

Services auteurs : Viviane Ouadenni, Jean-François Rechtman, Catherine Reimbold.

Ressources humaines : Mylène Bourreau.

Juridique : Laëtitia Doré, Anaïs Rebouh, Valérie Robe, Jean-Benoît Vassogne, Julia Crosnier.

Diffusion : Aurélia Spalacci (directrice des ventes), Nadine Eugénie, Céline Pitt, Arnaud Weill, Hervé Adamczyk, Annie Bourgade, Éric Charpentier, Gilles Couillard, Sandrine Ducrocq, Élisabeth Ehlinger, Guillaume Loras, Jean-Philippe Pilloux, Philippe Maulnier, Gilles Torché, Élisabeth Gastaldo, Jean-Pierre Stephany (Belgique), Olivier Béguin (Suisse), Jean Bouchard et Marie-Ève Provost (Canada), Emmanuelle Cadot, Virginie Godet et Caroline Pan.

Ainsi qu'à toutes les équipes d'Interforum et d'Editis qui participent à la création, la diffusion et la distribution de ce livre.

Canoros Vehit Canentes

pca
cmb
édition pré-presse
livres numériques

44400 Rezé

MIXTE
Papier issu de
sources responsables
FSC® C003309
FSC
www.fsc.org

L'éditeur de cet ouvrage s'engage dans une démarche
de certification FSC® qui contribue à la préservation
des forêts pour les générations futures.

Pour en savoir plus :
www.editis.com/engagement-rse/

Cet ouvrage a été achevé d'imprimer en juin 2021
sur les presses de Normandie Roto Impression s.a.s.
61250 Lonrai (Orne)
N° d'édition : 62081/01 - N° d'impression : 2102503

Imprimé en France